Paul Erickson
Der Wobbit

PIPER

Zu diesem Buch

Vorbei ist es mit dem beschaulichen Leben des nicht gerade beliebten Milbo Muffin, seit er sich auf ein Abenteuer eingelassen hat, das jegliche Wobbitvorstellungskraft (und die ist nicht besonders groß) bei Weitem übersteigt. Nicht nur, dass er überraschend Besuch vom windigen Zauberer Ranndarf und dreizehn Zwergen zum Brunch bekommt. Er soll auch einen Drachen töten, die Grundstückspreise retten und ahnungslosen Fabelwesen überteuerte Ramschwaren verkaufen. Milbo wird sich auf eine Reise begeben, zu der noch kein Wobbit aufgebrochen und von der folgerichtig auch noch kein Wobbit zurückgekehrt ist ...

Paul Erickson hat weder zahlreiche Initialen noch wurde er am 3. Januar 1892 in Bloemfontein/Südafrika geboren. Er lebte nicht ab 1896 in England und war nicht Professor für germanische Philologie in Oxford. Erfreulicherweise starb er auch nicht am 2. September 1973 in Bournemouth. Das Einzige, was ihn wirklich auszeichnet, ist die Tatsache, dass nach seiner Vorlage der Roman »Der Hobbit« von J. R. R. Tolkien entstand. Aber das ist ja auch schon mal etwas.

Paul Erickson

DER WOBBIT

Oder Einmal Hin- und Rückfahrt, bitte!

Aus dem amerikanischen Englisch
von Simon Weinert

Piper München Zürich

Entdecke die Welt der Piper Fantasy:

Piper-Fantasy.de

MIX
Papier aus verantwortungsvollen Quellen
FSC® C083411

Deutsche Erstausgabe
November 2012

Titel der amerikanischen Originalausgabe:
»The Wobbit«

Umschlaggestaltung: Guter Punkt, München/www.guter-punkt.de
Umschlagabbildung: Viktor Fetsch
Satz: C. Schaber Datentechnik, Wels
Papier: Munken Print von Arctic Paper Munkedals AB, Schweden
Druck und Bindung: CPI – Clausen & Bosse, Leck
Printed in Germany ISBN 978-3-492-26910-0

Dieses Buch ist Mary Beth gewidmet,
weil sie immer und immer wieder »Ja«
zu diesem Projekt gesagt hat.

Kapitel 1

Ein unerwarteter Brunch

In einem Loch in der Erde, da lebte ein Wobbit. Genauer gesagt war es eine Kellerwohnung. Nicht so schmutzig, dass sie einer feuchten Höhle glich, aber auch nicht sauber und hell wie die Party-Bungalows am Strand. Insgesamt rangierte das Apartment eindeutig eher am ranzigen Ende der Skala. Zwar wird so manches Heim durch Pflanzen wohnlicher, doch im Haus des Wobbit wuchsen nur Schimmel an der Wand und Moder in der Badewanne. He, eine Kellerwohnung bedeutet nun einmal Schimmel.

Dieser Wobbit war kein sehr wohlhabender Wobbit, und sein Name war Muffin. Er jobbte in einem Kaffeeladen am Ort als Barista, immerhin eine ehrliche Arbeit. Davor war er Banker gewesen.

Die Muffins wohnten schon seit unvordenklichen Zeiten in Wobbingen, und zwar im bescheidenen Viertel von Muffend. Der Muffin unserer Geschichte hatte seine Kellerwohnung von Virginia gemietet, die im Vorderhaus einen Schönheitssalon betrieb. Ihm gefiel das Haus. In der Nähe gab es einen Waschsalon, wo er seine kurzen Westen und Kordhosen waschen konnte.

Muffin blieb meist für sich und mied Straßenfeste und Garagenflohmärkte. Wenn er mit seinen Wobbitnachbarn sprach, fühlte er sich immer wie ein Wobbit zweiter Klasse.

Das lag sicher daran, dass die Nachbarn in ihm tatsächlich einen Wobbit zweiter Klasse sahen. Trotz seines eigenbrötlerischen Lebenswandels kannte jeder die Muffins. Das lag an seinen Vorfahren. Über Generationen waren die Muffins so schwerfällig und vorhersehbar gewesen, dass man alle kannte, wenn man einen kannte. Und ohnehin wollte niemand mehr als einen von ihnen kennenlernen.

Dies ist die Geschichte von einem Muffin, der ein Abenteuer erlebte, Dinge tat, vor denen er normalerweise zurückschreckte, und Sachen sagte, die er normalerweise für sich behielt. Am Ende erlangte er damit aber dennoch nicht die Achtung der Nachbarn. Doch immerhin gewann er ein Vermögen und einen magischen Ring, der ... doch ich greife zu weit vor.

Die Mutter des Wobbits, von dem wir reden – aber was zum Teufel ist eigentlich ein Wobbit? Ich glaube, dass die Wobbits einer Beschreibung bedürfen, denn sie sind selten geworden und gehen den großen Leuten mit guten Jobs aus dem Weg. Sie sind klein, richtig klein, und das wird von ihrer schlaffen Körperhaltung sogar noch betont. Wobbits sind so klein, dass sie regelmäßig Prügel von Kobolden beziehen. Wobbits sind deutlich kleiner als die meisten Kinder, sogar kleiner als ihre eigenen. So klein sind Wobbits, dass manche nicht einmal Beine haben, die lang genug sind, um den Boden zu berühren. Damit solltet ihr eine grobe Vorstellung haben.

Bärte sind nicht verbreitet, nicht einmal unter dem Kinn oder zu einem Schnurrbart gezwirbelt. Mit Zauberei haben sie nichts am Hut. Lediglich mit jener alltäglichen Magie, die ihnen hilft zu verschwinden, wenn man sie fragt, ob sie einem beim Umzug helfen oder einen rasch zum Flughafen fahren können. Sie tragen keine Schuhe, weshalb sie ausschließlich in Wobbitrestaurants essen gehen können. Ihre Füße sind groß und haarig, aber vielleicht wirken sie auch nur so groß, weil Wobbits sonst so klein sind. So ähnlich, wie Querstreifen einen dicker aussehen lassen.

Wie ich bereits sagen wollte, war die Mutter unseres Wobbits – der sich Milbo Muffin nennt – die sagenhafte Primadonna Tucke. Man erzählte sich, dass eine ihrer Tuckenvorfahrinnen vor langer Zeit einen Elben zum Mann genommen hatte. Doch dieses Gerücht fußte auf einigen traurigen Missverständnissen, was den Lebensstil der Elben anging. Folglich galten die Tucken bei den meisten Wobbits als sonderbar und wurden nur aus sicherer Entfernung beäugt, und das will schon etwas heißen. Seit Urzeiten pflegten sie eigenartige Vorlieben und trieben ziellos von einer Comicbörse zur anderen, verirrten sich auf Wargamer-Conventions und Mittelaltermärkte.

Eines Morgens in der Frühe der Zeiten, als es noch wenig Geräusche, aber dafür mehr von Ratten und ungeklärten Abwässern übertragene Seuchen gab, stand Milbo vor seiner Tür, aß einen Frühstücksburrito und trank dazu einen großen Kaffee Latte mit Haselnussaroma. Da ereignete sich ein merkwürdiger Zufall: Ranndarf schaute vorbei. Ranndarf! Wenn ihr auch nur ein Viertel von dem gehört hättet, was ich über ihn gehört habe, dann wäre mir viermal so viel zu Ohren gekommen wie euch.

Das meiste davon stimmt natürlich nicht. Das einzig wirklich Bemerkenswerte an Ranndarf war sein Talent, sich selbst anzupreisen. Obwohl er nun schon viele Jahre nicht mehr im Lande gewesen war, war er bei den Wobbits noch immer eine ebenso große Legende wie Rübezahl und Robert Downey Jr. Er hatte einen Stecken mit einer magischen blauen Spitze bei sich und trug gewaltige schwarze Stiefel mit Flügelkappen. Um den Hals hatte er sich aus reiner Affektiertheit einen Schal geschlungen.

Und er hatte einen langen, zotteligen Bart, der ihm, wenn er ihn nicht zurechtgestutzt hätte, noch über den Rand seines zwielichtigen Lederhuts hinausgeragt hätte. Ältere Wobbits, die Ranndarf vor Jahren gesehen hatten, behaupteten, es handle sich bei dem Bart in Wahrheit um wuchernde Nasenhaare. Das lag daran, dass die meisten älteren Wobbits regelmäßig ihre Nasenhaare scheren mussten.

»Einen schönen guten Morgen!«, sagte Milbo, und genauso meinte er es auch. Doch Ranndarf sah ihn über den Rand seines buschigen Schnurrbarts hinweg an.

»Was meinen Sie damit?«, entgegnete er schließlich. »Was soll das heißen, ›gut‹, und was soll ›Morgen‹ heißen?«

»Ähm, wie meinen?«, sagte Milbo.

»Genug gequatscht«, meinte Ranndarf. »Ich bin hier, um Ihnen das Angebot Ihres Lebens zu machen! Ich suche nach jemandem für ein kurzes, einfaches Abenteuer, das ich gerade vorbereite. So kurz und einfach, dass ich sogleich an Sie gedacht habe!«

Ich kenne den Kerl erst seit einigen Augenblicken, und schon fängt er an, Witze über »kurze« Leute zu machen, dachte Milbo. Aber er beschloss, Größe zu zeigen und höflich zu bleiben.

»Wir hier in Wobbingen sind einfache, rechtschaffene Langweiler«, erklärte Milbo. »Für Abenteuer haben wir nichts übrig. Die fressen einem nur die Urlaubstage auf und unterbrechen einen bei der Rasenpflege.« Er sah in die Ferne, als wäre er ganz in den Genuss seines Latte versunken. Doch der Alte rührte sich nicht und gab keinen Ton von sich.

»Guten Morgen!«, sagte Milbo schließlich. »Ich kaufe grundsätzlich keine Pfadfinderkekse, also werde ich mich bestimmt auch nicht von jemandem zu einem Abenteuer anwerben lassen, der von Haustür zu Haustür zieht. Versuchen Sie es lieber woanders, in Muffhöhe, Muffländer Wald oder in Obermuffdorf.« Er biss kräftig in sein Burrito, sodass Salsa auf Ranndarfs Robe spritzte.

»Was Sie mit Guten Morgen alles meinen!«, sagte Ranndarf. »Zu dumm, dass Sie die Salsaflecken damit nicht wegkriegen. Diese Magierrobe habe ich erst bei Memme & Haubitz gekauft.«

»Kennen wir uns?«, fragte Milbo. »Ich meine, Ihren Namen nicht zu kennen.«

»Nein – aber ich kenne Ihren, Herr Milbo Muffin.« Das war keine Kunst, denn Milbo trug sein Namensschild aus dem Kaffeeladen.

»Und Sie kennen meinen Namen auch, Sie wissen nur nicht, dass er zu mir gehört. Ich bin Ranndarf, und Ranndarf, denken Sie nur, das bin ich! Dass ich das noch erleben muss: Belladonna Tuckes Sohn will mich mit einem Guten Morgen abwimmeln, als ginge ich mit anpassbaren Hypotheken hausieren!«

»Ranndarf!«, rief Milbo aus. »Doch nicht der wandernde Zauberer, der dem alten Tucke ein Paar magische Rubinpantoffeln verehrte, die ihn heimbrachten, wenn er mal wieder nicht mehr wusste, wo er wohnte? Doch nicht der Kerl, der auf Partys so wunderbare Geschichten zum Besten gab wie die über den Jäger aus Kurpfalz und das Mädchen aus Ipanema? Doch nicht der Ranndarf, der mit seinen Schneeballsystemen die ganzen Anwälte beschäftigt hat? Ich bitte um Verzeihung, aber ich hatte keine Ahnung, dass Sie wieder auf freiem Fuß sind.«

»Ich war nie eingesperrt!«, wehrte sich der Zauberer.

»Ich habe mich mit dem Staatsanwalt geeinigt. Zu dumm, dass meine Kollegen allesamt so offensichtlich schuldig waren. Aber egal, jedenfalls bin ich froh, dass Sie sich an mich erinnern. Ich werde Ihnen schon noch gewähren, was Sie erbeten haben.«

»Sie werden mir verzeihen?«

»Nein, ich gebe Ihnen einen Abdruck meiner gewaltigen schwarzen Stiefel auf Ihre vier Buchstaben! Danach scheinen Sie ja zu verlangen, seit Sie mich mit Salsa bespritzt haben. Sie können froh sein, dass ich für das Abenteuer keinen lädierten Hintern brauchen kann.«

»Tut mir leid! Ich wünsche keine Abenteuer, vielen Dank. Einen guten Morgen!« Doch Ranndarf wollte sich noch immer nicht rühren. Für den Fall, dass an den alten Geschichten über den Zauberer etwas dran war, überdachte Milbo seine Unfreundlichkeit noch einmal und setzte höflich, wenn auch unaufrichtig hinzu: »Schauen Sie doch morgen auf einen Brunch vorbei, da habe ich meinen freien Tag. Genau, morgen zum Brunch, ausgezeichnet!« Damit drehte sich der Wobbit um und krabbelte in seine Höhle zurück, wie es nur Wobbits und Einsiedlerkrebse können. So schnell er es übers Herz brachte, schloss er die runde Fliegengittertür.

Was habe ich mir dabei nur gedacht?, fragte er sich, als er zur Küchenzeile ging. Ein Schluck würde ihm jetzt guttun und seine angeschlagenen Nerven beruhigen. Er fand eine verkrustete Flasche mit Brombeerschnaps, die schon viel zu lange herumstand. Der würde den Zweck erfüllen, auch wenn er widerlich schmeckte.

Ranndarf stand noch immer vor der Tür. Nach einer Weile trat er näher und kratzte ein seltsames Zeichen auf die Aluminiumtür des Wobbits. Dann zog der Zauberer davon, gerade als Milbo seinen zweiten Cocktail ausgetrunken hatte. Dieser war so erschüttert, dass er den Tag krankfeierte.

Am nächsten Morgen hatte er Ranndarf und die Einladung zum Brunch völlig vergessen. Er merkte sich Termine nur, wenn er sie in seinen Elfskine-Kalender eintrug. Zum Beispiel so: *Anruf beim Jobcenter, heute*. Aber gestern war er viel zu sehr mit seiner abgelaufenen Flasche Brombeerschnaps beschäftigt gewesen, um die Einladung Ranndarfs einzutragen, auch wenn sie ohnehin nicht ernst gemeint gewesen war.

Kurz vor elf kam ein Klopfen von der Fliegengittertür, die das Geräusch in seiner Lautstärke noch intensivierte und mit einem Scheppern anreicherte, da sie wacklig im Rahmen hing. Jetzt erinnerte er sich! Rasch setzte er ein paar Eier auf, schnitt einige Melonenschnitze zurecht und suchte nach Champagner, um Mimosas zu mixen. Doch dann entschied er, doch lieber den widerlichen Brombeerschnaps zu servieren, und rannte zur Tür.

»Ganz nach der Mode zu früh, Ranndarf!«, sagte er, musste aber erkennen, dass keineswegs Ranndarf vor ihm stand. Es war ein Zwerg mit einem langen schwarzen Jazzerbart, den er hinter den Korduangürtel gesteckt hatte. Sogleich drängelte sich der Zwerg herein und sagte: »Quälihn von der SmithiBank. Hier meine Karte.« Er hielt Milbo eine Visitenkarte hin. Offenbar saß er im Aufsichtsrat der SmithiBank: *Die Bank der Metallschmiede, Minenarbeiter und Mechaniker steht allen Zwergen und Kobolden seit dem Zweiten Zeitalter zu Diensten.*

»Ähm, hi. Ich bin Milbo Muffin. Sehen Sie, ich erwarte einen alten Freund von auswärts, deshalb sollten Sie besser gehen. Das verstehen Sie doch. Übrigens habe ich auch bei der SmithiBank gearbeitet! Ich saß in der Wobbinger Filiale hinterm Schalter.«

»Ja, die Welt ist klein, was? Nichts für ungut! Ist das Omelette, was da so riecht?«

Milbo ging nicht auf die beleidigende Bemerkung über die »kleine Welt« ein. Gerade suchte er nach einer Erwiderung, die mehr Eindruck machte als sein »Sie sollten besser gehen«, als von der Fliegengittertür ein weiteres Scheppern herüberdrang.

»Ehrlich gesagt bin ich erleichtert, dass Sie gekommen sind, Ranndarf«, sagte Milbo an der Tür, doch es war wieder nicht Ranndarf. Stattdessen war es ein anderer Zwerg. Dieser war sehr alt und hatte weiße Koteletten. Er schob Milbo zur Seite.

»Pfählihn, Aufsichtsratsmitglied der SmithiBank. Hier meine Karte«, sagte er. »Wie ich sehe, kommen die anderen auch schon.«

Was geht hier vor?, fragte sich Milbo. *Was wollen diese Zwerge? Die SmithiBank ist bankrott, aber vielleicht kennen die hohen Tiere andere Banker, die noch nicht bankrott sind. Soll ich sie etwa doch nicht fortschicken und das Ganze als eine Gelegenheit zum Networken nutzen? Wenn ich wieder einen Job bei einer Bank hätte, könnte ich mir wenigstens wieder eine private Krankenversicherung leisten.*« Während seiner Arbeitslosigkeit war Milbo mithilfe des Quartz-IX-Programms weiterhin über die SmithiBank versichert gewesen, aber seine Beiträge waren schlichtweg ungeheuerlich gewesen.

Sie sollen auf eine Tasse Kaffee bleiben, beschloss Milbo, doch Pfählihn unterbrach seine Gedanken.

»Ich nehme einen Wodka Screwdriver und ein Omelette.«

Da klopfte es wieder an der Tür. Wie ihr euch inzwischen denken könnt, war es wieder nicht Ranndarf, sondern es waren weitere Zwerge mit weiteren Visitenkarten vom Aufsichtsrat der SmithiBank. Beide wiesen eigenartigen Bartwuchs auf und trugen seltsame Namen: Hilli und Billi.

»Bringen Sie uns ein paar Dunkin' Donuts«, verlangten sie.

»Kommt sofort«, sagte Milbo. »Veranstalten Sie hier ein Treffen? Wäre ein Hotel dafür nicht besser geeignet? Ein Stück die Straße runter gibt es ein Bester-Schwarzweiß-Western-Hotel, und dort gibt es auch eine Lounge. Sie sehen mir nach starken Trinkern aus.«

»Wo ist der Schinkenständer?«, fragte Quälihn. »Ich will, dass meiner frisch vom Knochen geschnitten wird.«

»Ich geb Ihnen gleich was auf den Schinken«, sagte Milbo, als es erneut klopfte. Noch mehr Zwerge mit komischen Namen, Visitenkarten, Bärten und Speisewünschen. Es ging eine ganze Zeit lang so weiter, aber wahrscheinlich genügt es, wenn ich euch die Namen der Neuankömmlinge nenne und die Gespräche überspringe. Nun denn: Mori, Touri und Iro sowie Boing und Doing, auf die Bifi und Tofu und Fettsack folgten.

Zuletzt kam der Aufdringlichste und Anmaßendste von allen, und es handelte sich bei ihm um niemand Geringeren als den Aufsichtsratsvorsitzenden der SmithiBank höchstpersönlich, den großen Theorin Eichenkilt. Doch Fettsack hatte sich die Hand in Milbos klappriger Fliegengittertür eingeklemmt, und Theorin stolperte über ihn. Die sich anschließende Zwergenkarambolage in Milbos Flur wäre ein lustiger Anblick gewesen, wenn sie sich nicht in seiner Wohnung zugetragen hätte. Ranndarf, der als Letzter eintrat, fand sie jedenfalls lustig.

»Milbo, mein Junge, diese Zwerge verbreiten mehr gute Laune als die Feen-Pride-Parade«, sagte er. Dann stupste er die Gestürzten schadenfroh mit seinem Stock, den er je nach Gemütsverfassung und Trostbedürfnis als Stecken und Stab bezeichnete. »Meine Güte, ich verdurste. Was ist das? Ein Longdrink mit Brombeerschnaps? Nein danke! Für mich bitte einen Scotch, Single Malt. Einen Glenlivet.«

»Für mich auch«, sagte Theorin.

»Mir lieber einen Glenfiddich«, meldete sich Bifi.

»Hier bitte einmal Glennclose«, rief Tofu.

»Hier darf's ein Glenngould sein«, verlangte Fettsack. »Wohltemperiert, bitte sehr, damit er fugenlos runtergeht. Mit einem Spritzer aus dem Bach, möglichst entkalkt, falls Sie das haben.«

»Seien Sie doch bitte so lieb und schmieren Sie ein paar Stullen!«, rief ihm Ranndarf hinterher. »Und bringen Sie ein paar Minihamburger und Frühlingsrollen!«

Wenn ich mich durch den Hinterausgang verziehen würde, wie lange müsste ich wohl warten, bis sie wieder weg sind?, dachte Mister Muffin. Er hatte nur selten Gäste, und bald waren alle Schüsseln, Gläser, Reisethermoskannen, Vasen und Souvenirteller in Benutzung. Das Ganze verblüffte ihn nicht zu knapp.

»Ach du gute Güte!«, sagte er. »Würde es Sie umbringen, wenn Sie mir ein bisschen zur Hand gingen?« Und siehe da: Vor ihm stand Theorin Eichenkilt.

»Ich würde Ihnen ja gerne helfen«, erklärte Theorin. »Aber der Arzt sagt, dass es mein Tod wäre. Ich habe ein seltenes Krankheitsbild. Doch vielleicht ließen sich einige meiner Vizepräsidenten durch Anreize zu einer Handreichung ermutigen.«

»Wären unsere Bonuszahlungen leistungsabhängig?«, wollte Quälihn wissen.

»Natürlich, und wie immer liefern wir nur allerbeste Arbeit ab. Würden wir momentan nicht in dieser Finanzkrise stecken, würde ich unsere Mission auf der Stelle als erfüllt erklären und dieses Abenteuer als vollen Erfolg verzeichnen. Da für uns Zwerge jedoch harte Zeiten angebrochen sind, können wir uns nicht mehr die Prämien von einst auszahlen. Also nur zu und frisch angepackt! Und lasst uns dabei ein Liedchen trällern.«

Und so fingen die Zwerge an zu singen, während einige abwuschen und andere weiter aßen und tranken, was kein besonders schöner Anblick war. Zwar halten Wobbits so manches an schlechten Tischmanieren aus, aber einem Dutzend Zwerge zuzuschauen, die mit vollem Mund und Krümeln im Bart arbeiteten und Lieder schmetterten, das war ein unvergessliches Erlebnis. Sie sangen ununterbrochen, während sie abwuschen und das »saubere« Geschirr aufräumten. Bald sah Milbos Küchenzeile wie eine Saftbar aus, in der ein Mord stattgefunden hatte. Immerhin hatten die Zwerge schöne Stimmen, und die Melodie war wohlbekannt.

Milbo Muffin lebt im Loch
I-ah, i-ah, oh!
Einen Teller gibt's da in dem Loch
I-ah, i-ah, oh!
Eine Tasse geht klirr, eine Gabel macht zoing
Wein macht Klecks, Bier macht Fleck, allenthalben spritz, spritz.
Das gefällt dem Milbo nicht.
I-ah, i-ah, oh!

Das Silber schrubb' mit deinem Bart
I-ah, i-ah, oh!
Leck den Teller, bis er glänzt
I-ah, i-ah, oh!

Der Bart macht kratz, und die Zunge macht schleck
Löffel kratz, Teller leck, Milbo kommt das Kotz, Kotz
Das gefällt dem Milbo nicht.
I-ah, i-ah, oh!

Spucke nimm als Politur
I-ah, i-ah, oh!
Für den Kessel und den Topf
I-ah, i-ah, oh!
Hineingespuckt, dann hineingespien
Einmal spuck, zweimal spuck, überall gespuckt-spuckt
Das gefällt dem Milbo nicht.
I-ah, i-ah, oh!

Noch übelkeiterregender als die Art und Weise, wie die Zwerge seine Küche auf Vordermann brachten, fand Milbo nur noch den Rauch ihrer Pfeifen, der sich in seiner Wohnung ausbreitete. Theorin hatte die Füße auf Milbos Couchtisch gelegt und blies Rauchringe. Verzweifelt suchte der Wobbit nach einem Winkel mit »frischer« Luft, was nicht einfach war bei so vielen Zwergen auf engem Raum. Wohin er sich auch wandte, Theorins Rauchringe folgten ihm.

Der Geruch war schwindelerregend. Es handelte sich um einen fürchterlichen Tabak. Wenn man einen Zwiebeldip für ein Picknick zubereitet und die Schüssel nachher ins mit Wasser gefüllte Spülbecken stellt, die Klimaanlage abschaltet und erst zwei Tage später vom Picknick wieder zurückkehrt, dann wird man von einem Gestank willkommen geheißen, der dem ähnelt, der Milbo nun in die Nase stieg. Auch Ranndarf qualmte. Er war ganz eingehüllt in eine Rauchwolke, und im trüben Licht wirkte er fremdartig und kränklich.

»Jetzt ein bisschen richtige Musik!«, sagte Theorin. »Packt eure Instrumente aus!«

O nein, dachte Milbo. Und natürlich zogen Hilli und Billi schon ihre Kazoos heraus. Mori, Touri und Iro zückten Nasenflöten, während Fettsack sich auf der Mandoline einspielte. Bifi und Tofu griffen zu ihren Löffeln, Pfählihn und Quälihn kramten Tamburins mit langen Bändern hervor. Theorin reichte man ein schweres Banjo mit Eisenrahmen. Nie hätte Milbo sich träumen lassen, dass man so viel Zeit damit zubringen konnte, ein Instrument mit nur fünf Saiten zu stimmen. Aber vielleicht war Theorin auch nur nicht mehr der Schnellste, nachdem er einige Gläser von Milbos Scotch getrunken hatte.

Als würden sie alle nach einer durchzechten Nacht vom selben Brechreiz erfasst, legten die Zwerge wie auf ein Kommando los. Die Musik fing an. Milbo lauschte und vergaß das zerbrochene Geschirr und alles andere um sich her, während es allmählich dunkel wurde.

Dann hob Theorin zu singen an. Milbo wurde in dunkle Lande hinweggeführt, unter seltsame Monde, an die Wasser der Westküste. Nie zuvor hatte er zwergischen Texten gelauscht, aber die Melodie kam ihm bekannt vor. Ja, genau, es war der Country-Song aus dem »Großstadtrevier«.

Die Zwerge einst im Rudel kamen,
Eröffneten ein Bankhaus
Weit hinter den Kübelbergen.
Dort saßen sie im Trüben
Und debattierten alles aus.
Es wachten ein paar alte Zwerge.

Kleine Zwerge, große Kredite,
Viel Schatten, kaum Licht
Im Vereinsamten Berg.
Kleine Kniffe, große Rendite,
Die wahre Zahlungspflicht
Zeigt sich im Vereinsamten Berg.

Wo das Rudel auch hinkam,
Gab es Darlehen für alle,
Für Häuser, Höfe und Heime.
Nahe den Fischen im trüben See,
Da bauten sie ihre Schalterhalle.
Pfeifendeckel. Alles im Eimer.

Da kam der Drache
Aus uralter Zeit,
Was der sich rausnahm,
Das ging zu weit!

Kleine Zwerge, großer Drache,
Viel Feuer, kaum Luft
Im Vereinsamten Berg.
Kleiner Happen, großer Rachen,
Die wahre Zwergengruft:
Der Drachenbauch im Vereinsamten Berg.

Als Seestadt in Schutt lag,
Nahmen wir tapfer Reißaus,
Das schien uns schwer angesagt.
Zu holen gab es nichts mehr,
Denn die Kreditnehmer, o Graus,
Waren tot, die Geschäfte vertagt.

Wenn die Bank bankrottgeht,
Sagen wir Lebewohl
Zu den Zwergenrudeln der Heimat
Und schwören mit edelsten Trieben,
Dass der Drache sterben soll,
Damit die Bank bald wieder aufhat!

Profit ist das Ziel
Seit uralter Zeit.
Dann wird wieder gefeiert,
Macht euch bereit!

Kleine Zwerge, große Kredite,
Viel Schatten, kaum Licht
Im Vereinsamten Berg.
Kleine Kniffe, große Rendite,
Die wahre Zahlungspflicht
Zeigt sich im Vereinsamten Berg.

Während sie so sangen, verspürte der Wobbit in sich die Liebe zum schnellen Geld, eine leidenschaftliche und eifersüchtige Liebe. Er teilte die Sehnsucht der Zwerge nach einem Kniff, mit dem man auf der Stelle reich werden konnte. In ihm erwachte etwas Tuckenhaftes, das Verlangen nach Reichtum, um seine Sammlung von Tüftenballmemorabilia zu vervollständigen.

Tüftenball ist ein ausschließlich von Wobbits betriebener Sport, den Milbo lange betrieben hatte – allerdings nur als Zuschauer. Bei dem Spiel jagten sich zwei Mannschaften aus Wobbits, von denen manche beinahe vier Fuß in die Höhe ragten, auf einem freien Feld und versuchten, große Kartoffeln (oder Steckrüben) zu fangen und sich gegenseitig zuzuwerfen. Trikots der einzelnen

Teams waren leicht zu finden, aber teuer. Spielbälle dagegen bekam man fast gar nicht, egal zu welchem Preis, denn diese wurden normalerweise von den Spielern verspeist.

Milbo dachte an seine künftige Sammlung, bevor er aufstand, um seine jetzige zu betrachten und zu überlegen, welche Trophäe er als Nächstes kaufen musste. Er konnte es kaum erwarten, seinen Anteil an dem Zwergenjob zu verprassen, obwohl ihm noch keiner ein Angebot gemacht hatte.

»Wo wollen Sie hin?«, fragte Theorin. Da war Milbo klar, dass der Zwergenchef über seinen geheimen Wunsch Bescheid wusste. Doch er tröstete sich mit dem Gedanken: *Nur Genie erkennt Genie*, wie die alte Primadonna Tucke zu sagen pflegte.

»Ich habe Durst«, erklärte Milbo. »Sonst noch jemand ein Leichtbier?«

»Wir wollen Dunkelbier«, sprachen die Zwerge im Chor. »Dunkelbier für zwielichtige Geschäfte.«

»Dann muss ich schnell eines besorgen gehen«, sagte Milbo und geriet mit dem Fuß in einen Eimer. Damit stolperte er scheppernd herum, bis er auf einen Rechen neben der Tür trat. Der Stiel traf ihn am Auge, und er stieß gegen einen Klapptisch, auf den die Zwerge nach ihrem letzten Lied die Instrumente gelegt hatten. Mit großem Lärm krachte der Tisch zusammen.

»Pscht!«, sagte Ranndarf. »So lassen Sie doch den Chef reden!« Und so begann Theorin.

»Ranndarf, Zwerge und Mister Muffin! Wir haben uns im Hause unseres Freundes und Mitverschwörers zusammengefunden, dieses ausgezeichneten und wagemutigen Wobbits – mögen die Haare in seinen Ohren niemals ausfallen! Alles Lob seiner gut bestückten Bar!« Er machte eine Pause, um dem Wobbit Gelegenheit zu einer höflichen Antwort zu geben, doch Milbo war zu sehr damit beschäftigt, mit seinem unverletzten Auge nach einem Ausweg zu suchen. Mit dem Wissen über Theorins berüchtigte Geschäftsdevise der SmithiBank – *Solange du nicht geschnappt wirst, ist es kein Verbrechen* – fand er es beunruhigend, dass dieser ihn »Mitverschwörer« nannte.

»Harumpf! Es wäre eine Vernachlässigung meiner Pflichten als Hauptgeschäftsführer der Neuen Smithi Finanzdienstleistungen XL, wenn ich, während wir unsere Reise planen, nicht auf die Gefahren dieser Unternehmung hinweisen würde. Finanziell steht sie auf soliden Füßen, aber körperlich ist sie eine Risikoanlage. Um genau zu sein, bestehen sogar tödliche Gefahren. Manche von uns werden womöglich nicht zurückkehren. Ich wäre erstaunt und sogar ein wenig enttäuscht, wenn nicht wenigstens drei von uns das Zeitliche segnen würden. Wenn Sie mal auf Seite 41 unsres Prospekts nachschlagen wollen, dort befindet sich eine Liste der blutigen Fährnisse, die unserer harren.« Er verteilte ein Schriftstück.

»Bevor jemand von Ihnen die Verzichtserklärung auf jegliche Haftpflicht unterschreibt, lese ich Punkt 26.4 laut vor: ›Diese Reise ist nicht rückversichert. Sie könnten einzelnen Körperteilen oder gar des Lebens verlustig gehen. Ihre voraussichtliche Überlebenswahrscheinlichkeit errechnet sich aus früheren Leistungen, stellt aber keine Gewähr für eine wohlbehaltene Rückkehr dar. Die Ergebnisse können schwanken.‹ Blättern Sie weiter zu Seite 78 und …«

Das war Theorins Stil. Die Zwerge und Ranndarf verfielen allmählich ins Dösen. Theorin hätte weitergemacht, bis alle, er selbst eingeschlossen, fest eingeschlafen wären, wenn es Milbo nicht zu viel geworden wäre.

Bei den Worten »manche werden womöglich nicht zurückkehren« spürte er einen Schrei in sich aufsteigen, wie es allen Tucken zuweilen geschah. Die Tucken waren sehr emotional und drückten das hin und wieder auf »unangebrachte« Art und Weise aus: Indem sie im Laden heulten, sich mit den Bedienungen zankten, sich einer Festnahme widersetzten, all so Sachen. Und wie es seine Ahnherren in grauer Vorzeit getan hatten, so tat nun auch Milbo und kreischte wie ein kleines Mädchen.

Die aufgeschreckten Zwerge sprangen bei dem durchdringenden Laut auf. Instinktiv schleuderte Ranndarf einen Zauberspruch, um sich zu verteidigen. Es tat einen mächtigen Donnerschlag, am Ende des Zauberstabs entzündete sich ein blaues Licht, doch weiter geschah nichts. Der Spruch hätte das Opfer des Magiers eigentlich auf halbe Mannesgröße geschrumpft, doch da der Zauber auf den verängstigten Milbo gemünzt war, passierte nichts.

»Tut mir leid«, sagte Ranndarf, doch Milbo, wie ein Fötus auf dem Boden zusammengerollt, konnte nur ein ums andere Mal schreien: »Ich bin getroffen! Die Ironie hat mich gefällt!« Ironie hatte schon immer eine durchschlagende Wirkung auf ihn gehabt.

»Ein erregbarer kleiner Bursche«, meinte Ranndarf. »Er bekommt komische, verrückte Anwandlungen wie alle Tucken, aber er ist wütend wie ein gezwickter Drache.«

Theorin wandte sich zu Milbo um, um ihn zu zwicken und Ranndarfs Aussage nachzuprüfen, doch der Wobbit hatte sich schmollend verzogen. Wenn ihr jemals einen gezwickten Drachen gesehen habt, so werdet ihr feststellen, dass dies eine poetische Übertreibung in Bezug auf einen Wobbit war. Selbst in Bezug auf des alten Tucken Urgroßonkel Müllquassler wäre es eine Übertreibung gewesen, und der war (für einen Wobbit) so groß, dass er in der Achterbahn einen Erwachsenensitz gebraucht hatte. Berühmt war dieser geworden, weil er Frieden mit den Orks geschlossen hatte, indem er deren König Golfimpfuhl zu einem langen Morgenspaziergang und einem anschließenden Umtrunk herausgefordert hatte. Am nächsten Tag war dem Orkmonarchen vor Schmerzen schier der Kopf geplatzt, worauf rasch ein Friedensabkommen ausgehandelt und das Golfspiel erfunden wurde.

Milbo mangelte es zwar an der Tapferkeit seines Urgroßonkels, doch er war ein ebenso standhafter Trinker. Während er schmollte, sah er sich nach den Resten seiner Whiskeysammlung um und entdeckte tatsächlich eine Flasche Glenorglenda, die den Zwergen entgangen war. Er nahm einen kräftigen Schluck und versuchte, das Vorgefallene auszublenden. Dabei vermochte er aber nicht zu verhindern, dass er dem Gespräch der Zwerge lauschte.

Da hörte er Doing Folgendes sagen: »Humpf! Glauben Sie, dass er es schaffen wird? Ein Schrei wie dieser wäre bei einem Junggesellenabschied schon total peinlich gewesen. Wie soll er erst auf Drachenjagd gehen? Bob und Matt, die beiden Typen, die mir den Bart stylen, sind wehrhafter als der Kurze da.«

Da meldete sich Mister Muffin zu Wort. Die kühnere Tuckenseite und der Scotch hatten die Oberhand über das muffig-träge Muffinnaturell gewonnen.

»Na schön, Mister Style-Bart«, sagte er. »Ich war nur eine Schalterkraft, als ich in der Wobbinger Filiale der SmithiBank für euch gearbeitet habe. Nie habe ich einen von Ihnen persönlich kennengelernt, aber ich habe Sie trotzdem nicht gemocht und tue es auch jetzt nicht. Sie sind ins falsche Loch gekrochen. An meiner Tür hängt vielleicht kein Schild, auf dem steht, dass ich Arbeit suche, aber ich brauche trotzdem eine, also machen Sie mir ein Angebot. Ich bin zu allem bereit. Ich hatte einen Ururgroßonkel, Müllquassler Tucke, und …«

»Ja, ja, und der hat das Golfen erfunden, aber das ist lange her«, sagte Doing. »Ich sprach von Ihnen, Sie halbes Maß. Und da ist sehr wohl ein Zeichen an Ihrer Tür. *Einbrecher mit ausgewiesenem Talent in Heimlichkeit sucht ab sofort Anstellung mit Möglichkeiten zur persönlichen Weiterentwicklung.* So liest man das Zeichen für gewöhnlich. Statt Einbrecher kann man aber auch Fachberater lesen, falls Ihnen das lieber ist. Das wollen die meisten. Von Ihnen haben wir durch Ranndarf erfahren, der uns zu diesem Meet & Greet eingeladen hat.«

»Sie haben die eingeladen?«, kreischte Milbo. »Diese Schweine trinken und fressen mich aus dem Haus und …«

»Milbo, mein Junge, das zahle ich Ihnen natürlich alles zurück«, beruhigte ihn Ranndarf. »Aber wen kümmert das schon? Wollen Sie nicht reich werden? Und an Ihrer Tür ist tatsächlich ein Zeichen, das ich dort angebracht habe, und dazu noch in fabelhafter Ausführung. Die Farbe bekommen Sie nie wieder ab. Doch lassen Sie uns nicht herumkritteln, Doing. Milbo ist unser Einbrecher, und ich bin überzeugt, dass er während des Arbeitsverhältnisses noch etwas dazulernen wird. Wenn Sie mir widersprechen, kündige ich, und Theorin kann sich einen neuen Projektmanager suchen. Sonst noch irgendwelche Bedenken?« Ranndarf wartete ab, doch Milbo, Doing und Theorin schwiegen.

»Ausgezeichnet. Wir sollten einen Blick auf die Karte werfen, die ich mitgebracht habe. Sie wurde von Board angefertigt, Ihrem Großvater, Theorin.« Theorin warf ihm einen Blick zu, der deutlich sagte: *Ich weiß, dass er mein Großvater war.* »Auf einer Seite ist ein Verbinde-die-Punkte-Bild und ein Wortsuchspiel, auf der anderen die Karte des Berges. Darauf sind SmithiBank Plaza, Seestadt, der Drache und unser Aufenthaltsort – hier, wo ›Ihr Standort‹ steht – eingezeichnet. Der Plan sieht folgendermaßen aus: Milbo schleicht sich mithilfe dieses Schlüssels durch den Diensteingang hinein und improvisiert von da an. Durch die verriegelte Tür zu kommen, ist die größte Herausforderung, glauben Sie mir. Den Drachen zu töten, sollte nicht sonderlich schwer sein, das überlassen wir am besten Milbo. Der wird das schon schaukeln, wenn es so weit ist. Noch irgendwelche Fragen?«

»Was hat es mit diesem Drachen auf sich?«

»Haben Sie während des Lieds vorhin nicht auf den Text geachtet? Die Karte? Der Prospekt?«, sagte Theorin. »Im Ernst, Ranndarf, konnten Sie keinen fähigeren Kerl auftreiben? Nun denn, dann singen wir unseren Titelsong eben noch einmal.«

Die Zwerge wiederholten das Lied. »Ich begreife es immer noch nicht«, verkündete Milbo darauf. »Könnten Sie statt des Lieds nicht einen Ausdruckstanz machen? Oder es mir einfach erklären?«

»Na, meinetwegen«, sagte Theorin. »Mein Großvater, Board, hat die SmithiBank aus dem Nichts aufgebaut, hat sie von einer kleinen Bausparklitsche in einen Bankenmonolithen verwandelt. Anleger aus der ganzen Welt haben uns ihr Gold und ihre Edelsteine gebracht. Andere wollten von uns Kredite. Durch Outsourcing, Automatisierung und haufenweise versteckte Gebühren haben wir die SmithiBank groß und äußerst gewinnträchtig gemacht. Doch die Hypotheken wurden nicht nur zur Quelle unsres größten Reichtums, sondern auch unser Fallstrick. Damals hatte man, wenn man ins Hypothekengeschäft einstieg, quasi die Lizenz zum Gelddrucken in der Hand.

Was Board eine Zeit lang übrigens auch gemacht hat. Er hat seinen Teilhabern ewiges und grenzenloses Wachstum versprochen, aber vielleicht war er ein wenig unrealistisch. Jedenfalls wurde die SmithiBank zum größten Anbieter von Hypotheken auf ganz Drittmittelerde, vor allem in Seestadt und in der Nähe des Vereinsamten Bergs. Doch wie es zuweilen geschieht, tauchte ein Drache auf und veränderte den Markt. Damit machte er alles kaputt. Er hieß Schmauch und zog nach Seestadt. Die Gelehrten und Analysten prognostizierten, dass damit ein hoher Verlust an Anteilskapital entstehen würde. Daraufhin verloren Seestadtimmobilien rapide an Wert. Das Vertrauen der Investoren schwand, und Anleger, vor allem Gremlins und Brownys, hätten all ihr Gold und ihre Edelsteine zurückgezogen, wenn Schmauch nicht darauf gesessen wäre. Um uns zu erholen, versuchten wir, ein paar der Kredite zu verkaufen. Wir bemühten uns um eine Rekapitalisierung. Nichts half, und von unsrer Bank blieben nur noch ein Portfolio aus nahezu wertlosen Darlehen, ein Schatzhaufen und ein schickes Bürogebäude der Firma, das von einem Drachen besetzt ist. Mein Großvater, ich und die paar wenigen Aufsichtsratsmitglieder, die Sie hier sehen, sind die einzigen Mitarbeiter, die Schmauch entkommen konnten. Als der Berg angegriffen wurde, waren der Aufsichtsrat und ich gerade auf dem See und veranstalteten eine Cocktailkreuzfahrt mit ein paar Kunden. Board entschlüpfte todesmutig durch den Diensteingang, den Ranndarf erwähnt hat. Allerdings galt der Schlüssel als verschollen, und mein Großvater ist plötzlich zum Wandern in die Kübelberge aufgebrochen. Ranndarf, wie haben Sie Zugriff auf den Schlüssel bekommen?«

»Indem ich zugriff, als er mir gegeben wurde«, antwortete der Zauberer. »Ihr Großvater wurde in den Kübelbergen getötet, wie Sie sich vielleicht erinnern. Von dem Orkkönig Abzock.«

»Ja, daran erinnere ich mich«, sagte Theorin. »Schließlich war Board mein Großvater.«

»In der Tat«, fuhr Ranndarf fort. »Wir sind uns in der Sommerresidenz des Orkkönigs in den Kübelbergen über den Weg gelaufen. Wie es der Zufall wollte, waren wir beide dort, um, ähm, Abzocks Frau, der Orkkönigin, einen Besuch abzustatten. Unerwarteterweise tauchte jedoch der Orkkönig auf, worauf wir es für geraten hielten, wieder aufzubrechen. Ich eilte voraus, um meinem Freund den Weg zu ebnen. Doch da er hinterherhinkte, kehrte ich um, um ihm zu helfen. Er hatte sich unnötigerweise mit Wertsachen beladen, deshalb habe ich ihm den Schlüssel und ein paar andere schwere Gegenstände wie zum Beispiel die Karte abgenommen. Er hat es nicht nach draußen geschafft, aber ich habe mein Bestes gegeben, weshalb ich, wie ich finde, Dank und Preis verdient habe!«

»Habe ich das richtig verstanden?«, fragte Milbo. »Obwohl Sie, Ranndarf, der Kopf hinter der ganzen Aktion sind, wollen Sie von mir, einem Fachberater und ehemaligem Schalterangestellten, dass ich den Drachen aus dem Weg schaffe?«

»Ganz exakt, mein Junge! Sie haben die Sache goldrichtig erfasst. Sie sind für dieses Projekt sogar noch besser geeignet, als ich dachte! Hört nur, er denkt um die Ecke des Geldschranks!«

Als ihm klar wurde, dass dies das beste Jobangebot seit Langem war, beschloss Milbo, noch einmal darüber zu schlafen. Anstatt abzuhauen, dösten die wenigen Zwerge, die nicht ohnehin schon eingeschlummert waren, auf ihren Plätzen ein. Milbos fantasievolle Tuckenseite wurde vom

Langweilertum des Muffinerbes verscheucht. Er hoffte, dass er am nächsten Morgen aufwachen und feststellen würde, dass alles nur ein Traum gewesen war. Ein übel riechender, empörender Traum.

Als er sein Klappbett herunterklappte, hörte er, dass Theorin immer noch vor sich hinsummte. Sonderbarerweise summte er mit Text:

Profit ist das Ziel
Seit uralter Zeit.
Dann wird wieder gefeiert,
Macht euch bereit!

Mit diesem Lied in den Ohren – und einem von Fettsacks Fingern – schlief Milbo ein. In Milbos Apartment ging es wahrlich eng zu. Bald würde er, zu seiner großen Enttäuschung, feststellen müssen, dass der Besuch der Zwerge doch kein Traum war.

Kapitel II

Hammelbraten, $ 2,95 das Pfund.

Milbo sprang auf und zog seine Kordhosen an. Die Zwerge waren fort, aber zuvor hatten sie das gesamte Geschirr der Küchenzeile wieder eingesaut. Offenbar hatten sie nicht einmal Anstalten getroffen, abzuwaschen. Angesichts der hygienischen Standards, deren Zeuge er am Abend zuvor geworden war, war er froh, sein Geschirr selbst spülen zu müssen. Diesmal mit Wasser und Spülmittel. *Nur um sicherzugehen*, dachte er. Er spürte eine freudige Erregung, weil Ranndarf und die Zwerge ohne ihn davongegangen waren. Gleichzeitig war er aber auch enttäuscht. Doch gegen dieses Gefühl wehrte er sich.

Sei kein Narr, Milbo Muffin!, sagte er sich. *An Drachen und Anteilskapital zu denken! Lächerlich!* Er entdeckte eine Tüte Laugengebäck, die er versteckt hatte, und ein Leichtbier, das einzige Getränk, das die Zwerge nicht angerührt hatten. Damit hatte er ein angenehmes Frühstück, das ihm half, sich zu beruhigen. Bestimmt würde er noch bessere Jobangebote bekommen, Vollzeitjobs mit festen Bezügen. Nicht als Fachberater. Nicht als Drachentöter. Nicht bei der SmithiBank. Nicht bei Ranndarf.

Gerade als Milbo sein zweites Bier öffnete, kam Ranndarf herein.

»Mein lieber Geselle«, sagte er. »Wann gedenken Sie

eigentlich zu erscheinen? Die Zwerge haben Ihnen eine Nachricht hinterlassen, weil sie nicht warten konnten.«

»O nein!«, rief Milbo aus.

»Ach du großer Elefant!«, sagte Ranndarf. »Wie konnten Sie den Zettel nur übersehen? Ich habe ihn in den Rahmen Ihres Badspiegels gesteckt.«

Um Milbo Gerechtigkeit angedeihen zu lassen, muss man sagen, dass dreizehn Zwerge bei ihm übernachtet hatten. Deshalb steckten viele Dinge im Rahmen des Badespiegels. Behutsam zog Milbo die Nachricht heraus und las:

Mister Muffin,
willkommen bei der Neuen SmithiBank (Neue Smithi Finanzdienstleistungen XL)! Mit sofortiger Wirkung sind Sie eingestellt, um der SmithiBank und ihren Aufsichtsratsmitgliedern persönliche Dienstleistungen zur Verfügung zu stellen, deren Umfang die Beseitigung des Drachen, den man Schmauch nennt, einschließt. Die Entlohnung erfolgt in Höhe des vierzehnten Teils des Nettogesamtgewinns, der durch die Drachentötung generiert wird, zahlbar innerhalb von 90 Tagen nach zufriedenstellender Ableistung.

Für die Mission ist es unabdingbar, dass Sie uns um 11:00 Uhr im Gasthaus Eselsdrache aufsuchen.

Theorin Eichenkilt, Geschäftsführer
Neue Smithi Finanzdienstleistungen XL

»Dann bleiben Ihnen gerade noch zehn Minuten. Sie werden laufen müssen«, bemerkte Ranndarf.

»Aber ...«, sagte Milbo.

»Keine Zeit! Schreiben Sie schnell einen Zettel für die

Hauseignerin, damit sie Ihre Wohnung zwischenvermietet, während Sie fort sind. Ich werde ihn ihr übergeben, zusammen mit dem Schlüssel. Gehen Sie schon!«

Bis zum Ende seiner Tage vermochte Milbo dem Zauberer nicht zu verzeihen, dass er ihn aus seinem Heim hinausgedrängt hatte, ohne dass er vorher noch den Wobbingen Shopper hätte abbestellen können. Mit zusammengebissenen Zähnen – wegen der Schmerzen im Hintern – lief er am Bester-Schwarzweiß-Western, am Memme & Haubitz und an der Krausen Mühle vorbei. Dann ging ihm die Puste aus. Den Rest des Weges legte er im Schritttempo zurück.

Leer gepafft wie eine billige Zigarre sah er endlich das Schild, auf dem ein Esel und ein Reptil in ungesunder Umschlingung dargestellt waren. Er war am Gasthaus Eselsdrache angekommen. Da fiel ihm auf, dass er seine Brieftasche zu Hause vergessen hatte.

Im selben Augenblick tauchte die restliche Belegschaft der Neuen SmithiBank auf, ein jeder Zwerg saß auf einem Pony. Die Gruppe wirkte, als sei sie aus einem verlausten Streichelzoo entsprungen. Die Tiere waren mit Aktenkoffern, Golftaschen, Broschüren und Krimskrams beladen. Die Tuckenhafte Seite von Milbos Persönlichkeit fühlte sich von dem Krimskrams sogleich angezogen.

»Los geht's!«, rief Theorin. »Sie werden nicht fürs Rumstehen bezahlt!«

»Was ist das denn hier für ein Abenteuer?«, fragte Milbo. »Warum haben Sie mir nicht gesagt, dass wir so früh aufbrechen? Das hätten Sie in einem Ihrer Lieder erwähnen können. Ich habe meine Brieftasche nicht dabei!«

»Gut«, sagte Quälihn. »Dann müssen wir schon nicht so viele Papiere vernichten, wenn wir Sie verscharren. Sie können unterwegs sowieso für alle Ausgaben gegenzeichnen, und wir verrechnen das dann am Ende mit Ihrem Anteil. Vorausgesetzt, Sie überleben. Wir führen über alles Buch, Ihr Essen und Ihr Mietpony. Wahrscheinlich möchten Sie auch noch einen Mantel zum Wechseln kaufen.«

Und so nahm die Reise ihren Anfang. Milbo ritt in einem zu großen Reisemantel aus zweiter Hand, den er zu einem Preis wie in einer Hotellobbyboutique erworben hatte. Sein einziger Trost war, dass man ihn nicht mit einem Zwerg verwechseln konnte, da er keinen Bart trug und nicht dauernd ausspuckte.

Sie waren noch nicht lange geritten, als Ranndarf auf einem weißen Pferd erschien. »Sehe ich nicht blendend aus?«, sagte er. Milbo wollte anhalten und mit ihm reden, doch der Zauberer lehnte ab.

»Keine Zeit, Milbo«, sagte er. »Ich habe Hahnenfuß' Besitzer nicht um Erlaubnis gebeten, als ich ihn ausgeliehen habe. Deshalb müssen wir schleunigst ein paar Meilen zwischen ihn und mich bringen.« Damit galoppierte Ranndarf voraus.

Als sie ihn wiedersahen, hatte sich die Landschaft bereits geändert. Sie gelangten in Gegenden, deren Bewohner (das heißt Wobbits) nicht nach jedem Essen höflich rülpsten, was bedeutete, dass die Wirtshäuser viel ruhiger und weniger stickig waren. Die Leute gebrauchten seltsame Wörter wie »Dröhner« statt Döner, und wenn sie ein S schrieben, sah es aus wie ein F. Sie sangen Lieder, die Milbo nie zuvor gehört hatte, manche davon waren von Hootie and the Blowfish. Und was anfangs noch schönes Maiwetter war, verwandelte sich bald in hässliches Maiwetter mit Regen und Kälte. Und die Happy Hour war längst vorbei.

»Schlimmer für meinen Rücken als die Nässe und Kälte ist nur noch das Reiten auf diesem vermaledeiten Pony«, grummelte Milbo.

»Du glaubst wirklich, du hättest Schmerzen im Kreuz?«, wieherte das Pony, doch da Milbo kein Elb war, konnte er das Tier nicht verstehen, und die Anklage prallte glatt an ihm ab. Wie so vieles.

»Zum Teufel mit Fachberatern und allem, was damit zu tun hat!«, sagte Milbo. »Ich wünschte, ich wäre wieder in meiner gemütlichen Wohnung und könnte mir einen Manhattan mixen!« Das wünschte er sich nicht zum letzten Mal!

Milbo äußerte den Wunsch nach Cocktails und seinem Ohrensessel so oft, dass die Zwerge genervt gewesen wären, hätten sie ihn überhaupt noch beachtet. Aber sie nahmen ihn kaum mehr wahr. Fast so, wie ein Freund nicht mehr merkt, dass sein Haus nach dem Hund stinkt. Tatsächlich gab es viele Gerüche, die Zwerge nicht wahrnahmen.

Allerdings nahmen sie sehr wohl wahr, dass Ranndarf verschwunden war. Obwohl er der Projektmanager des Abenteuers war, hatte der Zauberer bisher nichts dazu beigetragen außer der umstrittenen Anwerbung Milbos. Die meiste Zeit über hatte er nur geredet und Dinge von sich gegeben wie: »Sehe ich nicht blendend aus auf meinem weißen Pferd?« und »Essen Sie das Sandwich ganz auf, Milbo?« Er lachte viel, vor allem, wenn er eine von Milbos Mahlzeiten aufaß, bevor dieser fertiggegessen hatte. Hätte Milbo während des Abenteuers nicht zwischendurch immer wieder heimlich genascht, wäre er verhungert.

»Ranndarf hat bestimmt irgendwo eine Hochzeitsfeier gestürmt«, murmelten Mori und Touri. Sie teilten Milbos Ansicht, dass Ranndarf weiter nichts als ein Ganove war.

Der Regen ließ allmählich etwas nach. Der Wind riss die graue Wolkendecke auf, und zwischen den fliegenden Fetzen erschien über den Hügeln der wandernde Mond. Dann hielt die Gruppe an. »Hören Sie mal auf mit dem Spucken!«, rief Theorin aus. »Wir brauchen einen trockenen Lagerplatz.«

Sie drückten sich unter eine Baumgruppe, unter der es ein bisschen trockener war. Aber der Wind schüttelte den Regen von den Blättern, und das Dripp-dripp störte Milbo gewaltig. Es war, als schlüge man sein Lager unter einer riesigen, tropfenden Nase auf. Die Nasen der Zwerge liefen ohnehin unablässig, weshalb es denen nichts ausmachte.

Sie brachten kein Feuer zustande. Normalerweise können Zwerge selbst aus einem einzigen Vorladungsbrief ein Feuerchen machen, nicht aber in dieser Nacht. Nach einer Weile packten Boing und Doing übel gelaunt ihre schweren Butangasbrenner weg und schoben sich gegenseitig die Schuld an ihrem Versagen zu.

Theorin schickte sich gerade an, sie mit einem »Harumpf!« zum Schweigen zu bringen, als Pfählihn, der stets den Ausguck übernahm, herüberrief: »Da drüben ist ein Licht! Oder vielleicht ist es Bigfoot. Nein, nein, es ist ein Licht!« Nach einer kurzen Debatte kamen die Zwerge überein, dass es weder ein Bigfoot noch ein Yeti war, sondern ganz eindeutig ein Licht. Zudem wurden sie sich einig, dass man einmal nachsehen sollte, denn sie hofften auf ein warmes Essen und trockene Kleider. Offen blieb nur noch die strittige Frage, ob dieses Nachsehen eine »gefährliche« oder eine »äußerst gefährliche« Aktion sein würde. Keine Unstimmigkeit gab es hingegen in Bezug auf die Frage, wer sich auf den Weg machen sollte.

»Milbo!«, kam es wie aus einer Kehle. Sie schnappten

sich ihren Fachberater und schlichen sich mit ihm näher an das Licht heran. So leise es in ihren genagelten Stiefeln und bronzenen Boxershorts eben ging.

»Jetzt ist unser Fachberater an der Reihe«, sagte Theorin. »Sie müssen vorgehen und nachschauen, ob es gefährlich ist. Wenn wir hören, dass Sie getötet werden, oder wenn Sie nicht zurückkehren, weil Sie lautlos getötet wurden, dann suchen wir uns eine andere Lagerstätte. Nun, Milbo, schleichen Sie sich davon und ...«

»Sie meinen bestimmt: ›Krabbeln Sie davon‹, oder nicht?«, warf Pfählihn ein.

»Ja, natürlich. Krabbeln Sie davon, Milbo, als der kleine Wobbit, der Sie sind. Und kommen Sie so rasch wie möglich zurück, falls es Ihnen möglich ist. Und falls nicht, dann versuchen wir, so weit wie möglich ohne Sie zurechtzukommen. Das Geld, das Sie uns für Essen, Ponymiete und Mantel schulden, wird Ihren Erben in Rechnung gestellt, und den Schatz teilen wir durch dreizehn statt durch vierzehn.«

Da es in seiner Arbeitsbeschreibung stand, musste Milbo sich aufmachen. Und so krabbelte er, wenn auch leise, vollkommen leise, wie nur Wobbits krabbeln können. Sie bilden sich was darauf ein, sich lautlos aus einer Bar stehlen zu können, wenn es gilt, eine Zeche zu begleichen, oder sich heimlich hineinzuschleichen, wenn jemand anders die Zeche übernimmt. Mehr als einmal hatte Milbo schon verächtlich über das geschnieft, was er das »Zwergenspektakel« nannte, und im Gegensatz zu den Zwergen hatte sein häufiges Schniefen nichts mit einer Erkältung oder einer Athelasallergie zu tun. Und so gelangte er ganz selbstverständlich bis zum Feuer, ohne dass es jemand merkte. Und das sah unser Wobbit:

Drei mächtig große Kerle saßen um ein gewaltiges Feuer

aus Bauklötzen. Darauf brieten sie Hammelfleisch an langen hölzernen Bratspießen. *Spießbraten. Wenn das mal keine Spießgesellen sind!*, dachte Milbo. Die Gestalten leckten sich das Fett von den Fingern, und manchmal nicht nur von den eigenen. *Hab ich's nicht gesagt?* Dazu tranken sie etwas, und nach dem Geruch ihrer Rülpser zu schließen, handelte es sich um Whiskey aus Krügen. *Auch das noch.* Hätten sie Bärte gehabt und wären sie nicht so überaus groß gewesen, hätte Milbo sie für Zwergenverwandte von Theorin gehalten, wahrscheinlich überlebende Aufsichtsratsmitglieder der SmithiBank. Doch ihre Frisuren waren nicht zwergisch. Der erste trug einen Undercut, der zweite war glatzköpfig und hatte nur ringsum einen Kranz krauser Haare, die ihm über die Ohren hingen, und beim dritten hatte man die Haare offenbar mithilfe eines Eimers geschnitten. Eines enorm großen Eimers. Es waren Trolle. Ganz eindeutig Trolle. Milbo erkannte das an ihrer Sprache, die nicht besonders wortreich, aber außergewöhnlich war.

»Hier gibt's nicht mal genug Hammelfleisch, um eine Maus satt zu kriegen«, sagte einer der Trolle. »Und mehr gibt's nicht. Hammelfleisch, Hammelfleisch, wer will denn Hammelfleisch? Hö! Hö! Hö!«

»Ich verrecke, kann ich dir sagen, ich verrecke«, sagte ein anderer. »Was für eine geile Idee, uns mitten in die Pampa zu bringen! Uns bei lausigem Hammelfleisch beinahe verhungern zu lassen, und jetzt geht uns auch noch der Fusel aus. Was soll das, Joe?« Er stieß Joe, der gerade aus seinem Krug trinken wollte, gegen den Ellbogen.

Joe verschluckte sich. »Du verreckst, Harry? Wirklich? Ich werd dir zeigen, wie verrecken geht!« Er packte Harry bei der Nase und zerrte seinen Kopf so nah ans

Feuer, dass das krause Haar über einem Ohr zu rauchen anfing.

»Au au au au au au au au!«, stöhnte Harry.

»Das ist der Dank dafür?«, fuhr Joe fort. »Dass ich mich um euch zwei Knallköpfe kümmere. Ihr könnt doch nicht im Ernst erwarten, dass die Leute hierbleiben, weil sie von dir und Shirley gefressen werden wollen. Kommt her, ihr Weichbirnen.« Als sich Harry und Shirley zu ihm neigten, gab er ihnen mit einer einzigen Handbewegung jeweils eine Ohrfeige. Das klatschte lauter, als Milbo erwartet hätte.

Ja, ich befürchte, dass sich Trolle tatsächlich so benehmen, sogar welche, die wie die drei hier weiße Latzhosen trugen. Und obwohl einer von ihnen Shirley hieß. Nachdem Milbo dies erlauscht hatte, hätte er eigentlich sofort etwas unternehmen müssen. Entweder hätte er geräuschlos zurückgehen und seine Arbeitgeber davon in Kenntnis setzen sollen, dass drei arbeitslose Trolle daran interessiert waren, ihre Lebensläufe bei der Inkasso-Abteilung der SmithiBank einzureichen. Oder er hätte rasch seiner Beratertätigkeit nachgehen sollen. Ein wirklich erstklassiger und gefeierter Fachberater hätte die Taschen der Trolle so lange beratschlagt, bis sie leer gewesen wären. Andere, die womöglich nur als Freelancer beauftragt waren, hätten jedem der Kerle einen Dolch zwischen die Rippen gejagt, ehe diese überhaupt etwas bemerkt hätten. Dann hätte man die Nacht unbesorgt verbringen und die drei äußerst großen Leichen als Picknickbänke oder als Feldbetten benutzen können.

Das wusste Milbo nur zu gut. Er hatte viele Selbsthilfebücher gelesen und wusste eine Menge über Taschendiebstahl und hinterhältigen Meuchelmord. Doch wie die meisten Tucken kannte auch er den Unterschied zwischen dem

Lesen über gewisse Dinge und dem Tun selbiger Dinge nicht. Er ging davon aus, dass man »Zehn Schritte zum Waschbrettbauch« einfach nur lesen musste, um einen Waschbrettbauch zu bekommen. Dabei beirrten ihn auch die massenhaften Beweise des Gegenteils nicht. Und so gelangte er zu der Überzeugung, dass er Theorin & Co am Ende doch noch würde beeindrucken können. Wenn er Erfolg hätte, würden sie ihm vielleicht sogar einen eigenen Schlafsack zugestehen und er müsste nicht mehr zusammen mit Fettsack schlafen. Milbo fasste sich ein Herz, kroch näher heran und steckte seine verschwitzte kleine Hand in Shirleys Tasche.

Ha!, dachte er, und seine neue Arbeit gefiel ihm schon besser. *Ich hab's!*

Und er hatte es tatsächlich. Trolltaschen sind nämlich tückisch, und es steckt mehr in ihnen als Schädel und Quittungen fürs Finanzamt. Auch diese war keine Ausnahme.

»IHHH OOO AUU IHH!«, kreischte Milbo, während er seine Hand herauszog, die in einer Mausefalle steckte.

»Joe! Harry! Kumpels, kommt her. Guckt mal, was ich gefangen habe!«, sagte der Troll, als er den Wobbit beim Schopf packte. Er hob ihn sich vors Gesicht und knurrte und bellte ihn an.

»Bleib mal locker, Alter. Sach ma', was hast du denn da gefangen? Was bist du?«, fragte Harry.

»Ich bin Milbo Muffin, ein Fachberater«, erklärte der arme Wobbit, während er sich fragte, wie er die Reinigungskaution für die Hose, die er bei Theorin gemietet hatte, je wieder zurückbekommen sollte.

»Ein Fachberater? Was macht so ein Fachberater?«, fragte Harry.

»Öhm, nichts. Das heißt, niemand weiß das genau!«, quiekte Milbo.

»Oh, ein Intellektueller, was?«, sagte Joe. »Zu schade, dass du klein bist. Es lohnt sich ja kaum, dich zu kochen.«

»Vielleicht laufen noch mehr von seiner Sorte herum und wir könnten aus ihnen eine Fachberaterpastete machen«, schlug Harry vor. »Und wenn es richtig viele sind, können wir eine Pastetenschlacht veranstalten!«

»Du bist am Verhungern und willst eine Pastetenschlacht machen?« Joe hielt ihm die gespreizten Finger seiner Hand vors Gesicht. »Such dir zwei aus.«

Harry deutete auf den Zeige- und den Ringfinger, und Joe stach ihm mit diesen beiden in die Augen.

Warum machte das pling?, fragte sich Milbo, bis er in seinen Gedanken unterbrochen wurde.

»Nun, Fremder. Sind da noch mehr von deiner Sorte?«, fragte Joe.

»O ja, haufenweise«, gab Milbo ohne nachzudenken zurück. »Wenn ihr mich verschont, rufe ich sie herbei«, setzte er sogleich hinzu.

»Dich verschonen?«, sagte Joe. »Weshalb sollten wir dich verschonen? Schließlich bist du ein Verräter, der den Rest seiner Bande verpetzt.«

»Nicht so richtig. Ich gehöre gar nicht zu ihrer Bande. Sehen Sie, ich bin Freelancer und nur für dieses eine Abenteuer von ihnen angeheuert. Die sind alle Aufsichtsratsmitglieder der SmithiBank und ...«

»SmithiBank!«, brüllte Shirley, der Harry plötzlich einen Hieb mit dem Kopf versetzte und danach zu Boden fiel. Dort drehte er sich wie eine Kaffeemühle im Kreis und wimmerte: »Wuuh, wuuh, wuuhwuuhwuuhwuuh!«

»Hör mir mal gut zu, Junge«, wandte sich Joe vertraulich an Milbo. »Die SmithiBank wollte uns keinen Kredit geben, um unsere Tapezierwerkstatt zu vergrößern. Jedes Mal, wenn Shirley das Wort ›SmithiBank‹ hört, dreht er durch. Wegen dieser Bank ist unser Betrieb insolvent gegangen, und jetzt müssen wir uns von Fremden ernähren, die wir zufällig auf der Straße treffen.« Shirley würgte inzwischen Haare, und sein Anfall ließ allmählich nach. »Deshalb behältst du dieses Wort besser für dich.« Und mit gedämpfter Stimme setzte er hinzu: »SmithiBank.«

»Klar, kein Problem«, beteuerte Milbo, der dringend wieder aufs Thema zurückkommen wollte. »Also wie gesagt, verschont mich, und ich locke diese lausigen Banker hierher. Wenn ihr wollt, helfe ich euch sogar dabei, sie zu schlachten und zuzubereiten.«

»Jasper, du bist aber schwer in Ordnung«, sagte Harry, worauf sie sich alle die Hände schüttelten und Shirley wieder sein seltsames Lachen ausstieß: »Hö! Hö! Hö!« Milbo verzichtete darauf, ihnen mitzuteilen, dass er nicht Jasper hieß.

Das Lachen und Händeschütteln nahm schlagartig ein Ende, als Pfählihn in den Lichtkreis trat. Die Zwerge argwöhnten, dass Milbo »etwas vorhatte«, und hatten Pfählihn losgeschickt, um zu sehen, wie weit der Wobbit gekommen war. Er war sogar bereit, Milbo ein bisschen Nachhilfe zu geben. Doch es kam weder zur Nachhilfe noch zu irgendeiner Reaktion darauf, denn Pfählihn erhielt einen Schlag mit einem riesigen Holzprügel und stürzte zu Boden. Während Milbo sich noch über das ungewöhnliche Plonk-Geräusch wunderte, stülpte Shirley einen Sack über den Zwergenkopf.

»Da kommen gleich noch mehr«, raunte Milbo Joe zu. »Haben Sie zwölf weitere Säcke wie diesen?«

»Gute Idee, Kumpel!«, sagte Joe. »Krallt euch die Säcke, ihr Holzköpfe! Und dann schwärmt aus!«

Und das taten sie auch. Sie hatten einen ausreichenden Vorrat an Säcken bei der Hand, damit sie beim Einkaufen nicht immer Plastiktüten verlangen mussten. Mit diesen Säcken warteten sie im Schatten auf die Zwerge, die der Reihe nach, einer nach dem anderen erschienen wie die Bösewichte in einem Bruce-Lee-Film. Bald lag Quälihn neben Pfählihn und Hilli neben Billi, Mori, Touri und Iro lagen auf einem Haufen, und Boing, Doing, Bifi und Tofu in unbequemer Haltung neben dem Feuer.

Theorin kam zuletzt, nachdem er jeden einzelnen seiner Mitarbeiter, von denen die meisten auch noch verwandt mit ihm waren, in Todesgefahr geschickt hatte. Das nannte er Risikomanagement.

Er brauchte nicht erst Whiskeykrüge, gegrilltes Fleisch und zwölf Paar genagelte Ziegenlederstiefel, die aus Säcken herausschauten, zu sehen, um zu merken, dass etwas nicht stimmte. »Was ist denn das? Ein Teambildungsseminar im Freien? Nun, dafür haben wir keine Zeit! Wir sind wichtige Businesszwerge! Ich möchte unverzüglich mit dem Veranstalter dieses Seminars sprechen!«

»Theorin!«, sagte Milbo aus seinem Versteck heraus. »Kommen Sie näher! Jetzt ist der Zeitpunkt für Ihre Grundsatzrede!«

»O ja, natürlich«, sagte Theorin und fing sogleich an. »Mister Muffin, liebe Zwerge und Trolle. Wir haben uns hier versammelt, um ... Trolle!«, rief er erschrocken aus.

»Wir sind Trolle und Opfer der Umstände!«, sagte Shirley. »Bei der schwachen Wirtschaft und alldem müssen wir Sie und Ihre Gefährten futtern. Hö! Hö! Hö!« Und da näherten sich die Trolle von allen Seiten, Schritt für Schritt, Zentimeter für Zentimeter.

»Wie können Sie es wagen!«, empörte sich Theorin. »Bleiben Sie sofort stehen. Ich bin Theorin Eichenkilt, Geschäftsführer der Neuen Smithi Finanzdienstleistungen XL, und ...«

»SmithiBank! Wuuh, wuuh, wuuhwuuhwuuhwuuh!«, heulte Shirley. Er schnappte Theorin mit der einen und Harry mit der anderen Hand und stieß ihre Köpfe zusammen. Dann fiel er hin und fing an, sich zu drehen. Joe steckte Theorin in einen Sack und weckte Harry aus seiner Ohnmacht, indem er ihm mit einer Zange in die Nase kniff. *Das klingt, als würde jemand eine Karotte essen*, dachte Milbo. Nachdem Shirleys Anfall vorbei war, begannen die Trolle sich darum zu zanken, wie sie die Zwerge zubereiten sollten.

Gemessen an trollischen Verhältnissen hatten diese hier einen erlesenen Geschmack. Der eine wollte sie pökeln und im Teigmantel tiefgefrieren. Der andere wollte sie filetieren und zusammen mit Reis und Seetang als Röllchen servieren. Der dritte wollte sie klein hacken und mit Gemüse der Saison in einer Suppe kochen. Milbo hoffte derweil, dass sie ihn darüber vergessen würden.

Gerade in diesem Augenblick kam Ranndarf zurück. Aber niemand sah oder hörte ihn, was normalerweise nicht Ranndarfs Stil entsprach. Eben hatten die Trolle beschlossen, Theorin & Co. in feine Scheiben zu schneiden und Trockenfleisch aus ihnen zu machen. Das war Harrys Lieblingsspeise, und auf die hatten sie sich nach langem Streit geeinigt.

»Das ist ja eine doofe Idee. Das ganze Zwergenfleisch schneiden und trocknen dauert doch ewig!«, sagte eine Stimme. Joe meinte, es wäre Harry.

»Halt den Mund, Blödkopf. Wir haben uns geeinigt«, sagte Joe.

»Halt doch selber den Mund!«, sagte Harry. »Ich hab doch gar nichts gesagt.«

»Ah, du willst dich wohl drücken, was? Ha, dann sollte ich dich …«, sagte Joe, während er ein Zackenmesser an

Harrys Ohr heranführte. Doch da wurde er von einer Stimme unterbrochen, die nach Shirley klang.

»Joe! Harry! Völliger Käse! Lasst sie uns auf einem Focacciateig mit Käse überbacken. Ich will Bruschetti haben!«

»Ruhe, sag ich dir!«, meinte Joe.

»Wer? Mir?«, fragte Shirley und streckte die Hand nach einem Whiskeykrug aus. »Du hörst schon Stimmen. Ich habe keinen Ton gesagt. Und jetzt gib mir den Krug!«

»Keinen Ton? Nicht einmal das Wort: SmithiBank?« Diesmal schien die Stimme Joe zu gehören.

»SmithiBank! Wuuh, wuuh, wuuhwuuhwuuhwuuh!«, machte Shirley. Dann zog er Joe und Harry jeweils eins mit dem Krug über, und zwar so, dass sie bewusstlos wurden. Dann sah er sich nach einem weiteren Opfer um, fand aber niemanden. Er zuckte mit den Schultern und lachte ein letztes Mal vor sich hin: »Hö! Hö! Hö!«, bevor er den Krug auf seinem eigenen Kopf zerbrach und über den aufgetürmten Leibern von Joe und Harry landete.

»Nimm das! Das geschieht dir ganz recht!«, sagte eine Stimme, die nach Harry klang. Aber der war es nicht.

»Ta-tah!«, machte Ranndarf, als er hinter einem Baum hervortrat und auf den hohen Berg aus Trollen stieg, um sich schwankend zu verbeugen. Die Zwerge applaudierten ihm nicht, da sie noch in den Säcken steckten. Auch Milbo klatschte nicht, denn er vergewisserte sich erst rasch, dass die Trolle auch wirklich außer Gefecht waren, bevor er erneut die Seiten wechselte und sich Ranndarf anschloss.

»Reicht mir denn keiner hier einen Drink?«, sagte Ranndarf. Da ging die Sonne auf und verwandelte die ohnehin bereits reglosen Trolle – wie üblich – zu Stein. Milbo betrachtete sie eingehend. Dann rannte er zu Ranndarf und schlang in gespielter Dankbarkeit die Arme um dessen Beine.

»Ranndarf, dem Himmel sei Dank, dass Sie gekommen sind! Es war schrecklich. Ich habe versucht, die Zwerge zu warnen, aber ... He, wie haben Sie das gemacht? Ich meine, dass die sich zerstritten haben?«

»Lerne, deine Stimme von dir loszulösen!«, sagte Ranndarf. »Verblüffe deine Freunde, verwirre deine Feinde! Das beste ›Zehn Leichte Schritte‹-Buch, das ich jemals durchgeackert habe.«

Als Nächstes mussten die Zwerge aus ihren Säcken geholt werden. Kaum war er befreit, fing Pfählihn an, Milbo Vorwürfe zu machen.

»Ich hatte den Eindruck, dass Sie einen Handel mit den Trollen gemacht haben, als ich hier ankam«, sagte der Zwerg.

»Handeln? Mit Trollen? Niemals! Wir Muffins waren in diesen Dingen schon immer Hardliner. *Keine Verhandlungen mit Trollen!*, lautet unsere Devise«, erklärte Milbo.

»Warum haben Sie ihnen dann die Hand geschüttelt und mit ihnen gelacht?«

»Das hat nur so ausgesehen. Die Trolle hatten vor, mich zu verspeisen. Die haben mir nicht die Hand geschüttelt, sondern nur getestet, ob ich jung und zart genug bin, um ein Ossobuco alla milanese aus mir zu machen. Und als sie gesehen haben, wie durchwachsen ich bin, haben sie vor Freude darüber gelacht!«

»Nun lassen Sie unseren Fachberater in Ruhe, konzentrieren wir uns lieber auf das Dringliche«, mahnte Ranndarf. »Und das Dringlichste ist, dass ich etwas bekomme, um wieder fit zu werden. Kann mir jemand eine Bloody Arwen mixen?«

»Darf es auch ein Whiskey sein?«, fragte Theorin.

»Umso besser!«

»Gleich da drüben beim Feuer. Bedienen Sie sich an einem dieser großen Krüge.«

»Wo wir gerade davon sprechen«, sagte Ranndarf. »Was war das eigentlich für eine Sache mit der Orkkönigin? Ihr Großvater hatte wirklich eine Schwäche für die. Theorin, hat er sie Ihnen gegenüber nie erwähnt?«

Es ist nicht leicht, einen Zwerg verlegen zu machen, doch Ranndarf hatte es eben geschafft, gleich zwölf von ihnen verlegen zu machen. Sie sahen auf ihre Stiefel hinab und wünschten sich, sie steckten noch in den Säcken und würden bald gefressen. So schwer es ist, sie verlegen zu machen, so leicht kann man sie beleidigen. Theorin stürzte auf Ranndarf zu.

»Wissen Sie was?«, sagte Ranndarf. »Wahrscheinlich haben diese Trolle in der Nähe einen Schatz versteckt.«

Theorin erstarrte in der Bewegung. Kurz herrschte absolute Stille.

Die Zwerge starrten Ranndarf begierig an, alle Beleidigungen und Peinlichkeiten waren vergessen.

»Sprechen Sie weiter«, sagte Theorin und versuchte dabei, desinteressiert zu klingen.

»Was, Sie meinen von der Trollbeute?«, fragte Ranndarf. »Oh, selbstverständlich! Die befindet sich wahrscheinlich in der Höhle da hinten, hinter dem Felstor.«

Natürlich war nahebei eine Höhle mit einem Felstor. Und während sich Ranndarf ausruhte, sich die Füße massierte und dabei halbherzige Zauberformeln murmelte, versuchten die anderen, das Tor mit vereinten Kräften aufzustemmen. Doch es ließ sich nicht öffnen.

»Könnte uns das hier vielleicht helfen?«, fragte Milbo. »Ich fand es auf dem Platz, wo die Trolle sich herumgeschlagen haben.« Er hielt einen Schlüssel in der Hand, der natürlich ziemlich groß war.

»Geben Sie das her!«, rief Ranndarf, während er Milbo den Schlüssel aus den gut durchwachsenen Händen riss. Er steckte ihn ins Schlüsselloch. Das Felstor schwang nach einem kräftigen Stoß nach innen auf, und sie stolperten hinein, während Milbo sich vernehmlich fragte: »Wie oft muss man ein solches Felstor wohl streichen?« Er wollte schon lange einen Ersatz für seine schäbige Aluminiumfliegengittertür.

In der Höhle lagen Knochen, und ein scheußlicher Geruch stand in der Luft. So scheußlich, dass Ranndarf und die Zwerge ihre Pfeifen anzündeten. Das war allemal besser. Es gab hier eine Menge an Essbarem, achtlos an der Wand auf einer Arbeitsplatte aus Resopal aufgestapelt. In einer Ecke standen Töpfe voller Gold. In einer anderen waren die Besitztümer früherer Opfer der Trolle gelagert. Ganz nach dem alten Motto »Wer's findet, darf's behalten« nahm sich jeder etwas davon. Ranndarf und Theorin griffen jeweils zu einem mit kostbaren Juwelen besetzten Schwert. Die Waffen hatten keine Übergröße, sondern besaßen Standardlänge.

»Schauen Sie sich nur all die blitzenden Klingen an!«, sagte Ranndarf. Er zog das Schwert und nahm eine dramatische Pose ein. »Sehe ich nicht famos aus?«

»Auf meinem sind Runen drauf, Ranndarf«, sagte Theorin. »Sehen Sie sich das mal an.«

»Oh, ich sehe!«, gab Ranndarf zögernd zurück. Er nahm die Klinge und betrachtete sie gründlich. »Ja. Ja. Das sind ganz eindeutig Runen.« Damit reichte er die Waffe wieder zurück.

»Das ist alles? Sie können das nicht übersetzen?«

»Theorin, ich kann sämtliche Sprachen der Orks, Zwerge, Elben und Menschen lesen. Alle bis auf die Runen auf diesem Schwert. Und die auf meinem Schwert. Und die auf dem Taschenmesser, das ich eben gefunden habe. Alles andere«, sagte er und sah sich hastig um, um sich zu vergewissern, dass nirgendwo sonst Runen zu finden waren. »Alles andere kann ich lesen.«

»Lassen Sie uns verschwinden«, sagte Milbo. »An diesen Gestank kann man sich echt nicht gewöhnen.«

Sie traten wieder hinaus. Neben den Schätzen trugen sie unbegreiflicherweise auch etwas von dem Trollfutter aus der widerwärtigen Höhle. Der handgemachte Käse und das Ciabattabrot sahen okay aus, vor allem nach etlichen Wochen auf der Straße, während derer sie nur Takeaway-Fraß von Burger Truchsess und Gondor Fried Chicken zu essen bekommen hatten. Nur das Fleisch, das die Trolle zurückgelassen hatten, konnte ihr Interesse nicht wecken.

»Das könnte von jemandem sein, den wir kennen«, sagte Fettsack, der normalerweise nicht so etepetete war.

Auf der Stelle leerten sie die riesigen Whiskeykrüge. Kurz bevor er umkippte, rümpfte Ranndarf die Nase. »Was riecht denn da so komisch?«, fragte er. Dann zog er das Taschenmesser mit den Runen hervor, das er vorhin eingesteckt hatte.

Vorsichtig schnüffelte er daran. »Großer stinkender Elefant«, rief er aus. »Das Ding riecht ja noch immer nach dieser vermoderten Höhle. Hier, Kleiner, behalten Sie es.« Damit warf er Milbo das Messer zu.

»Mein erster Gehaltsscheck«, grummelte Milbo. »Wenn ich es in Tomatensauce wasche, vielleicht wird es dann ...«

Später, als gegen Abend die Kopfschmerzen und das Übelkeitsgefühl nachließen, vergruben sie den Schatz an einer geheimen Stelle neben der Höhle unter einem großen, deutlich sichtbaren X. Ranndarf sprach mit großem Pomp ein paar Zaubersprüche auf den Schatz, damit er bis zu ihrer Rückkehr geschützt blieb. Anfangs gefielen den Zwergen das Rezitieren der Formeln und die Lichtblitze, doch bei Ranndarfs Kartentricks am Ende wurden sie ein wenig ungeduldig. Schließlich beluden sie die Ponys und machten sich auf den Weg.

Sie zogen gute zwanzig Minuten lang, bevor sie eine Pause machten, um zu Abend zu essen. Nachdem sie die widerlichen, aber sättigenden Essensreste der Trolle verspeist hatten, erhob sich Theorin.

»Nie wieder Trollkäse!«, sagte er. »Ich geh schlafen. Boing und Doing, haben Sie mir mein Zelt schon aufgestellt? Ich hoffe, Sie haben es ordentlich imprägniert.« Dann wandte er sich an Ranndarf.

»Wo sind Sie gestern gewesen, wenn ich fragen darf?«, fragte er.

»Fort«, antwortete Ranndarf.

»Und was haben Sie gemacht?«, fragte Theorin weiter.

»Nichts.«

»Was ist denn das für eine Antwort?«

»Ich ging ein Stück voraus«, gab Ranndarf zurück, »um unseren Weg auszukundschaften und nach Vorräten zu suchen. Endlich tu ich mal was Nützliches, und dann werde ich gleich angemault! Nun, und während ich suchte, traf ich ein paar von meinen Freunden von der Suchtal-Ferienfarm.«

»Wo ist das?«, fragte Milbo.

»Was geht Sie das an?«, sagte Ranndarf. »Ich spreche mit Theorin! Wie gesagt, ich traf zwei von E.Ons Leuten, und mit Leuten meine ich Elben. Wir haben zusammen ein paar Gläschen getrunken, und sie haben mich vor den Trollen gewarnt und mir Gutscheine für das Suchtal-Büffet gegeben. Eine Weile haben wir uns über das Geschäft im Kurtourismus unterhalten, aber dann sagte mir mein unglaublicher sechster Sinn, dass ich zurückkehren sollte. Der hat mich noch nie getrogen! Und da lagen Sie denn auch, dreizehn Zwerge in Säcken, als hätten die Trolle Sie eben in einem schmierigen Supermarkt gekauft. Immerhin ist es Ihrem Fachberater gelungen, sich aus dem Schlamassel herauszuhalten.«

»Ja, ich frage mich nur, wie?«, sagte Theorin argwöhnisch, während er eine äußerst buschige Augenbraue hob.

Kapitel III

Raststätte – in 2 Meilen

Am nächsten Morgen sangen sie nicht und erzählten auch keine Geschichten. Sie machten nicht einmal Improvisationsspiele oder szenische Lesungen. Sobald die Sonne aufging, schlugen die Zwerge ihre großen Zelte aus Eisengestängen ab, und in kürzester Zeit saßen sie wieder auf ihren winzigen Streichelzooponys. Langsam, aber sicher näherten sie sich einem stattlichen Berg.

»B-Boah!«, sagte Milbo. »Ist das *der* Berg?« Er war leicht zu beeindrucken.

»Muffin, Sie müssen wirklich öfter mal aus Ihrer Bude kriechen«, sagte Pfählihn. »Oder wenigstens auf die Karte gucken. Das ist nur der Anfang der schrecklichen Kübelberge. Und wir müssen irgendwie durch sie hindurchgelangen. Und anschließend müssen wir uns einen Weg durch einen riesigen, dunklen und gefährlichen Wald suchen. Dann kämpfen wir gegen den Drachen. Oh, habe ich eben ›wir‹ gesagt? Ich meinte natürlich ›Sie‹.«

»O!«, machte Milbo, und er war so entgeistert, dass er das H bei seinem Oh-Ausruf vergaß. Dabei kehrten die bekannten Schmerzen in seinem Steiß zurück. Bald dachte er wieder an ein Bier und den Ohrensessel in seiner Einzimmerwohnung. Nicht zum letzten Mal!

Nun führte Ranndarf sie an. Milbo vermutete, dass er lediglich seinen Lebenslauf etwas aufblasen wollte:

Projektmanager und Gruppenleiter des zum Scheitern verurteilten Abenteuers zur Vernichtung des Drachen Schmauch; einziges überlebendes Teammitglied.

Ranndarf beteuerte, dass er sich bemühte, einen bestimmten, geheimen Ort zu finden, an dem sie für einige Nächte in richtigen Betten schlafen konnten und Essen bekamen, das nicht von spießigen Spießgesellen wie den Trollen auf Spießen zubereitet worden war.

Zwei der weniger besonnenen Zwerge, Mori und Touri, machten den Fehler, sich dafür zu interessieren, von welchem Ort Ranndarf sprach. Und bald schon beschrieb er den bestimmten, geheimen Ort in ermüdender Detailfülle.

»Ein Stück voraus befindet sich die hübsche Suchtal-Ferienfarm, wo E.On sein berühmtes Bauernhofdressing macht. Dort wohnt er im sagenhaften Letzten Eigenheim. Ich schickte Botschaft durch meine Freunde, und wir werden erwartet.«

»Wenn sie Ranndarfs ›Freunde‹ sind«, sagte Theorin zu Pfählihn, »dann sind sie bestimmt supervertrauenswürdig.«

Das Heim von Ranndarfs Freunden in Suchtal musste man in der Tat suchen, und es war nicht leicht zu finden. Milbo hatte angenommen, dass der Name »Suchtal« vor allem ein Marketingkniff war, doch es stellte sich heraus, dass man das Tal tatsächlich suchen musste.

Erst ritten sie eine Weile im Kreis und verirrten sich. An einem Punkt wollte Ranndarf sogar umkehren, zum Trolllager zurückgehen und von dort noch einmal neu losreiten. Schließlich hielten sie an, damit die Ponys an einer günstig am Weg gelegenen unabhängigen Grasstelle etwas Gras tanken konnten. Pfählihn beharrte darauf, dass Theorin den Grasstellenwart nach dem Weg fragte.

Zum Glück hatte der Mann ein paar Broschüren des Letzten Eigenheims, von denen er ihnen eine zusammen mit einer Karte und einigen lohnenden Gutscheinen in die Hand drückte.

Sie zahlten das Gras (die Ponys fraßen mehrere Kilo auf den Kilometer) und die Süßigkeiten, die sie brauchten, um Boing und Doing bei Laune zu halten. Dann gingen sie weiter. Mithilfe der Karte fanden sie eine Orientierungshilfe: grau angestrichene Steine, die einen Weg markierten. Dieser Pfad führte sie am Ende zu einer gigantischen, leuchtenden Reklametafel: *Besuchen Sie das Letzte Eigenheim auf der Suchtal-Ferienfarm! Erleben Sie die auf ganz Drittmittelelerde berühmten Singenden Elben!*

»Ich wusste doch, dass ich den richtigen Weg eingeschlagen hatte! Zeige uns den Weg, Hahnenfuß!«, befahl Ranndarf seinem Pferd.

Stunden später wurden die Zwerge hungrig und griesgrämig. Milbo dachte sehnsüchtig an die Essensreste der Trolle. Doch Ranndarf tat so, als verliefe alles nach Plan.

»Hier ist es endlich!«, verkündete er plötzlich. Da die Zwerge dies alle zwanzig Minuten aus seinem Munde vernommen hatten, seit sie an der Reklametafel vorbeigekommen waren, reagierten sie zunächst gar nicht darauf. Doch dann rief Ranndarf: »Große Elefanten, ich habe es mal wieder gedeichselt!«, und deutete auf ein Schild neben einer Tordurchfahrt, auf dem stand: *Willkommen in Suchtal! Probieren Sie unser berühmtes Bauernhofdressing!* Ein schmaler Pfad führte sie schließlich durchs Tor.

Niemals vergaß Milbo den schrecklichen Weg, der ein paar Meter hinter dem Tor plötzlich steil abfiel. »Du wirst mich doch nicht abwerfen, nicht wahr, Diablo?«, flüsterte er seinem Pony ins Ohr. Doch Diablo antwortete nicht. Der Wobbit wünschte sich, er hätte sein Pony besser behandelt. Während das Tier auf Zehenspitzen den steilen und unebenen Weg hinunterstakste, fragte Milbo sich, ob es wohl einen Groll gegen ihn hegte. Schließlich hatte er ihm heimlich den Hafer weggegessen.

Wobbits haben keine Höhenangst, fürchten sich aber panisch davor, irgendwo hinunterzufallen. Das ist der Hauptgrund, weshalb sie keine Trittleitern benutzen. Und weshalb sie barfuß gehen.

Schließlich wurde der Pfad wieder ebener, und sie kamen an Gehölzen aus Kieferlatschen vorbei. Dann gelangten sie auf eine Lichtung nicht weit oberhalb einer bunten Wasserrutsche, die sie am Weiterkommen hinderte.

Hmpf. Hier riecht's nach Elben, dachte Milbo. *Oder ist das Chlor?* In diesem Augenblick setzte in den Bäumen ein Gesang ein, der wie Lachen klang. Die Melodie erinnerte Milbo an Ranndarfs Geschichten über den Jäger aus Kurpfalz, nur klang das Lied, als würde es von einem Chor spottender Choreographen gesungen:

Wo kommt ihr Zwerge her?
Und wo führt euer Weg euch hin?
Ihr seid nicht guten Muts,
Und Rotz hängt euch am Kinn!
Juja, juja!
Gar lustig ist es hier im Tal,
Seid froh, dass ihr noch lebt!
Seid froh, dass ihr noch lebt!

Was sucht ihr denn bloß hier?
Was habt ihr Feines mitgebracht?
Bouletten riechen gut,
Und Muffins sind 'ne Wucht!

Juja, juja!
Gar lustig ist es hier im Tal!
Wie krass das Pony schielt!
Wie gut, dass es noch lebt!

Wohin führt eure Fahrt?
Was schleppt ihr da für Marschgepäck?
Rasiert euch doch den Bart
Wie Milbo, der ist schick!
Juja, juja!
Hei, Muskelmänner wärt ihr gern
Auf eurer Narrenfahrt,
Auf eurer Narrenfahrt!

Bleibt ihr 'ne Weile hier?
Sonst könnt ihr auch gleich reisen ab.
Am Ende seid ihr zehn,
Drei liegen bald im Grab!
Juja, juja!
Gar lustig ist's in Suchtal hier,
So bleibt doch eine Weil
Samt Bart und Eisenbeil!

Natürlich waren die Sänger Elben, die berühmten Singelben der Suchtaler Freizeitfarm. Milbo liebte Elben, zumindest gefiel ihm der Gedanke an Elben, denn er war noch nie einem begegnet und hatte noch nie einen gesehen. Er hatte sogar ein bisschen Angst vor ihnen, so wie er vor allem Angst hatte.

Zwerge verstehen sich nicht gut mit Elben. Selbst umgängliche Zwerge halten sie für ein bisschen verrückt, was man gut nachvollziehen kann, wenn man den Text des letzten Lieds bedenkt. Andere Zwerge, deren Umgänglichkeit öffentlich von Bankenprüfern in Zweifel gezogen wurde, also Zwerge wie Theorin, sehen in den Elben eine widernatürliche Bedrohung der Ordnung und Wirtschaftlichkeit Drittmittelerdes. Das liegt vor allem daran, dass Elben die SmithiBank für ihre Taktik, Schecks einundzwanzig Tage lang einzubehalten, und wegen ihrer drastischen Überziehungszinsen kritisiert haben. Vor allem aber mögen Zwerge es nicht, wenn Elben sich über ihre Bärte lustig machen.

»Nun, nun!«, sagte eine Stimme. »Seht nur! Milbo der Wobbit auf einem Pony, mein Lieber! Ist das nicht köstlich?«

»Was für eine seltsame Bemerkung!«, sagte Milbo leise zu Ranndarf und sah sich nervös um. »War das ein Elb? Was meint er mit ›köstlich‹?«

»Milbo!«, sagte Ranndarf. »Sie blamieren mich ja! Wir sind hier nicht in Wobbingen. Strengen Sie sich ein wenig an und benehmen Sie sich zivilisiert, während wir bei den Elben zu Gast sind, haben Sie verstanden?«

Ohne auf Milbo zu achten, stimmten die Elben einen weiteren Song an, dessen Text noch erbärmlicher war als der, den ich bereits in voller Länge wiedergegeben habe. Schließlich kam ein großer, junger Bursche mit hübschem Gesicht aus den Bäumen herab und verbeugte sich vor Ranndarf und Theorin.

»Willkommen auf der Suchtal-Ferienfarm«, sagte er.

»Danke, dass Sie sich zeigen«, sagte Theorin ein wenig unbeholfen. Aber Ranndarf war schon abgestiegen, hatte seinen Hahnenfuß zum Einparken einem Pagen übergeben und quatschte mit einigen ebenso gut aussehenden Elben.

»Sie sind ein wenig vom Weg abgekommen«, sagte der Elb, »wenn Sie den einzigen Pfad nehmen wollen, der über unsere Wasserrutsche zum Letzten Eigenheim führt.

Wir wollen Ihnen den richtigen Weg weisen, aber am besten überlassen Sie Ihre Pferde dem Pagen. Über Trinkgeld brauchen Sie sich keine Gedanken zu machen. Im Paketpreis sind alle Serviceleistungen inbegriffen. Wollen Sie als Erstes die Wasserrutsche ausprobieren, sich beim Karaoke zu uns gesellen oder gleich weitergehen? Die Salatbar des Letzten Eigenheims macht bald auf. Ich rieche schon das Bauernhofdressing!«

Müde und von Rückenschmerzen geplagt, wie er war, wäre Milbo gerne eine Weile geblieben. Elbenkaraoke durfte man nicht versäumen, vor allem, wenn man ein paar Mojitos intus hatte und auf Musicalmelodien stand. Auch hätte er gerne ein paar Worte mit diesen Leuten gewechselt. Sie waren so schlank, hatten so zeitgemäße Frisuren und einen derart erlesenen Sinn für Mode. Er wollte ihr Geheimnis wissen. Und wie wohl ihre Frauen aussahen? Bislang hatte er keine gesehen, aber er vermutete, dass er es gerne tun würde.

Doch die Zwerge waren mehr am Abendessen interessiert und wollten keinesfalls bleiben. Misstrauisch überließen sie ihre kleinen Ponys mitsamt Aktenkoffern, Broschüren, Golftaschen und Krimskrams den Pagen und überquerten auf einer Brücke die Wasserrutsche. Wie nicht anders zu erwarten, sangen die Elben ein fröhliches Lied, das ich euch erspare, während die Gruppe hinüberging.

»Lassen Sie Ihren Bart nicht ins Wasser hängen, Großväterchen!«, sagten sie zu Doing. »Vom Chlor könnten sich Ihre Strähnen grün verfärben.«

»Passen Sie auf, dass Milbo nicht alle Waffeln aufisst! Schauen Sie, dass er stattdessen einen Salat mit fettreduziertem Bauernhofdressing probiert!«, riefen sie. »Er ist jetzt schon zu fett, um durch eine Rohrleitung zu kriechen.«

»Still, still, gute Leute!«, sagte Ranndarf und meinte damit die Elben. »Täler haben Ohren, Schuhe haben Zungen, und Kartoffeln haben Augen. Guten Abend!«

Und so kamen sie schließlich zum Letzten Eigenheim und fanden seine Lobby ausreichend mit Personal ausgestattet.

Nun, es ist merkwürdig, aber von Dingen, die man gerne hat, und von Tagen, die man angenehm verbringt, gibt's nicht viel zu sagen, während Unbequemes, Verstörendes und selbst Erregendes meist eine gute Geschichte abgibt. Und deshalb sollt ihr, auch wenn es uninteressant ist, wissen, dass Theorin & Co eine lange Zeit in dem Haus blieben und ihnen all die Annehmlichkeiten gefielen, vor allem der Zimmerservice, der ihnen abends immer ein Minzplättchen aufs Kopfkissen legte. Auch dass sie jeden Morgen die Drittmittelirdische Zeitung bekamen, wusste ihnen enorm zu gefallen.

E.On, der Besitzer und Manager, war ein Elbenfreund, hatte also sowohl Menschen als auch Elben als Vorfahren. Das machte einige der Zwerge unruhig. Jedes Mal wenn Theorin unter seinesgleichen war, grummelte er »Halbelb« und benutzte Wörter wie »Mischling« und »Mulatte«. Ranndarf musste ihn daran erinnern, dass »das Tal Ohren hat«, und deutete dabei auf ein kunstvolles Ohr mit juwelenbesetztem Ohrstecker, das von einem Wandleuchter hervorstand. »E.On könnte Sie hören!«

E.On besaß ein Gesicht so stilvoll und schön wie das eines Elbenfürsten, markig wie das eines Kriegers, weise wie das eines Zauberers, gerissen wie das eines Zwergentycoons und so strahlend wie ein Sommertag. Er kommt in vielen Geschichten vor, die weit anständiger sind als diese hier, in der er nur eine kleine, aber wichtige Rolle spielt, wie ihr noch sehen werdet, falls wir jemals an ihr

Ende gelangen. Sein Eigenheim war zwar ein bisschen teuer, aber perfekt, egal ob man Frühstücksbüffets, Brunnenkuren oder Salsastunden bevorzugte oder einfach nur in der Lobby sitzen und Leute beobachten wollte. Gesindel verirrte sich nicht in diese Freizeitfarm. Dafür war sie zu hochpreisig.

Alle hatten eine tolle Zeit. Die Ponys wurden besser behandelt als jemals von den Zwergen oder ihren vorigen Besitzern im Streichelzoo. Die Zwerge ließen sich ihre Kleider flicken und kauften ein paar neue, die ihnen von weisen Elbenherrenausstattern empfohlen wurden. Ihre Kühlboxen und Thermoskannen wurden mit Snackriegeln und Energy Drinks gefüllt, alles völlig ohne Trans-Fettsäuren und Natrium, dafür reich an Proteinen und Ballaststoffen. Ihre Pläne, die anfangs, als Ranndarf sie ihnen dargelegt hatte, noch unvollkommen und unwahrscheinlich erschienen waren, wurden von E.On sachverständig ergänzt. Am Vorabend der Sonnenwende versammelten sie sich ein letztes Mal. Tags darauf wollten sie nach einem Besuch des Mittsommer-Specials an der Waffeltheke aufbrechen.

E.On war ebenfalls zugegen, denn er war sehr kenntnisreich, vor allem, was Runen anging. Als er die Schwerter betrachtete, die Theorin und Ranndarf aus der Trollhöhle mitgenommen hatten, sagte er: »Dies sind sehr alte Schwerter. Klassiker. Solche werden heute nicht mehr hergestellt. Früher hatten wir solche Waffen in unserem Suchtal-Schwertershop, dem Schwertarium, im Sortiment. Aber sie haben nur Platz weggenommen, weil sie für Urlauber zu teuer waren. Die Schwerter, die ihr da habt, sind noch immer was wert. Gut, sie sind gebraucht, nicht mehr originalverpackt, aber sie sind noch fast in neuwertigem Zustand. Ein Zwerg in seiner Schlampigkeit, Dummheit und Tollpatschigkeit hätte eine solche Waffe niemals erschaffen können, nehmen Sie es mir nicht übel, Theorin. Ganz offensichtlich sind es Elbenarbeiten. Sehen Sie sich nur das zeitlose Design und die klaren Linien an. Theorin, der Name Ihres Schwerts lautet Orkkrise, auch der Goblinator genannt, mit dem früher viele Orkklöten gehackt wurden. Ihres, Ranndarf, heißt MC Foehammer, auch als Longdrink bekannt, das Lieblingsschwert des Königs von Gondola, der dafür berühmt war, unlautere Mittel einzusetzen. Hüten Sie sie gut!«

»Woher haben die Trolle sie, frage ich mich«, sagte Theorin, während er im Geist den Marktwert des Schwerts mit dem verglich, was es bei einer Auktion tatsächlich erzielen würde. »Und wie lässt sich ihr Wert steigern? Soll ich sie von einem Profi aufmöbeln lassen oder einfach sorgfältig einwickeln und einlagern?«

»Ich an Ihrer Stelle«, erklärte E.On, »würde es griffbereit, sauber und gut geölt aufbewahren. Schließlich sind Sie unterwegs in die Berge, und da werden Sie es brauchen, um die Orks fernzuhalten. Und sobald Feinde in der Nähe sind, leuchtet es. Natürlich merken Sie das nur, wenn Sie es gezogen haben. Und am helllichten Tage erkennt man das Leuchten auch nicht, aber da sieht man Feinde ja ohnehin schon von Weitem. Zweifellos ist es ein sehr hübsches Leuchten. Und auf jeden Fall ist diese Waffe besser als die stumpfe, von Zwergenhand notdürftig zusammengebastelte Axt, die Sie derzeit führen.«

Damit brachte er Theorin an seine Grenzen, doch dieser beschloss, freundlich zu bleiben, bis er seine beträchtliche Rechnung für die Minibar beglichen hatte. »Tja, nun, wir haben tatsächlich nur jene Schwerter, die Sie hier sehen.« Er nickte in Ranndarfs Richtung. »Anscheinend hat mein Projektmanager keine Schwerter auf unsere Packliste gesetzt.«

»Wirklich! Nun, ich bin mir sicher, dass Ranndarf weiß, was er tut. Nicht wahr, Ranndarf?«, sagte E.On.

»Das ist alles Teil des Plans, mein Freund«, gab Ranndarf zurück. »Ich möchte nur, dass immer alle wachsam und konzentriert bleiben. Übervorbereitet zu sein, mag ich gar nicht. Doch genug von mir. Lasst uns einen Blick auf die Karte werfen, die ich entdeckt habe.« Ranndarf holte die Karte heraus. E.On drehte sie auf die Seite mit dem Wortsuchspiel und dem Verbinde-die-Punkte-Bild.

Dann hielt er sie hoch und betrachtete sie lange. Der Mittsommervorabendmond schien als breite silberne Sichel. Das weiße Licht filterte geradewegs durch die Karte hindurch. »Das ist ein Mondanagrammspiel«, sagte E.On schließlich.

»Ein was?«, fragte der Wobbit. Er stand mehr auf Sudoku, aber für später war ein Anagrammspiel vielleicht gar nicht schlecht. Denn er war immer froh, wenn er sich mit etwas die Zeit vertreiben konnte, während Ranndarf mit ihm sprach.

»Mondanagramme sind Runenanagramme und oftmals auch Kommunenanagramme«, sagte E.On. »Man kann das Buchstabenrätsel nicht lösen, solange man genau draufschaut. Der Mond muss von hinten hindurchscheinen. Ich meine, das ist eine Zwergenerfindung, oder nicht, Theorin?«

Theorin starrte ihn für einen Moment verständnislos an, weil er immer noch überlegte, wie er für das Schwert den höchsten Preis erzielen könnte. Dann erst merkte er, dass man ihn etwas gefragt hatte, während er nicht zugehört hatte. Das passierte ihm häufig. Wie immer wurde er zornig, um sich aus der Affäre zu ziehen. »Hören Sie auf zu jammern und übersetzen Sie das!«, sagte er. »Was ist denn das hier für eine armselige Freizeitfarm?«

»Übersetzt heißt es: ›Steht beim Dienstboteneingang, wenn der Papagei schlägt‹«, las E.On vor, »›und der letzte Sonnenstrahl am Urintag auf das Schlüsselloch fällt, so es nicht bewölkt ist.‹ Was ist der Urintag?«

»Der wird auch Zwergischer Unabhängigkeitstag genannt. Benannt nach dem Ersten Zwerg Urin. An ihm feiern wir die hart erkämpfte Unabhängigkeit von anderen, noch reicheren Zwergen.«

»Wie bitte?«, fragte Milbo.

»Das verstehen Sie nicht. Das ist etwas Zwergisches«, wiegelte Theorin ab.

»Dann ist es ausgemacht«, sagte E.On. »Sie haben nicht viel Zeit. Morgen brechen Sie auf. Checkout ist um 11:00 Uhr. Abgerechnet wird heute Abend schon, damit Sie unseren Express-Checkout nutzen können. Sollten Sie den Zimmerservice noch einmal in Anspruch nehmen, wird das gesondert abgerechnet. Ihre Gutscheine für die Waffelbar sind selbstverständlich auch morgen noch gültig. Hier ist Ihre Karte.« Nachdem die Besprechung zu Ende war, gingen sie ins Kabarett, um sich die exklusive Mittsommervorabendshow der elbischen Bühnenkleinkunst anzusehen.

Der Mittsommermorgen rückte allzu schnell heran. Etliche Waffeln und zahlreiche Schüsseln Schlagsahne wurden verdrückt, während man sich über die Abrechnungen der letzten Zusatzleistungen stritt. Schließlich wurden der Ahornsirup, die Beilagen und das massiv-gusseiserne Waffeleisen fortgetragen, obwohl die Zwerge sich heftig beklagten, dass dies an der Bedeutung des Wortes »all-you-can-eat« vorbeiginge. Enttäuscht setzten sie sich auf ihre kleinen Ponys und ritten davon, auf die Kübelberge zu und den Ländern jenseits entgegen.

Kapitel IV

Über den Berg und unters Tal

Viele lange Tage, nachdem sie aus Suchtal hinausgestiegen waren und das Letzte Eigenheim Meilen hinter sich gelassen hatten, ging es noch immer bergauf in die Berge hinein und durch sie hindurch. Es war ein beschwerlicher und gefährlicher Weg, vor allem wegen Ranndarfs »Kenntnis und Erinnerung«. Gegen Ranndarfs Protest hielten sich die Zwerge und der Wobbit an den weisen Rat E.Ons, sodass sie schließlich den richtigen Pfad zum richtigen Gebirgspass fanden. Wenn sich ein Zwerg an den Rat eines Elben oder selbst eines Halbelben wie E.On hält, dann kann man sicher sein, dass dieser Zwerg Rat bitter nötig hat. Dennoch zeigte sich Ranndarf mit seinem eigenen Rat weiterhin freigiebig.

Von den Kübelbergen hatten sie eine gute Sicht auf die Länder, die sie bereits durchwandert hatten. Milbo bemühte sich, die Aussicht nicht mehr als unbedingt nötig zu genießen, und möglichst nur dann, wenn man nicht hinunterfallen konnte. Am liebsten nur, wenn er auf dem Boden saß und die Arme um Fettsacks Hals geschlungen hatte. Hin und wieder traf Milbo diese Vorkehrungen und wagte einen Blick. Weit, weit im Westen, so wusste Milbo, lagen die Weiler und Schnitzel und Dörfer seiner Heimat. Muffspringe, Muffgart, Muffwald und auch das gute alte Wobbingen waren noch immer da. Nichts davon auch nur annähernd so interessant und auf eine tödliche Weise aufregend wie dieses Abenteuer. Ganze Dörfer voller wohlbehüteter und angenehmer Dinge, frei von Trollen und steilen Felswänden. Wie viele Ausgaben des Wobbingen Shopper sich wohl bereits vor der Aluminiumfliegengittertür seines kleinen Studioapartments türmten?

Ihn schauderte. Nie zuvor hatte Milbo erlebt, wie kalt es so hoch in den Bergen werden konnte, ob es nun kübelte oder nicht. Er beschwerte sich über den Wind, bis die Lawinen heruntergingen, und dann beschwerte er sich über diese. In den Nächten war es sogar noch kälter, und außer Ranndarf wollte niemand reden. Auch das Singen gaben die Zwerge auf. Milbo wollte sie immer dazu ermuntern, »Bier her, Bier her, oder ich fall um!« anzustimmen, oder wenigstens einmal »Heiho, Heiho, wir sind vergnügt und froh« zum Besten zu geben, aber sie wollten die Bibliotheksruhe nicht stören.

Dort unten geht der Sommer weiter, dachte Milbo. *Und Straßenflohmärkte und Volksläufe. Wenn wir in diesem Tempo weiterkommen, werden die Grillpartys und Straßenfeste schon vorbei sein, ehe wir auf der anderen Seite angelangen.* Und auch die anderen hatten ähnlich trübe Gedanken.

Es war noch gar nicht lange her, dass sie sich dank der Ausrüstung, die sie eingesteckt hatten, am Mittsommermorgen in hoffnungsfroher Stimmung von E.On verabschiedet hatten. Sie hatten über die Ankunft in Smithi-Bank Plaza Nr. 1 gesprochen und dass es dann »vielleicht Urintag wäre«. Daraufhin hatten sie ausgemacht, dass sie sich dieses Jahr keine Urintaggeschenke machen würden, weil man auf diesem Abenteuer nicht gut einkaufen konnte. Damals war Milbo dieser Gedanke seltsam erschienen.

Und nun, in den Kübelbergen, fragte er Theorin: »Als wir in Suchtal aufgebrochen sind, haben Sie gesagt, dass es ›vielleicht Urintag wäre‹, wenn wir am Vereinsamten Berg ankämen. Aber stand in dem Mondanagrammspiel nicht, dass es nur am Urintag gelingen würde, den Diensteingang aufzuschließen? Dass wir an anderen Tagen gar nicht das Schlüsselloch für unseren Schlüssel finden würden?«

»Ruhe, Muffin«, sagte Theorin. »Wir haben später noch massig Zeit, um uns über die Details Gedanken zu machen. Wahrscheinlich müssen wir wochenlang am Fuß des Bergs campieren und geduldig warten, bis Urintag ist. Nun überlassen Sie mich bitte wieder meinen trüben Gedanken.«

Ranndarf schwieg. Denn er allein wusste, wie schlecht das Abenteuer tatsächlich geplant war, und dass diese schlechte Planung sehr bald schon ans Tageslicht gelangen konnte.

Ranndarf wusste auch, dass es zu allerlei Katastrophen kommen konnte, während sie die Berge überquerten. Eine der offensichtlichsten Gefahren war der hiesige Orkmob. In letzter Zeit hatten sie sich vermehrt wie die Karnickel und in einigen besonders traurigen Fällen auch mit Karnickeln. Es bestand eine wenn auch geringe Chance, dass dreizehn wohlbewaffnete Zwerge einen Orkangriff zurückschlagen konnten. Unglücklicherweise hatte der Großteil ihrer Reisegruppe noch immer keine Waffen. Außer den beiden Schwertern und dem Messer, die sie im Trolllager erbeutet hatten, besaßen sie nichts. In Suchtal hätten sie weitere Schwerter kaufen können, doch in Theorins Augen waren sie überteuert gewesen.

Auch Regenkleidung hatte Ranndarf nicht auf die Packliste gesetzt. Zwar hatten einige der Zwerge Schirme zum

Golfen, doch keiner hätte sich in einen wasserdichten Poncho hüllen können. Wenn der Großteil der Reisekleidung wie bei den Zwergen aus Metall besteht, kann man bei starkem Regen gehörige Schwierigkeiten bekommen. Und natürlich kam es, wie es kommen musste, und sie gerieten eines Tages in einen Gewittersturm – ach, was sage ich, in eine Gewitterschlacht. Es war, als stünden sich ein Taifun, ein Zyklon, ein Hurrikan und ein Blizzard als Tag Teams in einem knallharten Wrestlingmatch gegenüber. Mit einem Tornado als Schiedsrichter.

Nie zuvor hatte Milbo etwas Derartiges gesehen oder sich auch nur vorgestellt. Es gelang ihm, unter Doings Bart Schutz zu finden, doch wenn er zwischen den öligen Bartzöpfen hindurch hinausblickte, sah er auf der anderen Seite des Tals Felsriesen, die sich zum Spaß Trolle zuwarfen. Da ließ er das Hinausblicken bald bleiben, konnte das Johlen und Geschrei der Riesen und das gelegentliche Aufdotzen eines unglücklichen Trolls aber noch immer hören.

»Das hat keinen Zweck!«, sagte Theorin. »Bald gehen ihnen die Trolle aus, und dann spielen sie mit uns Footbag.«

»Nun, wenn Sie einen besseren Weg kennen, dann führen Sie uns doch an!«, schnaubte Ranndarf, der nicht gut mit Kritik umgehen konnte.

Gemeinsam beschlossen sie, Hilli und Billi loszuschicken, die nach einer Höhle oder einem Motel Ausschau halten sollten. Die beiden waren jung und kannten die besten Urlaubsadressen und Restaurants. Und sie waren entbehrlich. Milbo war zwar auch entbehrlich, aber es hätte vier Zwerge gebraucht, um ihn unter Doings Bart hervorzubekommen. Da war es wirtschaftlicher, zwei Zwerge loszuschicken. Theorin bildete sich ein, stets wirtschaftlich zu handeln, obwohl die Geschichte seines gescheiterten Familienunternehmens das Gegenteil bewies.

Extrem bald kehrten Hilli und Billi wieder zurück. »Wir haben eine trockene Höhle gefunden«, sprachen sie im Chor. »Gleich um die nächste Ecke zwischen einem alten dunklen Haus und einem verlassenen Sommerlager.«

»Haben Sie die erforderliche Sorgfalt walten lassen?«, erkundigte sich Theorin. »Haben Sie eine Risikoanalyse durchgeführt? Nach Orks Ausschau gehalten?« Er war sehr gründlich, wenn andere für ihn arbeiteten.

Hilli und Billi sahen für einen Moment weg, doch dann mischte sich Ranndarf ein: »Ach ja, pfeif drauf! Ich bin überzeugt, dass sie die Sache vortrefflich erledigt haben, auch wenn sie nicht lange dafür gebraucht haben. Ein weiterer Erfolg! Ich habe es mal wieder geschafft! Mein Instinkt hat mir verraten, dass dies der beste Weg durchs Gebirge ist.«

In Wahrheit hatte ihm E.On gesagt, dass dies der beste Weg durchs Gebirge war, aber die Zwerge widersprachen nicht. Denn sie waren zu sehr damit beschäftigt, zu der Höhle zu laufen. Sogleich rannten sie hinein und sicherten sich mit ihren eisernen Schlafsäcken ihre Schlafplätze. Selbst für die Ponys fanden sie noch Platz, wie es sich gehörte ein Stück unterhalb der Gruppe. In der Absicht, etwas Teamfähigkeit vorzugaukeln, entfachte der Zauberer seinen Zauberstab, sodass an dessen Spitze ein bläuliches, sich drehendes Licht erglomm. Die Höhle war wie eine Unfallstelle auf der Autobahn beleuchtet, und die Zwerge fingen auch gleich an zu gaffen. Im pulsierenden Schein seines Stabs suchte Ranndarf wichtigtuerisch die Höhle ab. Dabei machte er sich aber vor allem Sorgen um seinen Lederhut, da er fürchtete, dass dieser beim Trocknen schrumpfen könnte.

Bald pafften sie ihre furchtbaren Pfeifen. Milbo zog eine Pfeife hervor, die er im Tabakwarenladen des Letzten Eigenheims gekauft hatte, und tat es den anderen gleich. Noch immer fand er den Geruch widerlich, aber es war ganz nett, ein Hobby zu haben. Und der Gruppenzwang unter Zwergen war schrecklich.

Ranndarf vertrieb ihnen die Zeit mit ein bisschen Zauberei, indem er verschiedene kleinere persönliche Besitztümer seiner Gefährten verschwinden ließ. Dann laberten und laberten und laberten sie, bis sie einer nach dem anderen einschliefen. Da Ranndarf für die erste Wache eingeteilt war, musste er so lange aufbleiben, bis alle anderen auch ganz sicher eingeschlafen waren. Und von diesem Moment an sollten die Zwerge nie wieder in den Genuss ihres Krimskrams, ihrer Geldbörsen, Golftaschen, Broschüren und Ponys kommen.

Alle hatten geglaubt, Milbo würde nur deshalb an der Mission teilnehmen, damit Ranndarf im Vergleich eine gute Figur abgab. Aber in dieser Nacht in der Höhle zeigte sich allmählich, dass er den Zwergen durchaus von Nutzen war. Denn lange konnte er nicht einschlafen. Und als er schließlich einschlief, hatte er garstige Träume. Aber nicht »garstig« im Sinne von: »Sei doch kein so garstiger kleiner Wobbit!« Sondern »garstig« im Sinne von unangenehm. Er träumte, er wäre wieder in der Schule und müsste eine Prüfung in einem Fach ablegen, das er nicht belegt hatte. Natürlich war er dabei nackt. Dann träumte er, er würde ein riesiges Marshmallow essen, das grauenhaft schmeckte.

An dieser Stelle wachte er mit einem Ruck auf. Sein Kissen war weg, und er hatte Federn im Mund. Schlimmer noch: Als er aufwachte, sah er, wie der letzte Ponyschwanz in einer Spalte am hinteren Ende der Höhle verschwand. *Da hätte sich jemand die Höhle besser mal genauer angeguckt*, dachte er, bevor ihm klar wurde, wie ernst die Lage war, und er ein Kreischen ausstieß.

Heraus sprangen Orks, große Orks. Zumindest größer als Milbo und fast so groß wie Theorin. Aber dennoch um einiges kleiner als Ranndarf. Zudem waren sie hässlich mit ihren gebrochenen Nasen, dem zurückgegelten Haar und den Ringen an den kleinen Fingern. Sie sprangen heraus, bevor man noch sagen konnte: *Im Haus wird nicht herumgesprungen!* Auf jeden Zwerg kamen zwei von ihnen, auch wenn spätere Berichte von sechs Orks pro Zwerg sprachen. Auf Milbo kam dagegen nur ein ehrgeizloser Ork, der sich nicht sonderlich ins Zeug legte. Die Gefährten wurden ergriffen und durch den schwarzen Spalt weggeschleppt, ehe man *Wo bleibt mein Kaffee?* sagen konnte. Alle außer Ranndarf. Als die Orks sich ihm näherten, um ihn zu ergreifen, wedelte er mit seinem Stab, worauf es furchtbar ploppte und sich ein süß-salziger Geruch nach Butter ausbreitete. Einige Orks fielen tot und in Popcorn verwandelt zu Boden. Dann löste sich Ranndarf in Luft auf.

Milbo und die Zwerge wurden durch einen Durchgang geschoben, und mit einem Knall schloss sich hinter ihnen eine Steintür. Gerade fand Milbo, dass es seltsam war, dass eine schwere Steintür knallte, als ihm die Frage kam: *Wo ist Ranndarf?* Ihn wunderte es nicht, dass Ranndarf sie schon wieder im Stich gelassen hatte. Vielmehr erwartete er das inzwischen schon ein wenig. Seine Enttäuschung über Ranndarf wich der Furcht vor dem langen, dunklen und gewundenen Gang und den Orks selbst. Denn die Orks waren raue Gesellen und zwickten erbarmungslos. Milbo erschien das Zwicken ohnedies überflüssig, da doch jeder wusste, dass Orks ihre Opfer stets versklavten oder töteten. Sie verteilten auch Kopfnüsse, Brennnesseln und steckten ihren Opfern feuchte Finger ins Ohr. Dazu lachten sie ihr fürchterliches spöttisches Lachen und hielten darin nur inne, um zu sagen: »Niemand wird euch jemals wiedersehen!« und: »Ihr werdet bei die Fische schlafen!« Milbo wurde noch viel unglücklicher als damals, als er Theorin kennengelernt hatte. Wieder und wieder wünschte er sich mit einem Whiskey Sour in seinen Ohrensessel zurück. Und nicht zum letzten Mal.

Jetzt schimmerte vor ihnen ein rotes Licht auf. Die Orks begannen zu singen, und wie die Zwerge hatten auch sie erstaunlich gute Stimmen. Das Lied erinnerte Milbo an ein Volkslied, das er während seiner Zeit in einem Barbershop-Quartett – einer Lieblingsbeschäftigung der Tucken – gesungen hatte. Das Lied hieß Goodnight Ladies. Doch die Version der Orks war nicht so charmant:

Gut Nacht, Knasti
Gut Nacht, Knasti
Gut Nacht, Knasti
Wir drehn den Hals dir um!

Klatsch! Patsch! Schwarzspalt!
Gripp! Grapp! Zwick! Schnapp!
Fahr hinunter!
Nach Orkenstadt hinab!

Deng! Peng! Peitschenknall!
Schnipp, schnapp! Malmqualm!
Schnell, schnell! Weiter!
Geknechtet sollt ihr sein!

Das klang wahrlich grauenerregend, abgesehen vom mehrstimmigen Gesang, der eigentlich ganz liebreizend war. Wie in einem Musik-Video aus den Achtzigern, wo alles noch ganz wörtlich genommen wurde, holten die Orks ihre Peitschen heraus und ließen sie knallen, während sie *Deng! Peng!* sangen. Mit einer Peitsche im Rücken beeilte sich selbst Theorin. Schließlich stolperten sie in eine große Höhle.

Sie war in der Mitte von einem schwachen roten Feuer beleuchtet, sah ansonsten aber wie ein mit Orks gefülltes Lagerhaus aus. Die Orks lachten und stampften und klatschten sich in die Hände, nicht ohne dabei weiterhin zu zwicken. Vor allem machte es ihnen Spaß, Milbo zu zwicken, denn er sah mit Abstand am besten von allen aus. Die Ponys wurden von den Orks in eine Ecke hinter Regale voll teurer Kleider, Schmuck, Wein und Präzisionswerkzeugen getrieben. Lauter Dinge, die in Suchtal verkauft wurden, nur dass diese gestohlen waren. Die Geldbörsen, Mappen und Golftaschen wurden geöffnet und durchwühlt. Schlimmer noch: Der ganze Krimskrams der Zwerge lag in der Höhle verstreut und wurde von Orks angefasst, beschnuppert und geraucht.

Es stand zu befürchten, dass sie ihre süßen kleinen Ponys zum letzten Mal gesehen haben. Das kleinste, auf dem Milbo ritt, wurde zwischen den Orks hin- und hergereicht, ins Licht gehoben und wegen seines Fells und seiner Saftigkeit bewundert. Da Ranndarfs Pferd nicht für die Bergpfade geeignet war, hatte E.On ihm einen lustigen, kleinen und stämmigen Schimmel geliehen, der wie eine Miniatur von Hahnenfuß im Maßstab eins zu drei wirkte. Von Minute zu Minute sah der kleine Hengst weniger lustig und stämmig aus.

Dort, im Schatten eines großen flachen Steintischs, saß

ein riesenhafter Ork mit gewaltigem Kopf, fast so groß wie der von George Lopez. Um ihn herum standen bewaffnete Orks mit den bei ihnen üblichen Schnappmessern, Würgeisen und vergifteten Cannoli. Orks sind zwar geizig, nachtragend und unaufrichtig, aber trotz all dieser Gemeinsamkeiten kommen sie nicht gut mit Zwergen aus. Sie schaffen keine schönen Dinge wie Bauernhofdressing, Waffeln oder Bausparverträge mit dreißigjähriger Laufzeit. Dafür schaffen sie clevere Dinge, zum Beispiel sind sie sehr erfindungsreich im Designen von Butterflymessern, Blackjack-Schlagstöcken, Waterboarding und Krokodilklemmen. Wobei sie die tatsächliche Produktion ihrer Erfindungen outsourcen. Ihre Arbeiter sind teilzeitangestellt, erhalten keine Bezüge und arbeiten bis zum Tod durch mangelnde Beleuchtung oder wiederkehrendes Burnout-Syndrom. Sehr wahrscheinlich haben Orks viele der Dinge erfunden, die allenthalben für Schwierigkeiten sorgen, wie zum Beispiel Privatkredite mit einer Laufzeit bis zur nächsten Gehaltszahlung, Klatschpresse und verbilligte Feuerwerkskörper.

Die Orks hassten die Zwerge nicht mehr, als es jeder andere tat. Aber sie hegten einen grimmigen Groll gegen Theorins Familie, da die SmithiBank raubtierhafte Zinsen erhob und Wucherpraktiken anwendete und dadurch Kunden/Opfer abzog, die traditionell den Orks zustanden. Da sie als Finanzhaie ausgestochen worden waren, blieb den Orks nur noch Buchmachen, Glücksspiel, Schutzgelderpressung, Entführungen, Auftragsmorde und Prostitution. Orkprostituierte hatten allerdings noch nie ein Massenpublikum angesprochen. Jedenfalls scheren sich Orks nicht sehr darum, wen sie fangen, solange es schnell und ohne großen Aufwand passiert, die Opfer wehrlos, nicht besonders helle und in Unterzahl sind oder tief schlafen.

»Was soll ich mit denen anfangen?«, sagte der Ork hinter dem Tisch. Seine Stimme war leise und kratzig, und er lispelte ein wenig. »Mit denen kann man nicht vernünftig reden!«

»Ja, Don Orkleone«, sagte eine der Wachen und benutzte dabei ehrerbietig den Titel, der Abzock, dem König und Vater der Orks von den Kübelbergen, zustand. »Wir haben sie höflich gebeten, sich auszuweisen und den Grund ihrer Reise zu nennen, doch sie haben jede Antwort verweigert und uns hinterrücks überfallen. Stellen Sie sich das nur vor: Orks werden von schlafenden, unbewaffneten Zwergen überfallen! Von Zwergen und diesem Wobbit!« Dabei zwickte er Milbo. »Sie haben unsere Eingangsveranda vermüllt, als wären sie hier zu Hause!«

»Stimmt das?«, richtete sich der Don Orkleone an Theorin. Er hatte einen Pilz im Knopfloch seines Jackenaufschlags und roch gedankenverloren daran. »Warum der fehlende Respekt uns gegenüber? Erst rauben Sie uns das uns zustehende Zinsgeschäft, und jetzt das. Ich nehme an, dass Sie auch Freunde dieser elbischen Pezzonovante sind. Kommen Sie schon! Was haben Sie zu Ihrer Verteidigung vorzubringen?«

»Ich bin Theorin, zu Ihren Diensten«, gab dieser zurück. »Wir suchen nur einen Unterschlupf für die Nacht.«

»Hmm!«, machte der Don. »Und weshalb kommen Sie mir mit Ihren Geschäften erneut in die Quere? Weshalb dringen Sie in mein Zuhause ein? Bald werde ich alles über Sie in Erfahrung gebracht haben, Theorin Eichenkilt, auch wenn ich jetzt schon mehr weiß, als mir lieb ist. Heraus mit der Wahrheit, auf der Stelle! Oder ich lasse Sie abstechen, erdrosseln und vergiften, in dieser Reihenfolge.«

»Wir kommen uns nicht länger in die Quere«, erklärte

Theorin. »Nachdem die Prüfer die SmithiBank dichtgemacht haben, verfolgen meine Aufsichtsratskollegen und ich andere Ziele. Wir wollen mehr Zeit mit unseren Familien auf der anderen Seite Ihrer landschaftlich reizvollen Bergwelt verbringen.«

»Er lügt, Don Orkleone«, sagte eine der Wachen. »Mehrere unserer Leute …«

»Leute?«, fragte Milbo dazwischen.

»Nun ja, keine Leute, sondern Orks«, sagte die Wache. »Also mehrere davon wurden durch Zauberei in Popcorn verwandelt, als wir die Zwerge zu einem Treffen mit Ihnen einladen wollten. Sie waren köstlich, das stimmt schon, aber wir werden sie trotzdem vermissen. Und außerdem hat er uns *das hier* nicht erklärt!« Und damit hielt er dramatisch eine Schaufel empor. Der Don sah ihn verwirrt an. »Ich meinte, *das hier*!« Und er riss die andere Hand hoch, in der er Orkkrise hielt.

»Gehen Sie vorsichtig damit um, das ist wertvoll!«, mahnte Theorin, doch er wurde vom Heulen der Orks übertönt.

Der Don fasste sich an den gewaltigen Kopf und weinte. »Sie kommen in mein Zuhause und tun unschuldig, während Sie dieses Schwert bei sich haben, mit dem so viele meines Volkes, und damit meine ich: Orks, niedergestreckt worden sind. Das ist Orkkrise, der Spalter so vieler guter, unschuldiger Orkklöten während der Verteidigung gegen die völlig ungerechtfertigten Angriffe Gondolas. Mit Elbenfreunden kenne ich keine Gnade. Wachen! Schafft sie fort! Macht, dass sie es bequem haben, wartet, bis sie entspannt sind und euch vertrauen, und tötet sie dann urplötzlich. Es tut mir leid, Theorin, aber es muss sein. Es ist nichts Persönliches, es geht nur ums Geschäft.«

Ein Mob aus Orks, von denen einige so riesig waren,

dass sie auf Augenhöhe mit Theorin, dem Zwerg, kamen, näherte sich schrittweise. Im allerletzten Moment erklang eine theatralisch aufgeblasene Stimme: »Seht mich an!«

Die Orks wandten sich um und erblickten Ranndarf, der eine schwarze Sonnenbrille trug. Plötzlich hagelte es um ihn herum Explosionen blendender Lichtblitze. Im Dämmerlicht der Höhle hatte das einen überaus verwirrenden Effekt. *Typisch Ranndarf*, dachte Milbo.

Von den Blitzen geblendet, taumelten und stürzten die Orks umher wie Verbindungsbrüder auf dem Sommerfest. Ein leuchtendes Schwert blitzte auf, und Milbo hörte Ranndarf brüllen: »En garde, Abzock!«, während der Zauberer Don Orkleone angriff. Abzock sah auf die Schwertspitze hinab, die ihm aus der Brust ragte und murmelte: »Mama Ork, sieh nur, was sie mit deinem Jungen gemacht haben!« Und so hauchte er sein Leben aus. Als den Orks klar wurde, dass ihre Feinde zwei Schwerter in ihrem Besitz hatten, ergriffen sie die Flucht.

Da wanderte die Klinge wieder in ihre Scheide. »Fürchtet euch nicht! Ich, Ranndarf, bin gekommen, um euch zu retten! Folgt mir, denn ich führe euch in die Freiheit! Auf jetzt, bevor die Orks wieder genug Mut gefasst haben und die Verfolgung aufnehmen. Ich gehe als Erster!«

Theorin krallte sich das Schwert aus der Hand des toten Don Orkleone und hastete Ranndarf hinterher.

»Einen Augenblick«, sagte Mori. Milbo schuldete ihm vom Würfelspielen im Suchtaler Casino noch Geld, und das würde er nur schwer eintreiben können, wenn der Wobbit nicht mehr lebte. Deshalb ließ er ihn auf seine Schultern kraxeln, bevor er loslief, als ginge es zu einem Reiterkampf im Swimmingpool.

Und als gäbe es auf der anderen Seite Waffeln umsonst, rannten sie durch den Berg. Auf halbem Weg hielt Ranndarf inne. Er zog sein Schwert, MC Foehammer, und hielt es in die Höhe. Es glühte. »Haha, Sieg!«, rief er, und als er hörte, wie sich die Orks wutschnaubend näherten, steckte er die Klinge in die Scheide und ließ im dunklen Gang seinen Stab aufleuchten. Das Blaulicht pulsierte, und Ranndarf sagte. »Sind alle da? Bildet Pärchen!«

Jeder Zwerg fand einen Partner. Milbo war Fettsacks Partner, weshalb der Wobbit von Moris Schultern herunter und auf den von Fettsack hinaufkletterte. Bevor Fettsack sich beschweren konnte, hatte Ranndarf bereits wieder sein Eigenlob angestimmt. »Wie ich es mir ausgedacht habe! Könnte nicht besser laufen! Indem wir durch den Berg gehen, sparen wir uns eine wochenlange Reise über den Pass. Vorwärts!« Und so ging es, angepeitscht von den Orks, in rasantem Tempo weiter.

»Warum, ach warum habe ich jemals meine Wohnung verlassen?«, klagte Mr. Muffin, der auf Fettsacks Rücken auf und ab wippte.

»Warum, ach warum habe ich Butter und Schlagsahne auf meine Waffeln geschmiert!«, wimmerte Fettsack, der sich die Brust hielt. Er stolperte und stürzte, sodass der Wobbit von seiner Schulter rollte und in der Schwärze des Tunnels verschwand. Dort schlug er sich den Kopf an einer Schaufel und erinnerte sich an nichts mehr.

Kapitel V

Tuckesche Rätsel

Als Milbo die Augen öffnete, fragte er sich, ob er sie wirklich offen hatte, denn es war genauso dunkel, als hätte er sie noch geschlossen. Er wusste nicht, wo er war, noch wer er war. Kurz glaubte er, er sei ein Stück Studentenfutter auf dem Grund einer tiefen, tiefen Schachtel. Dann erinnerte sein schmerzender Rücken ihn daran, dass er Milbo Muffin aus Wobbingen war.

Da war keine Spur von Orks, von den Zwergen oder auch nur von Ranndarf. Auf allen vieren kroch er ein Stück voran in der Hoffnung, sein Pony zu finden. Doch er fand nur einen kleinen kalten Metallring auf dem Boden. Und das war der Wendepunkt in seiner Karriere. Oder doch wenigstens ein Pluspunkt in seinem Lebenslauf. Während er ihn in der Hand hatte, hörte er furchtbare Einflüsterungen und wurde von Visionen von einem einzelnen, lidlosen Flammenauge überwältigt. Für diese Halluzinationen machte er seinen Hunger verantwortlich. Seit dem Abendessen gestern hatte er nichts mehr zu sich genommen, und jetzt war es schon halb nach Brunch. Er ließ den Ring in die Tasche seiner Weste gleiten, tätschelte diese umständlich und dachte darüber nach, wie hungrig er war. Er stellte sich vor, er wäre zu Hause und würde in seiner Küchenzeile Gyros und Eier braten.

Nach einiger Zeit wurde ihm der Gedanke an veredeltes Fleisch langweilig. Eine Pfeife wäre jetzt nicht schlecht, beschloss er. Dabei fühlte er sich fast süchtig. Er tastete nach seiner Pfeife und dem Tabak und fand beides. Dann tastete er nach einem Streichholz, fand aber keines. Das war niederschmetternd, doch dann berührten seine Finger das kleine Messer.

Er zog es heraus. Noch immer roch es nach der Trollhöhle. *Vielleicht sollte ich mich da mal mit etwas Alkohol und einer Stahlbürste hinterklemmen*, dachte er. Dann klappte er die Messerklinge aus, und sie schimmerte bleich und schwach vor seinen Augen.

Dann ist das also auch eine Elbenklinge, dachte er. *Und die Orks sind nicht allzu nah, aber auch nicht weit genug weg.*

Irgendwie fühlte er sich etwas zuversichtlicher. Es war ziemlich großartig, ein in Gondola für die Elbenarmee der Alten Zeiten gefertigtes Taschenmesser bei sich zu haben. Neben der Messerklinge verfügte es noch über weitere Klingen und Werkzeuge.

Perfekt!, dachte er. *Wenn ich mal eine Dose Ravioli von Schwarzmaggie aufmachen muss, bin ich bestens ausgerüstet. Wenn ich nur eine Dose Ravioli hätte!* Der Dosenöffner wirkte verkrustet und roch besonders schlimm. *Was haben die Trolle bloß mit diesem Messer angestellt?*

Da er nichts weiter zu tun hatte, hielt er sein Elbentaschenmesser mit der ausgeklappten Hauptklinge vor sich hin und fing an, nach einem Ausgang zu suchen. Oder auch nach einer Dose Ravioli.

Milbo fand weder eine Dose Ravioli noch sonst etwas. Im Dunkeln trottete er immerzu weiter, und Trotten ist kein Spaß, wenn man barfuß geht. Ohne Licht kam Milbo nicht einmal von seinem Bett aufs Klo, ohne sich dabei nicht mindestens einmal die Zehen zu stoßen. Also könnt ihr euch vorstellen, wie unangenehm ihm sein Marsch durch die Höhlengänge geriet. Er trat auf und in eine Menge Dinge, die unsereinen dazu veranlassen würden, die Schuhe für eine Weile auf der Veranda stehen zu lassen. Deshalb war es eine erfreuliche Abwechslung, als er einmal in kaltes Wasser trat. Er hörte ein hallendes Tröpfeln und schloss sogleich daraus, sich in der Nähe einer Zwergennase zu befinden.

Er sah sich nach Theorin & Co um, musste aber feststellen, dass er am flachen Ufer eines unterirdischen Sees stand. Die meisten Wobbits aus der Tuckeschen Seite von Milbos Familie waren schlechte Schwimmer, weil man ihnen in der Jugend immer von der Teilnahme am schulischen Sportunterricht abgeraten hatte. Milbo bildete darin keine Ausnahme. Deshalb beschloss er, nicht noch weiter hineinzuwaten. Was eine kluge Entscheidung war.

Tief unten an dem dunklen Wasser lebte der alte Go-Lump, eine kleine schmierige Kreatur von der Größe eines Wobbits. Ich weiß nicht, woher er kam, nicht, wer oder was er war, aber ich werde mich bemühen, mir etwas auszudenken, sollte ich einmal irgendwelche Fortsetzungen schreiben. Er war dürr mit zwei großen Kugelaugen, die bleich aus seinem hageren Gesicht hervorschimmerten wie bei einem Supermodel. Er besaß ein kleines Boot, das gerade groß genug für ihn selbst war, was vielleicht erklärt, weshalb er momentan keine Freunde hatte. Mit seinen Füßen mit Schuhgröße 49 paddelte er umher auf der Suche nach Fischen. Diese packte er mit seinen langen Supermodelfingern, wodurch er Geld für Köder sparte. Er ernährte sich fast ausschließlich von Fisch, auch wenn er Orks nicht verschmähte, wenn er welche zu fassen bekam. Er konnte besser von hinten erwürgen als jeder Ork. Und es ist eine stattliche Leistung, wenn man besser im Hinterrückserdrosseln ist als ein Ork!

Go-Lump lebte auf einer schleimigen Insel in der Mitte des ebenfalls schleimigen Sees. Mit seinen bleichen Supermodelaugen beobachtete er Milbo von seiner Insel aus. Er konnte erkennen, dass Milbo kein Ork war, was dieser als Kompliment aufgefasst hätte, wenn er davon erfahren hätte.

Go-Lump glitt in sein glitschiges Boot und stieß sich von der Insel ab, während Milbo verdattert und hängenden Hauptes am Ufer saß. Geräuschlos kam Go-Lump an Land und näherte sich Milbo, als dieser aufblickte. Nun war er verdattert, aber nicht mehr hängenden Hauptes. Da Erwürgen von hinten nicht mehr infrage kam, ergriff Go-Lump das Wort. Seine Stimme war erstaunlich laut und frech und passte so gar nicht zu seinem Äußeren.

»Spritz, sag ich, spritz und spucke, mein Schatz!«, bellte Go-Lump. »Sieh mal einer an! Dieser Junge wird einen saftigen Bissen abgeben, sage ich, einen saftigen Bissen!«

»Wer sind Sie?«, fragte Milbo und streckte das Messer vor. Mit seinen glühenden Augen, dem Gebell und seiner Äußerung, dass er Milbo essen wollte, hatte Go-Lump keinen guten ersten Eindruck gemacht.

»Wer ich bin? Die Frage ist vielmehr, wer sind Sie?«, donnerte Go-Lump, während er Milbo in die Brust piekte. Ihm machte es große Freude, wenn er jemanden hatte, mit dem er sprechen konnte, auch wenn die Unterhaltung für gewöhnlich einseitig war.

»Ich bin Mr. Milbo Muffin. Ich habe die Zwerge verloren und habe den Zauberer verloren und suche den nächstgelegenen Ausgang, der nicht von Orks bewacht wird.«

»Was ist das, sag ich, was haben Sie da in der Hand, Junge?«, fragte Go-Lump. »Einen Fisch? Einen Stein? Heraus damit, Junge, heraus damit!«

»Ein Elbentaschenmesser, das aus Gondola stammt.«

»Ei, sieh an!«, sagte Go-Lump. »Das ist ja mal ein dicker Fisch!« Nie zuvor hatte Go-Lump sich am falschen Ende einer leuchtenden magischen Elbenklinge wiedergefunden. Um Respekt zu zeigen, stupste er Milbo nicht länger an die Brust, sondern legte ihm den Arm um die Schulter. Doch seine Stimme blieb laut und nachdrücklich.

»Ich heiße Go-Lump. Hören Sie mal, Junge, ich habe da mal eine Idee. Warum reden wir beide nicht einfach ein bisschen miteinander, verstehen Sie? Wie bei einem Besuch. Ein wenig schnacken. Schauen Sie mich an, wenn ich mit Ihnen rede, Junge! Nun, wie wäre es mit einem Rätsel?« Go-Lump wollte erst einmal auf freundlich machen, bis sich ihm eine Gelegenheit bieten würde, Milbo zu erwürgen, ohne dabei erstochen zu werden. Gleichzeitig versuchte er, sich darüber klar zu werden, ob er Milbo als Beilage zu Sushi, Ceviche oder Sashimi essen sollte.

»Sehr gut«, sagte Milbo, der sich begierig auf die Wünsche seines Gegenübers einlassen wollte, bis er einen Weg finden würde, ihm in den Rücken zu stechen. Go-Lump trug zwar keine sichtbaren Waffen, doch Milbo fürchtete, er würde über hypnotische Superkräfte verfügen, Säure absondern oder rasiermesserscharfe Ellbogen besitzen. Und da er seit Tagen nichts gegessen hatte, begann auch er sich zufälligerweise zu fragen, ob Go-Lump wohl genießbar wäre, wenn man ihn richtig marinieren und zubereiten würde.

»Fragen Sie zuerst«, sagte Go-Lump. Milbo versuchte krampfhaft, sich an irgendein Rätsel zu erinnern. Ihm fielen jedoch nur Limericks ein.

Deshalb platzte Go-Lump heraus:

Wo, sage ich, woher weißt du,
Dass du einen Drachen in der Küche hast?

»Leicht!«, sagte Milbo, der sehr viel Zeit in der Küche verbrachte. »Du musst nur nach den Fußspuren auf der Butter suchen.« Die Antwort war richtig.

»Dieser Junge ist klüger, als er aussieht, aber das will nicht viel heißen«, sagte Go-Lump laut zu sich selbst. Jahrhunderte der Einsamkeit hatten dazu geführt, dass sein innerer Dialog bereits gestört war.

»Junge, sage ich, Junge! Wenn dieses Rätsel zu leicht war, dann machen wir eben einen kleinen Wettbewerb. Und nur um die Sache ein bisschen interessanter zu machen, verstehen Sie, erhöhen wir den Einsatz und sagen: Wenn ich ein Rätsel stelle und Sie es mir nicht richtig beantworten können, dann esse ich Sie. Wenn Sie mir eins stellen und ich die Antwort nicht weiß, dann zeige ich Ihnen den Weg nach draußen.« Milbo war sprachlos, weil Go-Lumps Vorschlag derart lächerlich war. Glaubte Go-Lump allen Ernstes, dass er es zulassen würde, gegessen zu werden, sollte er verlieren? »Nun? Sagen Sie schon, Junge!«

»Na gut!«, sagte Milbo, denn er wollte das Spiel benutzen, um Zeit zu gewinnen, bis ihm ein Plan einfallen würde. Nun war er an der Reihe, und er musste sich ein Rätsel ausdenken. Er versuchte, die ganzen Frage-Antwort-Witze auszublenden, die ihm plötzlich einfielen, und sich auf ein Rätsel zu besinnen. Endlich hatte er eines.

Was ist schwarz und weiß
Und auch ganz rot?

»Ich weiß!«, rief Go-Lump. »Ein halb aufgegessener Zebrafisch? Nein, warte, die taz! Das ist es! Die taz!« Das stimmte.

»Ich bin dran!«

Was ist grün und rot
Und bewegt sich mit neunzig Kilometern pro Stunde?

Zum Glück für Milbo war dieses Rätsel dem seinen sehr ähnlich. Rasch gab er deshalb die korrekte Antwort: »Ein Frosch im Mixer.« Allmählich begriff er, wie Go-Lump tickte. Da kam ihm der Gedanke, dass er ihn vielleicht mit einem Rätsel über das oberirdische Leben schlagen konnte.

Was ist gelb
Und macht: »Klick, klick, klick«?

»Dieser Junge ist so aufgeweckt wie ein komatöser Siebenschläfer«, sagte Go-Lump laut zu sich selbst. »Was wohl? Natürlich ein Bananenkugelschreiber!«

Auch diese Antwort war richtig, aber der Gedanke an Bananen, blutige Zebrafische und gequirlte Frösche machte ihn hungrig. Auf Milbo hatte er dieselbe Wirkung, wenn auch dieser keinerlei Erfahrungen damit hatte, wie es war, jemanden zu verspeisen, mit dem er sich unterhalten konnte. Abgesehen natürlich von Papageien. Go-Lump zerbrach sich den Kopf, doch ihm fiel wieder nur ein Rätsel ein, das mit Essen zu tun hatte. Immerhin hielt er es für ziemlich schwierig. Er selbst hatte es schon seit vielen Jahren nicht mehr gehört.

Warum lief die Henne
Über die Straße?

Anders als Go-Lump waren Milbos Erinnerungen an Hennen, Straßen und das Rätsel selbst keine Jahrhunderte alt. Deshalb kam er umgehend mit der Antwort: »Weil sie auf die andere Seite wollte.« Jeder andere hätte sie auch gewusst.

Auch Milbo wollte nicht wieder ein Rätsel stellen, bei dem es ums Essen ging. Er argwöhnte, dass Go-Lump seine Durchwachsenheit bewunderte, weshalb er das Thema gerne gewechselt hätte. Doch das einzige Rätsel, das ihm einfiel, war folgendes:

Warum hat Joghurt
Keine Gräten?

Das war eine harte Nuss für Go-Lump. »Joghurt? Ohne Gräten? Was zum, sage ich, was zum Kuckuck reden Sie da, Junge? Ich finde es schon sehr seltsam, wenn ein Junge ein solches Rätsel stellt. Nun, lassen Sie mal sehen – Oh! Ich weiß die Antwort! Das Joghurt hat keine Gräten, weil es nachts kälter ist als draußen! Ha!«

Er hatte recht, und Milbo fragte sich, ob Go-Lump vielleicht doch mehr über die Oberwelt wusste, als er sich anmerken ließ. Dann sagte Go-Lump:

Warum tragen Feuerwehrleute
Rote Hosenträger?

Milbo trug lieber Gürtel statt Hosenträger, und in seiner Familie gab es keine Feuerwehrleute, zumindest nicht auf der Tuckeschen Seite. Go-Lump dagegen hielt seine jahrhundertealte, abgerissene Hose mit einem schleimigen Stück Seil an Ort und Stelle. Das Rätsel traf Milbo somit völlig unvorbereitet. Kurz geriet er ins Stocken, doch als er merkte, dass Go-Lump durch das Buch »Die leckersten Wobbit-Gerichte« blätterte, wurde er wieder in die Wirklichkeit gerissen und sah sich in der Lage, die richtige Antwort zu geben.

»Sie tragen rote Hosenträger, damit ihnen die Hosen nicht rutschen!«, verkündete Milbo. Ihm war klar, dass Go-Lump bei dem nächsten Rätsel wieder ans Essen denken würde. Aber ihm fiel kein anderes ein.

Was sagte die Schnecke
Zur Polizei
Als sie von zwei Schildkröten
Ausgeraubt wurde?

»Schildkröten und Schnecken!«, bellte Go-Lump. »Sie tun es schon wieder, Junge, Sie stellen mir schon wieder ein Rätsel mit Essen! Sagen Sie, das erinnert mich an die Zeit, als ich mit meiner Omi am Ufer Schnecken geklaut habe. Nun, was würde eine Schnecke sagen, wenn sie nicht von mir gegessen, sondern von einer Schildkröte ausgeraubt würde? Ich hab's! Sie würde sagen: ›Inspektor, es ging alles so schnell!‹ Ha!« Wieder stimmte Go-Lumps Antwort.

»Dann lassen Sie mich Ihnen ein saftiges Rätsel stellen.«

Was sagte die Schnecke
Als sie auf der Schildkröte ritt?

Milbo hatte keinen Schimmer. Kurz kam ihm der Gedanke, Go-Lump in einen fairen Kampf zu verwickeln, anstatt ihm eine Antwort zu geben. Der unbewaffnete

Go-Lump gegen Milbo mit dem magischen Elbenmesser – ein durchaus fairer Kampf. Doch das war dem Wobbit immer noch zu riskant, und schließlich hatte er sich mit dem Rätselspiel einverstanden erklärt. Eben wollte er sich umdrehen und davonlaufen, als ein Fisch aus dem Wasser sprang und glitschig und japsend auf Milbos nackten Füßen landete. Erschrocken, angewidert und tierisch gestresst stieß dieser den schrillen mädchenhaften Markenschrei der Tucken aus.

»Iiiih! Aaaah!«, kreischte er.

Wie es der Zufall wollte, klang der Schrei so ähnlich wie die Antwort, die Go-Lump hören wollte, und dieser ließ es gelten. Denn wie ihr bestimmt wisst, sagt eine Schnecke, die auf einer Schildkröte reitet, für gewöhnlich: »Hüüüh-aaaah!«

Go-Lump war hungrig, wütend und enttäuscht. Doch er gab sich Mühe, Geduld mit Milbo zu haben, der bereits Mühe hatte, nämlich damit, sich ein neues Rätsel auszudenken. Fast schien es so, als würde Milbo das Spiel verlieren.

»Kommen Sie schon, Junge!«, drängte Go-Lump. »Glotzen Sie mich nicht nur an! Heraus damit!«

Milbo streckte das Messer vor und tastete mit der anderen Hand seine Taschen ab in der Hoffnung, eine größere und gefährlichere Waffe zu finden. Doch er fand nur den goldenen Ring, den er im Gang aufgesammelt hatte. Doch inzwischen hatte er das schon wieder vergessen. Er erinnerte sich gar nicht mehr daran, dass er etwas in die Tasche gesteckt hatte, und wusste nicht mehr, was es war. Mehr zu sich selbst sagte er:

Was habe ich
In meiner Tasche?

Natürlich war die Frage an ihn selbst gerichtet, aber ein weiteres Mal hatte er Glück. Denn Go-Lump glaubte, Milbos Selbstgespräch wäre ein Rätsel. Vielleicht, weil es kursiv gesetzt und auf zwei Verse verteilt war.

»Was soll das?«, sagte Go-Lump, der trotz seines schmächtigen, mageren Körperbaus bedrohlich wirkte. »Das ist doch kein Rätsel! Das ist eine Wissensfrage!«

Doch Milbo hatte erkannt, welches Glück er hatte, und blieb dabei.

»Wollen Sie damit sagen, dass wir hier nach Regeln spielen?«, sagte er. »Machen Sie schon! Beantworten Sie das Rätsel! Was habe ich in meinen Tatzzzen, äh ... Taschen?«

»Nun, wenn Sie meinen«, gab Go-Lump zurück. »Aber dann darf ich wenigstens dreimal raten.«

»Klar, wenn's sein muss«, sagte Milbo. »Raten Sie nur.« Er konnte es nicht fassen, dass Go-Lump sich darauf einließ.

Go-Lump tippte auf all die Dinge, die er selbst in den Taschen hatte.

»Fisch!«

»Falsch.«

»Steine!«

»Falsch.«

»Rotz. Oder vielleicht ein Einkaufszettel!«

»Beides falsch«, sagte Milbo. »Und keine Doppelantworten. Ich habe gewonnen, und Sie müssen mir den nächstgelegenen Ausgang zeigen.«

»Natürlich, Söhnchen, natürlich«, gab Go-Lump zurück. »Aber sagen Sie mir zuerst, was Sie nun in Ihrer Tasche haben.«

»Das geht Sie nichts an! Bringen Sie mich einfach zum Ausgang.« Aus irgendeinem Grund wusste Milbo, dass er den gefundenen Ring nicht erwähnen sollte. Aus einem anderen, noch viel mysteriöseren Grund hakte Go-Lump auch nicht weiter nach.

»Na gut, Söhnchen. Wenn Sie es unbedingt so haben wollen. Aber erst«, sagte Go-Lump, indem er laut vor sich hinkicherte, »lassen Sie mich zu meiner Insel zurückfahren. Ich habe nämlich vergessen, die Fenster zu schließen.«

Milbo rollte mit den Augen. »Na schön, aber beeilen Sie sich, okay?«

Mit seinen großen Latschen paddelte Go-Lump zu seiner Insel zurück. Dort bewahrte er ein paar wenige, schleimige Besitztümer auf: Abrisse von Theaterkarten, alte Augengläser, vergessene Visitenkarten, Minzdragees, einzelne Hemdknöpfe, ausländische Münzen, Fische und Steine. Darüber hinaus bewahrte er dort auch einen besonders schönen Besitz auf. Einen verdächtig schlichten Goldring – ein wahrer Schatz.

»Dieser Junge will mein Geburtstagsgeschenk, aber es gehört mir, nur mir!«, sagte Go-Lump mit einem tiefen irrsinnigen Kichern. »Mein Zauberring! Sobald ich ihn finde, stecke ich ihn mir auf den langen, knochigen Finger und bin unsichtbar, sage ich, unsichtbar! Und dann, nach einer kleinen, hinterhältigen Strangulation, gibt es für den guten alten Go-Lump feinen Wobbit Tartare! Ich habe es mächtig satt, immer nur Fische und Orks zu essen. Jetzt aber, wo ist der Ring …«

Milbo wartete, tippte mit den Füßen, klopfte mit den Fingern und sah sich beiläufig in der Finsternis um. Ohne das Licht aus Go-Lumps glühenden Augen war es sehr dunkel.

Plötzlich vernahm Milbo ein Kreischen. Es war Go-Lump, und er klang ziemlich angepisst.

»Wo, sage ich, wo ist es?«, heulte Go-Lump. »Wo zum Henker ist mein Geburtstagsgeschenk?«

»Ihr was?«, rief Milbo hinüber.

»Kümmern Sie sich um Ihren eigenen Kram, Junge! Wo ist es?«

»Sehen Sie, ich muss langsam gehen«, sagte Milbo. »Sie haben mein letztes Rätsel nicht richtig beantwortet, und Sie meinten, dass Sie mich dann nicht essen, sondern zum nächsten Ausgang führen würden. Kommen Sie!«

Go-Lump schwieg einen Moment lang.

»Sagen Sie, Junge, das erinnert mich an etwas«, sagte Go-Lump. »Wie lautet die Antwort auf Ihr Rätsel? Was haben Sie in Ihrem kleinen Täschchen?« Dabei stieg er wieder in das Boot und begann, zu Milbo zurückzupaddeln.

»Dafür habe ich keine Zeit«, meinte Milbo. »Lassen Sie uns gehen!«

»Selbstverständlich, Junge, selbstverständlich«, sagte Go-Lump beim Rudern. »Aber verraten Sie mir doch zuerst, was Sie in Ihrem kleinen Täschchen haben.«

»Na gut, okay. Ich werde es Ihnen verraten, aber sagen Sie mir erst, was Sie verloren haben.« Milbo war überzeugt, dass es sich bei dem verlorenen Gegenstand entweder um einen Fisch oder einen Stein handelte, doch ganz allmählich roch er Unannehmlichkeiten.

»Nein, sagen Sie es mir zuerst.«

»Nein, Sie zuerst.«

»Nein, Sie.«

»Nein, Sie.«

Inzwischen hatte Go-Lump das Ufer erreicht. Da Milbo die Richtung, in die sich die Diskussion entwickelte, überhaupt nicht behagte, drehte er sich um und rannte davon.

Von hinten hörte er das Patschen von Go-Lumps Füßen, der die Verfolgung aufnahm. Dazu sein tiefes, irres Kichern und die Worte: »Was haben Sie denn nur in Ihrem kleinen Täschchen?«

Was ich in meiner Tatzzze habe?, fragte sich Milbo, während er keuchend und das Messer noch immer in der Hand haltend durchs Dunkel hastete. Die freie Hand schob er in die Tasche und steckte sich den kalten Ring auf den Finger. Er achtete nicht auf das Gefühl einer winzigen Ohnmacht, die über ihn hinwegzuhuschen schien, und auch nicht auf die wahrscheinlich nur in seiner Einbildung existierende böse und kratzende Stimme, die etwas in einer fremden Sprache skandierte.

Go-Lumps verrücktes Lachen kam näher. Milbo wandte sich um und erkannte die beiden großen schimmernden Augen. Dann blieb sein Fuß an einem Eimer voller Steine hängen. Die Steine kullerten heraus, er stolperte und fiel hin.

Einen Atemzug später war Go-Lump über ihm. Bevor Milbo noch um Gnade bitten oder seine abwesenden Freunde verraten konnte, lief Go-Lump an ihm vorbei. Er schien Milbo nicht einmal bemerkt zu haben.

Milbo war verwirrt, wenn auch nicht verdattert oder hängenden Hauptes. Er nahm an, dass Go-Lump im Dunkeln sehen konnte. Schließlich erkannte der Wobbit noch immer den Lichtschein der glimmenden Augen, die sich im Gang von ihm fortbewegten wie eine U-Bahn, die aus dem Bahnhof fährt. Das Licht war sogar so hell, dass Milbo ein Stück weiter ein paar vergessene Spitzhacken ausmachen konnte.

»Ich wusste es, sage ich, ich wusste es!«, hörte er Go-Lump sagen. »Der Junge ist verschwunden und hat mein Geburtstagsgeschenk gefunden. Menno, mit meinem Ring am Finger kann sich jeder dahergelaufene Depp unsichtbar machen, mir heimlich bis zum nächsten Ausgang folgen, ungesehen an den Wachen vorbeischlüpfen und entkommen!«

Go-Lumps Selbstgespräch enthielt genügend Informationen, um selbst Milbo, der die Hoffnung auf ein Entkommen schon fast aufgegeben hatte, ins Bild zu setzen und zu ermutigen. Er hatte schon mit dem Gedanken gespielt, der neue Höhleneremit der Kübelberge zu werden. Doch nun, da er wusste, dass der Ring ihn unsichtbar machte, konnte er sich höhere Ziele stecken. Wie zum Beispiel zu entkommen und nach Wobbingen heimzukehren. Vielleicht über Suchtal und E.Ons Letztes Eigenheim. Aber warum ging Go-Lump zum nächsten Ausgang?

»Vielleicht«, erklärte Go-Lump sich selbst, »kann ich ihn hören oder riechen, wenn ich am Ausgang auf ihn warte! Ich werde gut achtgeben, und wenn dieser Doofkopf sich durch einen lauten Schritt oder einen Rülpser verrät, kriege ich mein Geburtstagsgeschenk zurück und muss mir keine Sorgen mehr ums Abendessen machen! Ich kann's kaum erwarten! Ich eile voran, zur Hintertür!« Murmelnd und lachend ging er weiter. Milbo sah, dass er neben einer Schaufel und einem Schutthaufen stehen blieb.

»Ich werde, sage ich, ich werde hier warten!«, murmelte er. »Wenn ich weitergehe, bekomme ich es mit Orks zu tun.« Go-Lump versperrte den Gang, indem er die Hand ausstreckte und sich gegen die Wand lehnte.

Milbo war klar, dass er sich an Go-Lump nicht vorbeischleichen konnte. Er vermochte sich zwar zu bewegen, ohne ein Geräusch von sich zu geben, aber er vermochte sich nicht zu bewegen, ohne dabei nicht einen Geruch von sich zu geben. Seit er in Suchtal das letzte Mal in einen Whirlpool gestiegen war, hatte er nicht mehr gebadet, und inzwischen war er verständlicherweise vermieft. Bestimmt würde Go-Lump ihn wittern, sollte er versuchen, an ihm vorbeizuschleichen. Unsichtbar, wie er war, konnte er Go-Lump mit seinem Elbentaschenmesser erstechen oder ihn korkenziehen. Wenn Go-Lump aber zu langsam starb, würde er womöglich noch zurückschlagen, bevor er sein Leben aushauchte. Am liebsten hätte Milbo ihn von hinten angegriffen, sah aber keine Möglichkeit, wie er das bewerkstelligen sollte.

Da fiel ihm im Schein von Go-Lumps Augen die Schaufel ins Auge, und er wusste, was zu tun war. Er trat vor, hob sie auf, und schneller als man *Wieso fliegt mir diese Schaufel entgegen, und was ist das für ein Geruch?* hätte sagen können, zog er sie Go-Lump über den Schädel. Einen Moment stand Go-Lump wie betäubt da und sagte dann: »Und tschüss«, bevor er zu Boden fiel. Behutsam stieg Milbo über ihn hinweg und verschwand hinter der nächsten Ecke.

Dort sah er Sonnenlicht, eine offene Tür und Orks. Sie unterhielten sich über die Aufregungen in letzter Zeit.

»Sollte dieser Wobbit hier aufkreuzen, werde ich ihn vertilgen!«, meinte ein Ork, während er sein schwertgroßes Schnappmesser tätschelte.

»Das will ich dir auch geraten haben!«, sagte ein anderer, sein Hauptmann. Milbo vermutete, dass man aufgrund der Größe der Ringe am kleinen Finger sehen konnte, welchen Rang sie innehatten. »Wenn nicht, werde ich *dich* vertilgen!« Sie lachten und sahen Milbo dann geradewegs an.

Magische Unsichtbarkeitsringe haben so ihre Haken. Du weißt nämlich nie, wie »unsichtbar« du tatsächlich bist, bis du die Möglichkeit hast, den Ring unter Einbeziehung aller möglichen Variablen auszutesten. Milbos

Ring zum Beispiel machte ihn selbst sowie seine Kleider unsichtbar. Doch bei anderen Ringen kann es sein, dass die Kleider sichtbar bleiben, was lästig ist und zu furchtbar peinlichen Situationen führen kann. Unglücklicherweise merkte Milbo erst, als es zu spät war, dass die Schaufel, die er in der Hand hielt, durchaus sichtbar geblieben war. Er konnte den Abdruck von Go-Lumps Gesicht darauf deutlich erkennen.

Als ihm mit Schrecken bewusst wurde, dass man die Schaufel sehen konnte, warf er sie von sich wie einen Haarklumpen aus dem Duschsieb. Dann rannte er geradewegs auf die Orks zu und setzte voll und ganz auf das Überraschungsmoment. Die Orks dagegen stürzten sich sogleich auf die Schaufel, den einzigen Feind, den sie erkennen konnten. Während sie die Schaufel in Stücke schlugen, lief Milbo durch die Tür. Doch kaum war er nach draußen entkommen, hallte ihm aus der Tiefe Go-Lumps Schrei in den Ohren.

»Verdammich! Muffin! Wir hassen, ich sage, wir hassen ihn auf ewig!«

Kapitel VI

In der Bratpfanne gefälligst, nicht auf dem Feuer

Milbo war den Orks und Go-Lump entkommen, das war schon mal ganz gut. Zudem war er auch Theorin und Ranndarf losgeworden, was nicht ganz so gut war, auch wenn er die beiden wahrlich nicht vermisste. Ständig kommandierte Theorin alle herum und sagte ihnen, wo sie sich was hinstecken sollten. Ohne ihn hatte Milbo allerdings keinen Plan und niemanden, der ihm sagte, wo es langging. Gar nicht gut.

»Was für ein Desaster!«, sagte Milbo vor sich hin, während er sich von den Bergen entfernte. »Am besten, ich bringe so viel Abstand wie möglich zwischen mich und die Berge mit ihren Orks. Vielleicht führt dieser Weg zurück zum Letzten Eigenheim. Vielleicht haben die dort eine Stelle für mich an der Espressobar. Ob ich denen wohl stylish genug bin?« Traurig sah er zu den Bergen zurück.

»Lebt wohl, Berge! Lebe wohl, missglücktes Abenteuer! Lebt wohl, Schatzhort und vorzeitige Rente!« Dann fiel ihm auf, dass die Sonne im Westen unterging – hinter den Bergen.

»Donnerwetter!«, rief er aus. »Mir scheint, ich bin auf der anderen Seite der Kübelberge, fast am Rande des Landes dahinter und auf halbem Weg nach Jottwehdeh. Nie und nimmer schaffe ich es durch die Berge zurück zu E.Ons

Ferienfarm. Wo Ranndarf und die Zwerge wohl abgeblieben sind? Er hat sich wohl irgendwo zu einem Firmenpicknick eingeladen, und die Jungs sind wohin ausgewandert, wo sie keiner kennt, um eine neue Bank zu gründen.«

Da kam Milbo der Gedanke, dass sie vielleicht noch im Berg waren und den Hinterausgang suchten. Oder ihn retten wollten. Oder von den Orks gefangen genommen worden waren. Doch dann entschied er, dass sie wahrscheinlich schon klarkommen würden. Doch, doch. Obwohl er eine magische Waffe und einen Unsichtbarkeitsring hatte, erschien es ihm sinnlos und tollkühn, noch einmal umzukehren, um seine Freunde zu retten. Freunde! Bis vor ein paar Monaten hatte er keinen von ihnen gekannt. Dann hatten sie ihn beleidigt, seine Bude auf den Kopf gestellt, ihn entführt, und jetzt erwarteten sie, dass er in ihre Büroräume einbrach und einen Drachen tötete. Das waren feine Freunde! Eben wollte er sich dazu gratulieren, dass er dies nun endlich klar erkannt hatte, als er Stimmen hörte.

Eine Weile lang lauschte er, bis er sich sicher war, dass es keine Orks waren. Denn sie sprachen nicht von Pferdeköpfen, die man jemandem ins Bett legen musste. Wer auch immer sich da unterhielt, würde ihm vielleicht helfen. Andrerseits mochten sie ihn auch mit Freuden verspeisen. Milbo schlich sich näher heran, um es herauszufinden. Die Stimmen kamen aus einer Mulde am Rand der Straße neben ein paar Felsbuckeln und zwei bis drei Schluchten.

Dann bemerkte er jemanden, der Ausschau halten sollte und über den Rand der Mulde linste. Es war Billi, und sein Blick war geradewegs auf Milbo gerichtet. Der Wobbit begriff, dass er noch immer den Ring am Finger trug, und beschloss, sich einen Scherz zu erlauben. Eben machte er sich daran, Billis Schnürsenkel zusammenzubinden, als die Diskussion in der Senke seine Aufmerksamkeit auf sich zog. Anscheinend wurde gerade ein Meeting abgehalten, um zu entscheiden, was angesichts des vermissten Wobbits zu tun wäre.

»Dann ist es beschlossene Sache«, sagte Theorin. »Wir haben einstimmig dafür gestimmt, Milbo den Orks zu überlassen. Oder welch traurigem Ende auch immer. Im ehrenvollen Andenken an ihn werden wir seinen Anteil am Schatz unter uns aufteilen.«

Ich hab's doch gewusst!, dachte Milbo.

»Ranndarf«, sagte Theorin. »Wie sieht Ihr Notfallplan aus, um in unsere Büros zu gelangen und den Drachen zu töten?«

Plötzlich wurde Ranndarf bewusst, dass sein Plan B noch lückenhafter als sein Plan A war. Deshalb musste er schleunigst das Thema wechseln.

»Ich weiß, dass ich wie Sie dafür gestimmt habe, Milbo seinem sicheren Tod zu überlassen, aber nun plagt mich eine gewisse Reue. Mir kommt es so vor, als sei ich irgendwie verantwortlich für die missliche Lage, in der der kleine Kerl steckt.«

»Klar fühlen Sie sich verantwortlich!«, sagte Theorin. »Es war ja auch Ihre Schuld! Sie haben darauf bestanden, dass wir ihn als Fachberater mitnehmen, Sie haben sich vorab ungenügend über die Höhle informiert, in der er gefangen genommen wurde, und Sie haben ihn beim paarweisen Zusammengehen mit Fettsack zusammengetan.«

»Wirklich?«, sagte Ranndarf. »Und vermutlich habe ich Fettsack auch angeordnet, einen Herzinfarkt zu bekommen und ihn fallen zu lassen!«

»Das war kein Herzinfarkt!«, mischte sich Fettsack ein. »Das war eine akute Angina. Und wieso hat er sich tragen lassen, anstatt selbst zu laufen?«

»Mori hat damit angefangen!«, sagte Ranndarf.

»Ich habe ihn getragen, weil er mir Geld schuldet, das war alles«, wehrte sich Mori.

»Er schuldet fast jedem von uns etwas«, warf Pfählihn ein. »Wir haben bereits erwogen, ihm einen finanziellen Rettungsplan zu unterbreiten, aber jetzt ist er versklavt oder tot oder verspeist. Unser Geld werden wir niemals wiedersehen. Schaut, das ist für uns alle ein monetärer Verlust, aber nun ist es Zeit, darüber hinwegzukommen. Milbo hätte für uns dasselbe getan.«

Das stimmt, dachte Milbo.

»Gut gesagt, Pfählihn«, lobte Theorin. »Milbos Anteil am Schatz wird dazu verwendet, alle Verluste durch unbeglichene Schulden auszugleichen. Jetzt müssen wir nur noch herausfinden, wie wir den Drachen töten können, nachdem unser Fachberater tot ist.«

»Ich habe euren Fachberater zufällig bei mir«, sagte Milbo, während er in ihre Mitte trat und den Ring abzog.

Donnerwetter, wie sie da aufsprangen! Sofort warf man Billi vor, dass er während seiner Wache gepennt hatte. Theorin, der nicht gut in Nachfolgeplanung war, fühlte Erleichterung darüber, dass sie wieder zu Plan A zurückkehren konnten, wie mangelhaft der auch immer sein mochte. Fettsack fasste sich krampfhaft an die Brust. Aber sie waren sich einig, dass Milbo wenigstens ein gewiefter Einbrecher war. Wie sonst hätte er sich so geschickt in ihre Mitte schleichen können? Milbo sah nämlich keine Veranlassung, den Ring zu erwähnen. Aber er erzählte ihnen, wie es ihm ergangen und wie er entkommen war.

»Da war ich nun! Ganz allein, Orks, Dutzende wütender Orks auf meinen Fersen! Doch ich habe exzellente Nachtsicht und kann mich äußerst schnell durch Gänge bewegen, weshalb ich sie bald abgehängt hatte. Dann wurde ich von einem Ungeheuer namens Go-Lump angegriffen! Es war sechs Meter groß und von züngelnden Flammen umrankt. Es trug eine Peitsche und ein Schwert und hatte große Schwingen, auch wenn es aus irgendeinem Grund nicht fliegen konnte. Go-Lump wollte mich fressen, doch ich habe es hereingelegt und zu einem Rätselspiel überredet. Selbstverständlich bin ich der Rätselkönig von Wobbingen, deshalb gewann ich gegen Go-Lump, und er musste mir den Weg nach draußen zeigen. Aber er hinterging mich. Deshalb stahl ich den Ring der Unsichtba... Ich meine, ich stahl mich lautlos an ihm vorbei und stieß geradewegs mit dreißig Orks zusammen, die den Hinterausgang bewachten. Also habe ich mich an sie herangeschlichen, wie ich mich eben an euch herangeschlichen habe, nutzte den Überraschungseffekt aus und erschlug ein paar von ihnen mit einer Schaufel. In der darauf folgenden Verwirrung konnte ich entkommen, und hier bin ich!«

»Was habe ich euch gesagt?«, sagte Ranndarf. »Mr. Muffin ist ein richtiger Weltklasse*ringer*, nicht wahr, Milbo?« Dabei sah er Milbo über den Rand seines buschigen Schnauzbarts hinweg mit jenem Blick an, den alle Tucken gewöhnt sind. Milbo fragte sich, was Ranndarf tatsächlich wusste, oder ob er nur ein bisschen dramatisch sein wollte.

Er brauchte sich nicht lange zu fragen, denn bald setzte Ranndarf ihn über die Flucht der Zwerge ins Bild. Wie zuvor behauptete er auch jetzt wieder, dass alles Teil seines geheimen Plans gewesen sei. Er hatte gewusst, dass die Höhle die Eingangsveranda der Orks war, hatte zugelassen, dass die Gruppe gefangen genommen worden war, und hatte die Flucht eingefädelt. Alles nur, um den Weg durch die Kübelberge zu beschleunigen.

»Ich bezweifle«, erklärte Ranndarf, »dass uns E.Ons Ratschläge so schnell so weit gebracht hätten.«

»Na und?«, sagte Theorin. »Diese Orks hätten mich fast getötet!«

»Fast, aber nicht ganz!«, erwiderte Ranndarf. »Im Gegenteil! Mit meinem famosen neuen Schwert Longdrink habe ich Don Orkleone eigenhändig im Zweikampf niedergestreckt!«

»Zweikampf?«, rief Pfählihn. »Er hat Sie überhaupt nicht kommen sehen! Sie haben ihn hinterrücks erstochen!«

»Damit habe ich mich an Abzock, dem Orkkönig, für die Erniedrigung gerächt, die er mir an der Seite von Theorins Großvater zugefügt hat. ›Finger weg von meiner Frau!‹ Genau! Rache ist Blutwurst und wird am besten am Spieß gegrillt!« Diesen Satz hatte Ranndarf sich bereits vor Stunden ausgedacht und war froh, ihn nun anwenden zu können.

»Und ich hoffe, dass Ihnen allen die magische Lichtshow gefallen hat!«, sagte er. Wie ihr euch vielleicht erinnert, war Ranndarf berühmt für seine Magische Licht- und Popcorn-Show, die er alljährlich beim Mittsommervorabendfest des alten Tucke vorführte.

»Die war super«, sagte Theorin. »Also erklären Sie uns bitte, was als Nächstes geplant ist. Besonders interessiert mich, wie unsere extrem teuren Ponys, Geldbörsen, Aktenkoffer, Broschüren, Golftaschen und Krimskrams ersetzt werden sollen.«

»Und wie sieht's mit Essen aus? Ich verhungere«, jammerte Milbo. Kurz bildete er sich ein, Touri hätte sich in einen gebratenen Truthahn verwandelt. Eben ging er auf ihn zu, um ihm ins Bein zu beißen, als Ranndarf einschritt.

»Ihre Fragen werden bald genug beantwortet«, sagte der Zauberer. »Als Projektmanager werde ich Sie rechtzeitig über den Verbleib Ihres Eigentums informieren. Im Moment werden nur die allernotwendigsten Informationen herausgegeben. Und jetzt: Vorwärts!«

Unter großem Murren gingen sie los. Und weiter. Und weiter. Als der Abend dämmerte, führte sie der Weg in ein Piniengehölz. Die Sonne ging unter, und sie marschierten weiter.

»Ranndarf, können wir nicht anhalten, um etwas zu essen oder zu schlafen oder beides?«, fragte Milbo.

»Auf jeden Fall!«, sagte Ranndarf. »Wir halten beim ersten Restaurant, das wir sehen, an. Und wenn es dort Zimmer zu mieten gibt, dann übernachten wir dort auch. Bevor wir zu Bett gehen, treffen wir uns alle am Pool und spielen Orko Polo. Zu dumm, dass wir noch immer in der Nachbarschaft der Orks sind, wo es weder Restaurants noch Hotels gibt.«

Und nach einem langen Marsch gelangten sie auf eine große Lichtung. Der Mond schien hell genug, sodass sie ihre Umgebung gut erkennen konnten. Alles sah gut aus, genau wie die Eingangsveranda der Orks gut ausgesehen hatte. Dennoch beschlich sie sogleich der Eindruck, dass diese Lichtung ein gefährlicher, böser Ort war. Alle außer Ranndarf.

»Perfekt!«, sagte er. »Hier machen wir Pause für die Nacht, und morgen früh suchen wir nach einem Frühstück. Ich habe für euch den sichersten Lagerplatz im Umkreis von Meilen ausgewählt. Hier könnt ihr beruhigt schlafen, Jungs!«

In diesem Augenblick vernahmen sie ein lang gezogenes, schauerliches Heulen. Ranndarf lächelte.

»Kein Problem«, sagte er. »Wahrscheinlich ist das nur ein streunender Hund.«

Das Heulen hielt an und nahm zu.

»Vielleicht ein paar Kojoten, aber das war's auch schon. Sobald wir ein Feuer entfacht haben, verziehen die sich.«

Immer mehr Heulen war zu hören, und aus größerer Nähe.

»Wissen Sie«, sagte Ranndarf. »Das könnten Wölfe sein, aber die haben vor uns sicherlich mehr Angst als wir vor ihnen.«

Milbo hatte schon bei der Vorstellung, es könne sich um einen streunenden Hund handeln, Angst bekommen. Nachdem das Bedrohungslevel auf ein Wolfsrudel angestiegen war, erfasste ihn Panik.

»Was machen wir nur? Was sollen wir nur machen?«, schrie er. »Sind wir den Orks entkommen, nur um von Wölfen gefressen zu werden?«, sagte er, und es wurde sogleich zum Sprichwort, auch wenn wir heutzutage eher »Och, menno!« sagen.

»Ich sehe sie«, sagte Pfählihn. »Und Sie haben recht, es sind keine Wölfe.«

»Ich wusste es!«, jubelte Ranndarf. »Was sind es? Füchse?«

»Das sind Marge!«, rief Pfählihn, während er auf einen Baum hinaufkletterte. Auch die anderen hasteten die Bäume hoch, nur Milbo nicht, der stattdessen auf Touris Rücken kletterte, bevor dieser einen Baum erklomm.

»Was sind Marge?«, fragte Milbo in Touris Ohr.

»Geht's noch?«, sagte Touri. »Es ist nicht leicht, mit einem Fachberater auf dem Rücken einen Baum hochzuklettern.« Auch das wurde zum Sprichwort, wobei wir heute eher sagen würden: »Rutsch mir doch den Buckel runter, Alter!«

Bald jedoch erfuhr Milbo alles über Marge. Marge sind wie Wölfe, nur um einiges schlimmer. Wenn ein Wolf mit einem Hai Kinder hätte, die von Motorradrockern aufgezogen und später von einem Satanistenzirkel entführt und gebrainwashed würden, wären sie Marge. Ein Rudel von ihnen stürmte auf die Lichtung.

So boshaft und gemein Marge auch sind, so können sie doch keine Bäume erklimmen, noch können sie fliegen oder Gift verspritzen. Darum warteten sie geduldig am Fuß der Bäume, denn es war allgemein bekannt, dass Zwerge von Zeit zu Zeit einen der ihren als Bestechungsgeschenk hinunterwarfen.

Die Lichtung war offensichtlich ein Treffpunkt der Marge. In dieser Nacht schien eindeutig eine große Versammlung anberaumt worden zu sein. Vielleicht, um die Preise für einen Verkaufswettbewerb zu verleihen.

Es kamen immer mehr Marge. Schließlich erschien auch der Chef. Die Marge beschnupperten sich gegenseitig am Hintern und setzten sich dann hin, um ihrem Chef zu lauschen. In der grässlichen Sprache der Marge richtete er das Wort an sie.

»Mokay, malle mal merhören!«, sagte der Chef. Dann stellte er die Tagesordnung vor und referierte die Protokolle der letzten Sitzung. Anschließend erläuterte er den aktuellen Stand eines Angriffsplans auf einen Weiler mit Förstern und ihren Familien, der noch in derselben Nacht stattfinden sollte. Im Anschluss waren Erfrischungen vorgesehen.

»Mehehe!«, lachten die Marge, während sie sich grausam die Lippen leckten.

Darauf verkündete der Chef, dass der geplante Angriff

ein Joint Venture mit den Orks der Kübelberge darstellte, wodurch eine neuartige Synergie erzielt und neue Höhen der Boshaftigkeit erreicht werden sollten.

»Moh, Alter, mo, mo, mo!«, sagten die Marge.

Dann erklärte der Chef, dass die Orks sich verspäteten, weil ihnen ein paar Gefangene ausgebüxt seien, die zuvor ihren Don Orkleone ermordet hatten. Deshalb würde es heute Nacht leider keinen Angriff auf den Weiler geben.

»Maber micht moch!«, motzten die Marge.

Abschließend wies der Chef darauf hin, dass sich die entlaufenen Gefangenen in den Bäumen versteckten, die ihren Versammlungsort ringsum säumten. Doch er versicherte ihnen, dass es keinen Grund zur Besorgnis gab. Bald würden die Orks eintreffen, die Entflohenen töten und den Margen zum Fraß vorwerfen. Der Angriff auf das Försterdorf und seine Familien würde um eine Woche verschoben.

»Mippie meh!«, riefen die Marge in allgemeiner Begeisterung.

Allmählich wurde unsere Reisegruppe von großer Furcht erfasst. Selbst Ranndarf, obwohl er ein Scharlatan war, der sich selbst etwas in die Tasche log. Doch da er nicht weniger auch eine Rampensau war, bereitete er einige seiner besten Zaubereien vor, um notfalls einen fulminanten Abgang hinzulegen.

»Alle Mann hersehen!«, sagte er, während er ein Stück Borke aus der Baumrinde riss und es in die Höhe hielt. Plötzlich schoss das Teil aus seinen Händen und zog einen Schweif roter Funken hinter sich her.

»Ooooh!«, tönte es aus den Bäumen.

Die Borke raste auf einen der Marge zu und sprengte ihn, in einen Ball aus weißen und blauen Flammen gehüllt, in die Luft.

»Ahhhh!«, sagten die Zwerge.

Ranndarf riss einen weiteren Streifen Rinde heraus. Dieser kreischte, als er in einem gelben Lichtblitz verging. Auch diesmal explodierte einer der Marge, allerdings in einem grünen Funkenregen. Milbo und die Zwerge jubelten.

Ranndarf feuerte ein weiteres Borkenstück auf den Margenchef ab, der sich hinter einen seiner Clansgenossen duckte. Der arglose Marg, der an seiner Stelle getroffen wurde, ging in einem weißen Blitz und mit ohrenbetäubendem Knall in die Luft. Aus den Bäumen erklang höflicher Applaus. Bald waren viele der Marge explodiert oder verbrannt, wodurch sich deren von Natur aus böses Gemüt nicht gerade aufheiterte.

»Was in aller Welt ist da unten los?«, sagte der König der Adler. Er saß auf einer einsamen Felsspitze am östlichen Rand der Kübelberge.

»Feiern die Marge mal wieder eine Party? Seit wann machen die dabei Feuerwerk? Bestimmt haben sie die Orks dazu eingeladen.«

Der König der Adler erhob sich, von zwei Höflingen begleitet, in die Lüfte. Bei den Höflingen handelte es sich um den Prinzen der Adler und den Fürsten der Adler. Mit ihren weitsehenden Adleraugen konnten sie tief unten Lichtblitze erkennen. Auch wenn die Marge vor ihren Blicken verborgen waren, so hörten sie doch ihre »Maua!«-Rufe durch den Wald hallen. Und sie sahen, wie sich der Mond auf den Messinghöckern der in langen Reihen marschierenden orkischen Auftragsmörder, Schlägertrupps und Knochenbrecher spiegelte.

Adler haben nichts mit Zwergen zu tun, weder im Guten noch im Schlechten, da sie kaum Bedarf an Finanzdienstleistungen haben und die meisten Geschäfte mit Bargeld erledigen. Aber sie hassten Orks mit ihren andauernden Partys, ihrer lauten stupiden Musik und ihrer Angewohnheit, grundsätzlich nach draußen zu gehen, um einen Streit auszufechten. Nun wollte der König der Adler wissen, welche ärgerliche Ordnungswidrigkeit die Orks diesmal im Schilde führten.

Und das war keine schlechte Idee! Denn dort unten geschahen schreckliche Dinge. Es war Hochsommer, und es hatte nicht viel geregnet. Viele trockene Zweige und verwelkte Blätter hatten bereits Feuer gefangen. Aus Versehen hatte Ranndarf all den Zunder zu Füßen der Bäume, auf denen sie saßen, in Brand gesteckt. Zwar hatte er die Marge aufgehalten, doch nun hockten die Zwerge inmitten eines Feuerkreises, in dem sie bei lebendigem Leib verbrennen würden. Die Gefährten konnten nur hoffen, dass der Rauch sie vorher erledigen würde. Der Applaus für Ranndarf war erstorben.

Die Lage verschlechterte sich entschieden, als die Orks eintrafen. Diese zeigten sich enttäuscht, dass das Gemetzel an den Förstern und ihren Familien um eine Woche verschoben worden war, freuten sich aber, dass die Mörder ihres geliebten Don Orkleone gefasst waren.

Der Orkhauptmann trat auf den Chef der Marge zu.

»Hey, Bruder«, sagte der Ork, »hab gehört, dass ihr die Typen geschnappt habt, die unseren Don erledigt haben.«

»Mmmm«, sagte der Chef der Marge.

»Hier ist ja alles drunter und drüber«, meinte der Ork. »Was hat als Erstes Feuer gefangen?«

»Morke«, sagte der Marg.

»Ach ja«, sagte der Ork. »Wie war der Abend so?«

»Mau«, sagte der Marg.

»Dachte ich mir«, gab der Ork zurück. »Wo sind die Gefangenen?«

»Mipfel«, sagte der Marg.

»Natürlich!«, sagte der Ork und sah nach oben. »Ich sehe sie. Danke, Kumpel. Wir kümmern uns um den Rest.«

Da die Orks davon ausgingen, dass ihnen das von Ranndarf verursachte Feuer die Arbeit abnehmen würde, setzten sie sich drum herum und verspotteten die todgeweihten Gefährten.

V wie Vünfzehn Vögel in Vünf hohen Vöhren
A-doppel-G-R-O-M-O-R-D-O-R
E wie erst kommt die Liebe
Und dann kommt erst das Ehebett
E wie am Ende kommt Milbo in der Babytrage

»Hey, Theorin!«, rief einer der Orkkapos. »Kommen Sie doch mal runter! Ich möchte Ihnen ein Angebot machen, das Sie nicht ablehnen können!«

»O ja?«, erwiderte Ranndarf. Er hatte Rauch in den Augen und in der Kehle, und es wurde verdammt heiß, deshalb brachte er keine längere Antwort zustande. Die Orks dagegen stimmten ein weiteres Lied an:

Zwerge, Zwerge, geht geschwind
Und kehrt niemals wieder.
In den Bäumen saust der Wind,
Morgen seid ihr mausetot.

Brenne, brenne, langer Bart,
Fett schmilzt heiß darnieder.
Ganz verkohlt und gar nicht zart,
Morgen seid ihr mausetot.

Und nun hatten die Flammen Ranndarfs Baum erreicht. Sie schlugen auf die anderen Bäume über, die Rinde fing Feuer, und die unteren Zweige brannten prasselnd.

Ranndarf kletterte höher in den Wipfel. Von der Spitze seines Stabs pulsierte magisches blaues Licht. Er machte sich bereit, von ganz oben in die Orkversammlung hineinzuspringen, sich theatralisch in den Tod zu stürzen und dabei womöglich ein paar von ihnen mit ins Unglück zu reißen.

»Ist dies Ranndarfs Ende?«, rief er, meinte aber niemand Bestimmtes. Doch da geschah etwas Unerwartetes, wie es bei Ranndarfs Plänen meistens der Fall war. Just in diesem Moment, als Ranndarf sich opfern wollte, um die Orks zu töten, segelte der König der Adler herab, schnappte Ranndarf mit seinen Krallen und trug ihn hinfort.

Ranndarf stieß einen überraschten und wütenden Schrei aus. Denn ganz gleich, wie edel die Absichten auch sein mochten, so tat es doch weh, von Adlerkrallen ergriffen zu werden. Auch die Orks waren überrascht und wütend.

Die Marge heulten ihr schreckliches »Micht moch!«, als sie zusehen mussten, wie weitere Adler in ihren Krallen die Zwerge aufsammelten. Aus irgendeinem Grund übersahen die Adleraugen, die Ranndarfs Feuerwerk aus vielen Meilen Entfernung erspäht hatten, den armen Milbo und hätten ihn beinahe zurückgelassen.

Als der letzte Adler Touri ergriff, klammerte sich Milbo an diesem fest. Seine gut durchwachsenen und erstaunlich kräftigen Hände umfassten Touris Knöchel wie ein Vertreter für Schuhe, der eine Provision abgreifen will.

Unter ihnen gingen die Bäume in Flammen auf, und Touri trat nach Milbo, indem er rief: »Meine Beine!

Meine armen Beine!«, worauf Milbo antwortete: »Mein Rücken! Mein armer Rücken!«

Während der große und unglaublich starke Adler mit seinen beiden Passagieren höher und immer höher stieg, sah Milbo mehr oder weniger aus Versehen nach unten. Der Anblick der brennenden Bäume und der weit unter ihm kläffenden Marge war zu viel für ihn. Er fing an, sich an Touris Bein hinaufzuhangeln. Sein Ziel, so er es hätte formulieren können, war, entweder unter Touris aus Stahldraht gestrickten Pullover zu kriechen oder sich in Touris Bart zu wickeln. Touri ruderte wild mit den Beinen. Sein Ziel war es, den Adler von überflüssigem Ballast, namentlich Milbo, zu befreien.

Ehe einer der beiden sein Ziel erreicht hatte, ließ der Adler einen tiefen Seufzer der Erleichterung hören und setzte die beiden auf dem rauen Grund seines Horsts ab. Einen Augenblick lagen sie regungslos da und genossen das Gefühl, noch immer am Leben zu sein. Dann setzten sie sich auf und versuchten, sich gegenseitig nicht anzuschauen, da ihnen ihr Verhalten während des Rettungsflugs peinlich war.

»Das ist nun also ein Horst!«, sagte Milbo, der das Schweigen endlich brechen wollte. »Bisher habe ich dieses Wort nur in Kreuzworträtseln benutzt.«

»Ähm, ja«, sagte Touri. »Ist ein Horst dasselbe wie ein Hort?«

Der Adler drehte eine Runde und landete neben ihnen. Dieses Exemplar war enorm groß, zumindest groß genug, um einen Zwerg und einen Wobbit zu tragen. Groß genug, um einen der beiden als Mittagessen zu betrachten. Er musterte die Beute. Milbo und Touri sagten nichts.

»Keine Sorge«, sagte der Adler. »Wir haben strikte Anweisungen vom König der Adler, euch unversehrt zu retten. Ich bin nur der Schultheiß der Adler, deshalb mache ich, was man mir sagt.«

Da flog ein weiterer Adler herbei. »Der Chefkoch der Adler befiehlt uns, die beiden Gefangenen zum Abendessen zur Großen Felsplatte zu bringen«, verkündete er. »Ich nehme den Kleinen, Sie schnappen sich den mit dem Fu-Manchu-Bart.«

Die Adler trugen die beiden inzwischen in Panik versetzten Gefangenen zur Großen Felsplatte, die trotz ihrer Größe viel zu schmal für Milbos Geschmack war. Dort entdeckte er Ranndarf, der mit dem König der Adler sprach.

O nein!, dachte Milbo. *Er versucht, sie zu bequatschen, damit sie uns nicht fressen! Das wird sie nur wütend machen!* Dann hörte er, was Ranndarf sagte.

»... ja, sagen Sie Ihrem Chefkoch, dass Kaninchen und Lamm bestens sind, danke. Und wenn Sie Ihre Adler bitten könnten, etwas Feuerholz heraufzuschaffen, dann bereiten wir sie uns auch selbst zu. Ich weiß, dass Sie Ihre Mahlzeiten roh bevorzugen.«

»Fühlen Sie sich ganz wie zu Hause, Ranndarf«, entgegnete der König der Adler. »Und noch einmal vielen Dank, dass Sie mir damals vor Jahren den Pfeil aus der Keule entfernt haben. Ich denke, dass wir nun quitt sind«, sagte er und wartete darauf, dass Ranndarf anfing zu feilschen.

»Ja, ha, sicher! Und nochmals vielen Dank!«, gab Ranndarf zurück. Überrascht, aber zufrieden flog der König der Adler davon.

»Unglaublich«, meinte Milbo. »Kennen Sie denn die ganze Welt?«

»Ja, durchaus«, entgegnete Ranndarf. »Und ich bin froh, dass der König der Adler nie herausgefunden hat, dass es mein Pfeil war, den ich ihm aus der Keule gezogen habe. Natürlich hatte ich nur aus Versehen geschossen.«

Dann unterhielten sie sich mit Theorin darüber, wie erleichtert sie waren, dass sie nicht als Appetithäppchen, sondern als Gäste zur Großen Felsplatte gebracht worden waren. Bald wurden Fleisch und Feuerholz gebracht. Und während sie die fettspritzenden Leckerbissen brieten, fragte einer der Adler den Zauberer, wann er denn geweckt zu werden wünsche. Und wohin er nach einem kostenlosen Frühstück gebracht werden wollte.

Schließlich aßen sie die erste gemeinsame Mahlzeit seit ihrer Gefangennahme in den Kübelbergen. Nachdem sie sich mit blutigen, halbrohen Fleischstücken vollgestopft hatten, schliefen sie auch zum ersten Mal seit dieser Zeit. Milbo schlief tiefer denn je, sogar noch tiefer als in seiner eigenen Wohnung. Doch träumte er dabei die ganze Zeit über, er wäre wieder in der Schule und müsste eine Prüfungsklausur schreiben. Nackt.

Kapitel VII

Ein schräges Quartier für einen aufrechten Wobbit

Am nächsten Morgen wachte Milbo erst spät auf, schreckte hoch, und wollte sogleich sein Ponyfuhrwerk auf die andere Straßenseite stellen, damit er kein Knöllchen kassierte. Kurz bevor er über die Kante trat, wurde ihm bewusst, dass er sich auf einem Felsabsatz befand.

Beinahe in den Tod zu stürzen, wäre an einem normalen Tag das Furchtbarste gewesen, was Milbo passieren konnte. Doch an diesem Tag musste er noch auf den Rücken eines Adlers klettern, der ihn von der Großen Felsplatte zum Großen Fels fliegen würde. Dieser lag sehr viel weiter unten.

Verzweifelt klammerte sich Milbo an den Adler und wünschte sich, er könnte sich stattdessen an Touri klammern. Denn Touri hatte keine schlüpfrigen Federn, sondern Kleider, an denen man sich festhalten konnte. Und es war unwahrscheinlich, dass ihn der Zwerg fressen würde.

»Angenehmer Morgen«, sagte der Adler, der gern ein bisschen Smalltalk gemacht hätte. »Was ist schöner als Fliegen?«

Milbo öffnete zwar die Augen, behielt aber klugerweise den Mund zu. Unabsichtlich sah er hinab, und prompt arbeitete sich das beinahe rohe Opossum, das er zum Frühstück gegessen hatte, seine Speiseröhre hinauf. Hastig schloss er die Augen und holte tief Luft. Denn er war überzeugt, dass es Adler gar nicht mochten, wenn man ihre Federn vollkotzte.

»Nächster Halt: Großer Fels«, verkündete der Adler und landete unsanft. Wieder schlug Milbo die Augen auf und stieg ab, nachdem er sich vergewissert hatte, dass er keine Wertgegenstände auf dem Sitz zurückgelassen hatte.

»Auf Wiedersehen. Danke, dass Sie mit uns geflogen sind«, sagte der Adler. Unter Adlern galt es als höflich, etwas Derartiges zu sagen.

»Passen Sie auf, dass Sie auf dem Weg zurück nicht von Ihrem Horst angemacht werden«, murmelte Milbo, was keine höfliche Antwort war. Glücklicherweise waren Adlerohren nicht so scharf wie Adleraugen.

Und so verabschiedeten sie sich voneinander. Obwohl der König der Adler später zum Vogel des Jahres gewählt wurde, sah Milbo ihn nie wieder. Außer in der Schlacht der Sechs oder Sieben Heere. Doch die findet erst am Ende dieser Geschichte statt. Bitte blättert nicht vor.

Unterhalb des Großen Felsens verlief ein Pfad, und von dort führten einige Stufen zu einer kleinen Höhle hinab. Theorin befahl Hilli und Billi achtzugeben, während Bifi und Tofu die Höhle erkundeten. Sie sollten sich einmal ansehen, wie man das richtig machte. Alle vier erklärten die Höhle für »100% orkfrei«, worauf der Rest hineinging, wenn auch argwöhnisch.

Theorin eröffnete die heutige Sitzung und stellte Ranndarf unnötigerweise als Gastredner vor.

»Danke, Theorin«, begann dieser. »Im Großen und Ganzen verlief das Abenteuer extrem gut. Niemand wurde verletzt, ging verloren oder segnete das Zeitliche. Und wir haben wie geplant die Berge überwunden. Doch nun ist es für mich Zeit, euch zu verlassen.« Er machte eine Pause.

»Genau. Ich verlasse Theorin & Co, um mich anderen Projekten zuzuwenden.«

Von den Zwergen und Milbo kam absolut gar keine Reaktion.

»Ich weiß, wie enttäuscht Sie sind, aber bitte kommen Sie mir jetzt nicht mit Überredungsversuchen, Flehen, Bestechungen und Tränen, sondern hören Sie mich an.«

Noch immer keine Reaktion.

»Es ist nicht alles perfekt gelaufen, das gebe ich zu. Unterwegs traten ein paar Problemchen auf. Der Nachteil ist nun, dass wir keine Ponys haben, um unser Gepäck zu transportieren. Der Vorteil ist, dass wir kein Gepäck haben. Keinen Proviant, keine Ausrüstung und keine Werkzeuge, und bis auf Theorins Schwert und mein eigenes haben wir keine Waffen. Der noch viel größere Vorteil ist, dass ich ganz genau weiß, wo wir sind, und dass ich einen Typen kenne, der uns helfen wird, das garantiere ich Ihnen. Dieser Typ hat eigenhändig die Stufen in diesen Fels geschlagen. Er nennt ihn den ›Krassgroßen Felsen‹. Ziemlich eindrucksvoll, was?«

Bei der Erwähnung von jemandem, der ihnen nützlicher sein konnte als Ranndarf, wurden die Gefährten aufmerksam. Sie baten ihn, ihnen zu verraten, wer ihnen helfen würde und wie. Doch er sagte nur: »Das sage ich Ihnen, wenn wir dort sind.«

Sie rasteten eine Weile und wünschten sich, sie hätten ein Mittagessen. Dann verließen sie den Großen Fels und marschierten durch das Große Gras und später durch das Große Gehölz.

Milbo war nicht wild darauf, sich mit Ranndarf zu unterhalten, vor allem jetzt nicht, da der Zauberer im Begriff stand, die Gefährten zu verlassen. Doch genau wie die anderen war Milbo neugierig, was als Nächstes geschehen würde.

»Hey, Ranndarf!«, sagte er. »Das heute Morgen war eine großartige Präsentation.«

»Danke«, gab Ranndarf zurück. Er war sehr ruhig für seine Verhältnisse.

»Er nennt ihn Krassgroßer Fels anstatt Großer Fels?«

»Ich habe keine Ahnung, warum. Aber so nennt er ihn halt.«

»Wer ist dieser ›er‹? Ein König oder so was?«

»Nee, er ist einfach nur ein wirklich großer Typ.«

»Nett? Hilfsbereit? Berühmt?«

»Nein. Groß im Sinne von riesig. Die Körpergröße betreffend. Ich bin mir ziemlich sicher, dass er uns helfen wird.«

»Ziemlich sicher? Vorhin haben Sie uns seine Hilfe garantiert!«

»Das war womöglich eine Übertreibung. Wie dem auch sei, wir müssen jedenfalls vorsichtig sein, wenn wir ihn um Hilfe bitten. Er ist leicht reizbar und sehr gefährlich, wenn er gereizt ist. Oder wenn er traurig ist. Oder wenn er aufgeregt, verwirrt oder glücklich ist. Wichtig ist nur, dass wir ihn nicht ärgern.«

Als sie das hörten, scharten sich die Zwerge wieder um ihn und löcherten ihn mit Fragen. »Und zu diesem Typen wollen Sie uns bringen? Können Sie uns nicht zu jemandem führen, der etwas ausgeglichener ist? Wollen Sie das nicht etwas näher erläutern?«

»Die Antworten auf Ihre Fragen«, gab Ranndarf zurück, »lauten Ja, Nein und Nein, und zwar in dieser Reihenfolge. Aber da Sie nun mal fragen: Er heißt Björk und ist ein Gestaltwandler.«

»Ein was?«, sagte Mori. »Eine Einrichtung, die Gestalten wie Biber, Füchse, Berglöwen und Hasen in andere Gestalten umwandelt?«

»Große Elefanten, nein! Und solange wir nur wenige hundert Achtelmeilen von seinem Heim entfernt sind, sollten Sie weder Biber, Füchse, Berglöwen und Hasen, noch Pelze, Stolen oder Muffs erwähnen!«

Alle starrten Ranndarf an.

»Weil er Tiere liebt, und sie ihn lieben!«, erklärte Ranndarf.

»Ohhh!«, machten die anderen.

»Sie arbeiten für ihn«, sagte Ranndarf. »Und sie sprechen mit ihm. Dafür sorgt er für sie und beschützt sie. Er liebt alle Tiere. Nur nicht die bösen Viecher, die Marge, Fledermäuse oder Riesenspinnen.«

»Riesenwas?«, fragte Milbo. »Wovon reden Sie da?«

»Natürlich ist er Vegetarier«, sagte Ranndarf und ging nicht auf Milbos Frage ein. »Aber immerhin isst er Honig und Sahne, wahrscheinlich auch Eier. Vielleicht auch Fisch. Da bin ich mir nicht sicher.«

»Sie haben gesagt, er wäre ein Gestaltwandler?«, erinnerte ihn Milbo.

»Ja, das hätte ich schon noch erzählt. Manchmal ist er ein großer starker Mann, und manchmal ist er ein riesiger wilder Schwan!«

»Wirklich?«, sagte Pfählihn. »Ein riesiger Schwan? Was soll an einem Schwan gefährlich sein?«

»Hoffen wir, dass wir es nicht herausfinden«, gab Ranndarf zurück. Er führte sie ohne Pause des Weges, bis sie am Nachmittag an einer Vielzahl von Bienenstöcken vorbeikamen. Danach führte sie ihr Pfad an ausgedehnten Gärten vorbei. Auch das Obst und Gemüse darin war ausgedehnt. Die Gartenbohnen waren größer als eure Daumen. Nie zuvor hatte Milbo so etwas gesehen.

»Wenn ich davon eine Schüssel essen würde«, sagte er, »würde ich sicher so groß wie ein Elb.«

»Ja«, bestätigte Ranndarf. »Björk ist berühmt für sein vegetarisches Chili. Er verkauft es an Förster und Holzfäller. Ruhe jetzt, wir nähern uns seinem Haus.«

Sie standen vor dem Tor zu Björks Grundstück. Auf dem Gelände befanden sich weitere Gärten und eine Ansammlung niedriger Holzbauten. Die Hütten bestanden aus grob behauenen Stämmen wie Ferienhäuser in Wisconsin.

»Selbstverständlich gehe ich voran«, sagte Ranndarf. »Milbo, Sie kommen besser mit mir. Ihr anderen folgt jeweils zu zweit, wenn ich pfeife. Wenn ihr genau das macht, was ich euch sage, dann haben wir eine Chance, dass er uns hilft.«

»Noch vor einer Minute waren Sie sich sicher, dass er uns auf jeden Fall helfen würde«, sagte Theorin.

»Lasst uns keine Zeit vertrödeln!«, würgte Ranndarf ihn ab. »Kommen Sie, Milbo.«

Als sie durch das Gatter traten, kamen ihnen zwei Pferde entgegen und sprachen sie an: »Wiehiehiehillkommen!«, sagte das eine Pferd. »Wiehiehiehiehier.«

Milbo raunte Ranndarf zu: »Björks Pferde sind erstaunlich, aber auch nervtötend.«

»Warten Sie, bis Sie erst seine Ziegen erleben!«, gab Ranndarf leise zurück.

Ein großer, stämmiger Mann trat auf sie zu. Wie Ranndarf gesagt hatte, war er gewaltig. Barfuß und ohne Hemd kam er daher und trug nur abgerissene, violette Hosen.

Milbo flüsterte: »Sie haben nicht erwähnt, dass er grün ist.«

»Was Sie wollen von Björk«, fragte der Hüne.

»Ich bin Ranndarf«, sprach der Zauberer.

»Okay«, meinte Björk. »Wer er?«

»Das ist Mr. Muffin, ein Wobbit«, sagte Ranndarf. Milbo verneigte sich. »Und ich bin ein Zauberer und Projektmanager. Ich nehme an, Sie kennen meinen Vetter Badegast den Braunen, der am Rand des Wüsterwalds wohnt.«

»Ja, er ist guter Zauberer. Was Sie wollen?«, fragte Björk erneut, diesmal etwas forscher.

»Um die Wahrheit zu sagen«, begann Ranndarf, »wir haben uns verlaufen und unser Gepäck verloren, und wir bräuchten Ihren Rat. Ich könnte auch sagen, dass wir eine unschöne Zeit mit ein paar Orks in den Bergen verlebt haben.«

»Orks böse! Björk hasst Orks! Orks Björk machen verrückt!«

»Ja, natürlich«, entgegnete Ranndarf in ruhigem, gelassenem Tonfall. »Wir mögen sie auch nicht. Sie haben uns nachts überrumpelt. Und schon waren wir ... Haben Sie ein Minütchen? Das wird eine längere Geschichte.«

»Björk hat Minütchen. Kommt sitzen in Sprechzimmer«, sagte der Hüne und führte sie ins Hauptgebäude.

Sie folgten ihm in einen großen, spärlich eingerichteten Raum. Dort setzten sie sich auf niedrige, klobige Möbel. Im Kamin brannte ein Feuer, und durchs Fenster sah man auf einen lieblichen Blumengarten.

»Björk liebt Stiefmütterchen! Stiefmütterchen sein gut!«

»Ja, wir mögen sie auch, nicht wahr, Milbo?«, sagte der Zauberer. »Also, wie ich schon sagte, ich wanderte übers Gebirge mit ein, zwei Freunden ...«

»Wo ist anderer Freund?«

Also pfiff Ranndarf, worauf Theorin und Touri über den Gartenpfad aufs Haus zugeschlendert kamen.

»Das sind Theorin Eichenkilt und Touri«, stellte Ranndarf vor. »Und das ist der unglaubliche Björk.«

Und die Zwerge schlossen die Vorstellung ab, indem sie sagten: »Zu Ihren Diensten.«

»Eichenkilt?«, sagte Björk. »Diensten? Schlechte Kundenservice von Bank Björk mache verrückt! Björk braucht nicht SmithiBank! Björk lieber nachhaltige Landwirtschaft und Feilschen.«

»Ja«, mischte sich Ranndarf ein, bevor Theorin widersprechen konnte. »Dann wird es Sie freuen zu erfahren, dass die neue SmithiBank sich höhere Kundenzufriedenheit auf die Fahnen geschrieben hat. Nicht wahr, Theorin?«

»Ja, ja«, sagte Theorin. »Der Kunde hat immer recht und so weiter.«

Ranndarf fuhr fort. »Wie gesagt, Theorin und Touri waren unterwegs zu einem Besuch der Familie, die östlich des Wüsterwalds lebt. Genau, da war ich stehen geblieben! Wir überquerten die Kübelberge, als ein furchtbarer Sturm losbrach. Zwei Riesen spielten mit Trollen Völkerball, und wir haben uns in einer Höhle versteckt, der Wobbit, ich und einige unserer Gefährten ...«

»Zwei Zwerge, nicht einige.«

»Ganz genau, Björk, Sie haben vollkommen recht«, sagte Ranndarf. Und pfiff. »Da sind noch mehr. Gleich werden sie hier sein. Sie wollten nicht gleich mitkommen, weil sie baff und groggy sind.«

»Zwei traditionelle Zwergennamen. Gut.«

»Eigentlich heißen sie Mori und Iro. Ah, da sind sie schon!« Nach der Vorstellung fuhr Ranndarf fort.

»Während wir schliefen, drangen Orks durch eine Geheimtür ein und nahmen uns gefangen. Wir wurden ...«

»Wer war Wachdienst? Schlafen bei Wachdienst Björk mache verrückt!«

»Sehr richtig, Björk!«, unterbrach ihn Ranndarf, versuchte dabei aber, ruhig und höflich zu bleiben. Er pfiff. »Aber was geschehen ist, ist geschehen, und nachträgliche Schuldzuweisungen, falls diese überhaupt möglich sind, helfen auch nicht weiter. Oh, schauen Sie, noch mehr Zwerge! Pfählihn und Quälihn, kommt und lernt den unglaublichen Björk kennen!«

»Mehr Zwerge immer noch kommen.«

»Ja, genau! Also, wir sind in der Höhle. Mir gelang es, ein paar Orks in Popcorn zu verwandeln ...«

»Popcorn Björk mache verrückt! Björk lieber extra Butter!«

»Exakt! Kein Popcorn!« Ranndarf pfiff. »Also wurden die Zwerge mit ihren Ponys vor Don Orkleone gebracht ...«

»Ponys? Ponys gut. Björk mag Ponys! Wo sind jetzt Ponys?«

»Äh, nun ja«, druckste Ranndarf und pfiff leise. »Da sind wir uns nicht sicher.« Es entstand eine unangenehme Stille.

»Ihr habt Ponys gegessen?«, schlussfolgerte Björk.

»Du gute Güte, nein! Die Orks haben sie gegessen. Sehen Sie ...«

»Neeein!« Tränen rannen über Björks mächtiges Gesicht. »Orks böse. Björk hasst Orks! Björk haut zu Brei!«

»Warten Sie, Björk! Sehen Sie doch«, sagte Ranndarf, der verzweifelt auf eine Unterbrechung wartete. »Sehen Sie, da kommen noch mehr Zwerge!« Da erschienen Hilli und Billi.

»Und da, Björk! Singende Zwerge!« Hastig und als ginge es um die Wurst, sagte Ranndarf zu den Zwergen: »Singt die Nummer mit den zerbrochenen Gläsern! Singt!«

Da begannen die Zwerge zu singen und improvisierten dazu eine kleine Pseudotanznummer.

»Schauen Sie doch nur, Björk! Björk mag singende Zwerge!«, sagte Ranndarf, und ausnahmsweise hatte er recht. Die Gesangs- und Tanzeinlage war unterhaltsam, und Björk beruhigte sich. Darauf pfiff Ranndarf erneut.

»Zwerge sind gut!«, sagte Björk mit einem Grinsen im breiten grünen Gesicht. Er klatschte mit und lachte. Die Reprise war ein voller Erfolg, vor allem der Teil mit dem »Heiho, Heiho, wir sind vergnügt und froh«, wo Björk zusammen mit Ranndarf und Milbo miteinstimmte.

Boing und Doing kamen herein, und Ranndarf bedeutete ihnen mit Zeichen, dass sie sich zur letzten Strophe dazugesellen sollten. Die Vorstellung konnte warten. Während der Zugabe stießen Bifi, Tofu und Fettsack dazu, und Letzterer stahl den anderen die Show mit einer lustigen Ballettnummer. Irgendwann beruhigte sich Björks Lachen.

»Guter Spaß mit kleinen Freunden«, sagte er. »Wer ist hungrig?«

Im Wohnzimmer war es inzwischen dunkel. Björk führte die Gefährten in einen geräumigen Speisesaal, in dem noch mehr glatte, aber klobige Möbel herumstanden. Sie setzten sich an einen hellen Holztisch.

»Björk hat Hunger!«, verkündete er laut. Da flog eine Eule herein. »Björk hat Gäste!«

»Wen?«, fragte die Eule.

»Dreizehn Zwerge, ein Zauberer und ein Wobbit«, gab

Björk zurück. »Bring Kindersitz für Wobbit und einmal Kindermenü.«

»Das passt schon, Björk«, sagte Ranndarf. »Milbo ist voll ausgewachsen und isst alles. Ohne Witz jetzt.«

»Björk entschuldigt. Jeder ist anders.« Ein paar Waschbären deckten den Tisch für sechzehn Personen. Zwei Hirsche kamen mit Metkrügen herein. Nachdem sie den Honigwein ausgeschenkt hatten, hob Björk das Glas.

»Anders sein ist gut! Orks sind böse!«

Alle wiederholten das Gesagte und tranken darauf. Da flogen Spatzen herein, brachten Servietten und banden sie den Gästen um. Das brachte Milbo auf den Gedanken, es könnte Spareribs geben, doch dann fiel ihm ein, dass Björk einen alternativen, vegetarischen Lebensstil pflegte. Er verlegte seine Hoffnungen sodann auf Hummer, bis ein Dutzend Eichhörnchen hereinhuschten und Brot, Butter und Honig servierten und ein Stinktier Käse auf den Tisch stellte. Milbo erschien der Service hier etwas unhygienisch, und er war enttäuscht, dass er als Abendessen ein Continental Breakfast bekam. Aber er beschwerte sich nicht und gab sich Mühe, es zu genießen.

Während Mäuse den Tisch abdeckten, erzählte Björk ihnen etwas über den Wüsterwald. Er nannte sämtliche Sehenswürdigkeiten darin und machte deutlich, ob sie gut oder böse waren. Die meisten waren böse. Glücklicherweise verhinderte sein voller Bauch, dass er ausrastete.

Die Zwerge äußerten ihre Bedenken über den Wüsterwald. Denn sie empfanden nicht gerade Vorfreude, durch einen derart »bösen« Wald zu wandern. Die Hirsche kehrten mit Handtüchern zurück, und nachdem sich alle Hände und Gesicht abgewischt hatten, servierte eine Beutelratte mit ihren Jungen den Kaffee. Ein Dachs bot Brandy an, doch Björk lehnte ab. Mittlerweile sprachen die Zwerge über Bankgeschäfte, und der Gastgeber wurde schläfrig.

»War anstrengender Tag für Björk. Gute Nacht«, sagte er und ging ins Bett. Auch Milbo erschöpfte das Fachsimpeln über Zinseszins und kostenlose Kontenführung. Bald döste er, erwachte aber, als die Zwerge sangen.

Nachdem sie stundenlang getrunken hatten, waren sie irgendwann verdrießlich geworden. Mit Heimweh, Sehnsucht und Trauer in der Stimme sangen sie Milbo wieder in den Schlaf.

Nehmt Abschied, Brüder, ungewiss
Ist alle Wiederkehr,
Die SmithiBank wird zugemacht,
Eine Mine muss nun her!

Der Drache wär uns ganz egal
Im Vereinsamten Berg,
Wir schürften Schätze ganz legal
In unserm Zwergbergwerk.

Lasst schürfen, Brüder, tonnenweis
Das Gold aus unserm Schacht,
Aus Platinbechern trinken wir
Aus Platin aus dem Schacht.

Später, als alle anderen schliefen, schmerzte Milbo der Rücken so sehr, dass er aufwachte. Auf einem Kindersitz zu schlafen, war ein Fehler gewesen. Als er sich nach einem Platz umsah, wo er sich wirbelsäulenfreundlich ausstrecken konnte, glaubte er, etwas zu hören.

Von draußen drang ein Hupen, gefolgt von den Pickgeräuschen eines großen Tiers an der Tür. Milbo fragte sich, ob das Björk in seiner verwandelten Gestalt war und ob gleich ein riesiger Schwan hereinkommen würde, um sie alle zu töten. Sogleich steckte er den Kopf in den Schutz von Quälihns ZZ-Top-Bart. Dann schlief er trotz seiner Ängste wieder ein.

Es war später Morgen, als Milbo wieder erwachte. Das Frühstück stand schon bereit und unterschied sich nicht vom gestrigen Abendessen. Während Milbo mit den Zwergen aß und Björks waldige Kellner sie bedienten, bemerkte er, wie ruhig es in dem Saal war. Dann fiel ihm noch etwas anderes auf.

»Wo ist Ranndarf?«, fragte Milbo. Niemand wusste es, und solange es Nachschub an Met, Brot, Honig und Butter gab, kümmerte sich auch niemand darum.

Auch Björk war nicht anwesend. Obwohl er ein ganz netter Kerl war, zeigten sich alle über seine Abwesenheit erleichtert. Es war anstrengend, ihn nicht verrückt zu machen. Essen und Trinken zogen sich übers Mittagessen hin bis zum Abendessen. Da tauchte Ranndarf endlich wieder auf.

»Guten Abend allerseits!«, sagte er mit großer Geste. Niemand antwortete ihm.

»Bitte, bitte, gedulden Sie sich mit Ihren Fragen bis nach dem Abendbrot! Ich habe seit dem Frühstück nichts mehr gegessen.« Milbo wusste nicht, ob er damit das Frühstück meinte, das am Morgen serviert worden war, oder das am Mittag. Aber er wollte nicht fragen. Genauso wenig wie die Zwerge. Ranndarf aß eine doppelte Portion, als müsse er das Mittagessen nachholen.

»Gewiss sind Sie alle neugierig, wo ich heute abgeblieben bin«, sagte er. »Mir sind Schwanenspuren aufgefallen. Da draußen muss heute Nacht eine Schwanentagung stattgefunden haben. Björk konnte diese Spuren unmöglich alle selber machen. Die größte von ihnen führte am Ende zum Großen Fels. Bis dahin bin ich ihr gefolgt. Von dort ging sie geradewegs auf den Waldtreffpunkt der Marge zu. Das ist dort, wo wir, falls Sie sich erinnern, kürzlich vor den Margen und Orks gerettet worden sind dank mir und meiner weitreichenden Verbindung zu Drittmittelerdes Machtelite.«

»Ja«, sagte Theorin. »Danke, dass Sie uns an ein schreckliches Ereignis vor zwei Tagen erinnern. Ja doch, das haben wir nicht vergessen.«

»Was sollen wir tun?«, sagte Milbo. »Björk trifft sich mit den Margen! Und die Orks sind wahrscheinlich auch dort! Er wird sie zu uns führen!«

»Milbo, bitte lassen Sie das«, sagte Pfählihn. »Sicher erinnern Sie sich an Björks wortgewaltige Aussage über die Orks. ›Björk hasst Orks! Björk haut zu Brei!‹ waren, glaube ich, seine Worte.«

»Oh, stimmt«, erwiderte Milbo. »Ich glaube, da spricht das Met aus mir. Ich gehe wohl besser zu Bett.«

Da fingen die Zwerge wieder zu singen an, sodass der Wobbit in Nullkommanichts eingeschlummert war. Er träumte, er hätte einen Schwan gefangen und würde ihn essen. Da wachte er auf, sein Mund war voller Federn und sein Kissen verschwunden. Milbo verschliss eine Menge Kissen. Als er wieder einschlief, hörte er Hupen und Picken wie in der Nacht zuvor.

Am nächsten Morgen wurden sie vom gewaltigen Björk höchstpersönlich geweckt. Es gibt kaum etwas Erschütternderes, als Björks riesiges grünes Gesicht zu sehen. Erschütternder ist nur, wenn man es als Erstes nach dem Aufwachen erblickt. Der Hüne war gut aufgelegt, was ihn beinahe genauso gefährlich machte, wie wenn er wütend war.

»Wer hat Hunger? Björk mag Frühstück!«, sagte er zu Milbo und den Zwergen. Darauf gingen sie zum Frühstückstisch, wo Ranndarf bereits wartete.

»Guten Morgen allerseits. Setzt euch«, sagte dieser. Da wurde viel gestöhnt und mit den Augen gerollt, denn die Zwerge wussten, dass jetzt eine seiner Reden folgen würde.

»Björk, unser Gastgeber, möchte gern ein paar Worte zu uns sagen«, verkündete Ranndarf. Einerseits waren die Zwerge froh, dass Ranndarf lediglich den Moderator machte. Andrerseits hofften sie, dass Björk nichts zu Aufregendes mit ihnen zu besprechen hatte. Die ihm am nächsten saßen, rutschten vorsichtshalber schon einmal ein Stück von ihm ab.

»Björk besucht Margelichtung. Björk sieht Asche, Zauberer sagt Wahrheit. Wahrheit ist gut!« Die Zwerge applaudierten höflich.

»Björk fängt Orks und Marge. Orks sagen Björk alles.«

»Hat er sie gefoltert?«, flüsterte Milbo Ranndarf zu. Die Vorstellung, von Björk gefoltert zu werden, war grauenerregend. Björk sah Milbo an.

»Björk nicht macht Folter! Folter ist böse!«

Die Zwerge schickten sich schon zu einer schnellen Sing- und Tanzeinlage an, um Milbo davor zu bewahren, zu Brei geschlagen zu werden, doch Björk setzte seinen Bericht fort.

»Orks sagen, dass Zauberer Don Orkleone tot gemacht. Zauberer gut!« Ranndarf verneigte sich ein wenig. »Deshalb Björk hilft Zauberer und kleine Freunde. Björk gibt kleine Freunde drei Ratschläge. Nummer eins:

In Wüsterwald niemals Pfad verlassen! Björk gibt Freunde alles, was brauchen in Wald: Essen, Decken, Bogen und Pfeile ...«

»Um zu jagen?«, fragte Mori.

Theorin versetzte ihm unter dem Tisch einen heftigen Tritt mit seinen schweren eisenbeschlagenen Stiefeln und flüsterte: »Nicht vor den Bedienungen!«, bei denen es sich hauptsächlich um Hirsche handelte.

»Nummer zwei: In Wald nicht Flusswasser trinken. Wüsterwaldwasser ist böse! Björk gibt Freunde Wasser zum Tragen. Björk leiht auch Ponys für den Anfang von lange Reise. Nummer drei: Freunde nicht nehmen Ponys mit in Wald. Schickt Ponys zurück! Wald ist böse! Habt angenehme Reise!«, schloss Björk seine Rede und ging ein paar Besorgungen machen.

Björks ernste Worte entmutigten sie. Selbst Mori und Touri begriffen allmählich, wie gefährlich diese Reise war. Ihr einziger Trost stellte Milbo dar, der immerhin den Drachen töten würde, der am Ende ihres Weges auf sie wartete.

Am nächsten Morgen nach einem letzten vorhersehbaren Frühstück packten sie die Vorräte, die Björk ihnen ausgeliehen hatte, und ritten durchs Gatter hinaus.

Neben dem Tor hing etwas, was wie ein Margenfell aussah. Bei näherem Hinsehen entdeckten sie, dass der platt gedrückte Marg sogar noch drinsteckte. Auf der anderen Seite des Gatters hing ein Ork in ähnlichem Zustand.

»Hat Björk nicht gemeint, er hätte seine Gefangenen nicht gefoltert?«, sagte Milbo.

»Ich erkenne keine Folterspuren an ihnen«, erwiderte Ranndarf. Was auch stimmte.

»Und das soll ein Schwan gemacht haben, im Ernst jetzt?«, fragte Pfählihn.

»Sind Sie der Einzige, der als Kind nie versucht hat, einen Schwan einzufangen?«, sagte Ranndarf. Als ihnen die Kindheitserinnerungen an sich verbissen wehrende Schwäne kamen, zuckten die Zwerge zusammen.

»Dann stellen Sie sich einen drei Meter großen Schwan mit Björks Temperament vor!«, sagte Ranndarf. »Björk ist ein grimmiger Gegner. Und sogar ein gefährlicher Freund. Lassen Sie uns abhauen, bevor er uns hört und wir wieder tanzen müssen.«

Sie ritten weiter und hielten nur an, um zu schlafen oder Björks berüchtigtes, den ganzen Tag über erhältliches Frühstück einzunehmen. Von Björks berühmtem vegetarischen Chili, das eine willkommene Abwechslung geboten hätte, gab es keine Spur. Nachts vermeinte Milbo, die schattenhaften Umrisse eines riesenhaften Schwans in den Büschen zu erkennen. Doch als er es wagte, Ranndarf darauf anzusprechen, sagte dieser: »Kein Wort! Tun Sie, als hätten Sie es nicht bemerkt.«

Nach vier Tagen erreichten sie den Rand des Wüsterwalds. Die Bäume waren groß, knorrig und wirkten zornig.

»Nun, dies ist der Wüsterwald«, verkündete Ranndarf. »Wie versprochen. Sie sind alle gesund und wohlbehalten hier angekommen. Nun ist es Zeit, Ihre Ponys heimzusenden.«

»Und was ist mit Ihrem Pferd?«, fragte Theorin.

»Machen Sie sich darüber keine Sorgen. Ich werde den Wüsterwald nicht betreten, was für ein Glück. Ich muss wegen ein paar dringender Angelegenheiten in den Süden. Zum jährlichen Golftreffen der vereinigten Zauberer, bei dem in entspannter und produktiver Atmosphäre viele wichtige Entscheidungen getroffen werden. Gleich bei Sonnenaufgang muss ich dorthin aufbrechen, wenn ich am kostenlosen Cocktail & Kanapee-Empfang teilnehmen möchte. Also beeilen Sie sich mit dem Abladen der Ponys!«

Sobald sie den Ponys die Taschen abgenommen hatten, rannten diese vor dem Wald davon, schneller, als sie sich je zuvor bewegt hatten.

»Scheint fast so, als habe der Wald ihnen irgendwie Angst eingejagt«, bemerkte Bifi, worauf Ranndarf wissend nickte.

Am nächsten Morgen erhob sich Ranndarf schon früh, um seine Abschiedsansprache zu halten. Darin zählte er all die Dinge auf, die er während der Reise geleistet hatte, und erfand noch ein paar dazu.

»Auf Wiedersehen!«, sagte er schließlich. »Und kommen Sie nicht vom Weg ab!«

»Müssen wir wirklich durch diesen schrecklichen Wald, Ranndarf?«, fragte Milbo.

»Natürlich nicht«, gab Ranndarf zurück. »Sie können ihn auch umgehen, indem Sie im Norden die zweihundert Meilen lange oder im Süden die vierhundert Meilen lange Strecke nehmen. Auf beiden Wegen wimmelt es von Orks, Hobkobolden und Hämogoblins, die Sie alle nur zu gern fressen würden. Ganz zu schweigen vom dunklen Turm des Geisterbeschwörers. Über ihn breite ich den Mantel des Schweigens, denn andernfalls würden Sie Ihre Mission vor lauter Panik abbrechen. Ich sage nur das eine: Sich ihm zu nähern, lässt einen Marsch durch den Wüsterwald wie einen Spaziergang im Park erscheinen. Kommen Sie nicht vom Weg ab, hoffen Sie auf das Beste und seien Sie auf das Schlimmste gefasst. Mit einer gehörigen Portion Glück werden Sie eines Tages wieder aus dem

Wald herauskommen. Schmauch zu töten, wird Ihnen danach wie ein Kinderspiel vorkommen. Zumindest falls es Ihnen gelingt, ihn zu überraschen.«

»Danke für das Motivationstraining, Ranndarf«, sagte Theorin. »Wenn Sie jetzt vielleicht gehen würden, bitte?«

»Ja, ja, selbstverständlich«, erwiderte Ranndarf. Er konnte – wie immer – der Versuchung nicht widerstehen, das letzte Wort zu behalten, weshalb er sich, als die Gefährten den Wald betraten, noch einmal umwandte und rief: »KOMMEN SIE NICHT VOM WEG AB!«

Da drehten sie sich um und sahen ihn davonreiten.

Milbo sagte nur: »Was für eine Landplage.« In stillschweigender Zustimmung schulterten die Zwerge ihre schweren Rucksäcke und Wasserschläuche. Als sie aus dem offenen Gelände in den Wald traten, sackte ihre Stimmung schlagartig ab wie ein Wobbit im Schwimmbad.

Kapitel VIII

Krieg mit den Spinnen

Sie gingen einer hinter dem anderen. Über dem Eingang zum Wald erhob sich ein Bogen mit dem Schild: *Willkommen im Wüsterwald.* Darunter stand in kleinerer Schrift: *Bitte unterlassen Sie im Wald das Rauchen, Spucken und Abspielen lauter Musik.*

»Och, Mann!«, beschwerte sich Touri. »Was bleibt denn dann noch? Da kann man ja nichts anderes mehr machen, als durchzulatschen!«

In noch viel kleineren Buchstaben stand am unteren Rand des Schilds: *Achtung! Latschen Sie nicht durch den Wüsterwald. Die Waldstation der Wüsterwaldelben übernimmt keine Haftung für Ihren Tod. Vielen Dank für Ihre Aufmerksamkeit.*

»Ranndarf sagte, wir sollen nicht vom Weg abkommen«, meinte Mori. »Vielleicht sollten wir uns also besser nach einer Abkürzung umsehen.«

»Aufgrund der bisherigen Erfahrungen mit Ranndarfs Ratschlägen würde ich Ihnen sofort zustimmen«, sagte Theorin. »Aber auch Björk sagte, wir sollen nicht vom Weg abkommen, deshalb werden wir das auch nicht machen. Denn sonst steckt ihm einer seiner Waldfreunde noch, dass wir nicht auf seinen Rat gehört haben. Und ich will nicht, dass er verrückt gemacht wird und uns nachjagt. ›Björk haut zu Brei‹ und all so was.«

Der Weg wurde schmaler und schmaler. Es war wie im Kino, nur dass weder von der Leinwand noch von den Notausgangsschildern oder irgendwelchen Handys ein Licht abstrahlte. Alles lag in einem dunkelgrünen Schimmer, der den Gefährten gerade einmal erlaubte, links und rechts des Weges ein wenig zwischen die Bäume zu schauen.

Zudem war es in dem Wald leiser als in einem Kino. Niemand rief: »Das kann er doch nicht machen!«, »Pass auf, Mädchen!« oder »Wir sind hier drüben, Ricky!« Stattdessen waren seltsame Laute zu hören. Schnaufen, Trippeln und Tuten von unsichtbaren Wesen im Gebüsch. Auch das war wie im Kino, sofern man die entsprechende Sorte Film anschaute.

Überall waren Spinnweben, schlimmere als die in der Garage eurer Großmutter. Niemand fragte sich, wieso die Spinnwebfäden so außergewöhnlich dick waren. Allerdings spannten sich keine Fäden über den Weg, und die Gefährten erfuhren bald, weshalb das so war. Neben dem Weg stand nämlich ein Schild, auf dem stand: *Dieser Weg wird von der Waldstation der Wüsterwaldelben sauber gehalten. Bitte keinen Müll zurücklassen.*

Bald schon verabscheuten sie den Wald genauso wie die Gänge der Orks oder das Geplapper Ranndarfs. Sie wünschten sich, dass er noch bei ihnen wäre, nicht, weil sie ihn vermissten, sondern weil sie wollten, dass er ihr Elend teilte. Als sie endlich zum Mittagessen Rast machten, waren sie wegen der Dunkelheit, der Stille und der drückenden Atmosphäre zutiefst verzweifelt. Es war wie auf der Kegelbahn an einem Nachmittag unter der Woche.

In der Nacht verwandelte sich die Dunkelheit in absolute Dunkelheit. So etwas hatten sie noch nie erlebt, denn es war sogar noch dunkler als in den Orktunneln, aus denen sie erst kürzlich entkommen waren. Sie schliefen wie

Löffel aneinandergeschmiegt, zum Teil wegen der unheimlichen Umgebung, zum Teil, weil sie in alte Verhaltensmuster zurückfielen.

Wache zu schieben, war das Schlimmste. Milbo machte das Schimmern von Augen aus, viele, viele Augenpaare. Augen in allen Größen. Manche waren groß und traten hervor, so wie bei einem riesigen Insekt. *Zum Glück sind hier überall so viele Spinnennetze*, dachte Milbo.

Sie versuchten, Wachfeuer zu entzünden, gaben es aber bald auf. Denn die Flammen zogen Tausende Motten an, die wiederum Fledermäuse anlockten. Die Fledermäuse waren groß und schwarz wie der Zylinder auf dem Kopf, und die Zähne weiß wie ein Manschettenknopf.

Tage folgten auf Tage. Der Wald änderte sich genauso wenig wie das Essen, das Björk ihnen mitgegeben hatte. Sie kamen zu dem Schluss, dass Björks berühmtes Chili offenbar nur für dienstliche Anlässe reserviert war und Björk selbst und seine Freunde es niemals aßen. Milbo hatte die ganze Zeit Hunger, weil Theorin mit den Rationen knauserte. Sie versuchten ein schwarzes Eichhörnchen zu schießen, das zwischen den Stämmen hin und her huschte, und erlegten es schließlich, nachdem sie viele Pfeile verloren hatten. Abends grillten sie es, aber es schmeckte grauenhaft und jeder bekam nur eine winzige Portion davon ab.

Zudem ging ihnen allmählich das Wasser aus, und im Wald gab es keines. Der erste Fluss, der ihnen über den Weg lief, versperrte ihnen selbigen. Seine Strömung war so stark und schwarz wie Espresso aus dem Spätkauf. Milbo war so durstig, dass er sogar davon getrunken hätte, wenn auch nur mit aufgeschäumter Milch und Haselnusssirup. Doch da Björk ihnen gesagt hatte, dass sie nicht davon trinken sollten, ließ er es bleiben.

Nach seinen warnenden Worten »Wasser ist böse!« wollten sie es nicht einmal anfassen. Allerdings gab es keine Brücke, und sie mussten hinüber.

»Wo bleiben nur diese Waldelben, wenn man sie braucht?«, beschwerte sich Theorin. »Sie behaupten, sie würden diese Wege instandhalten! Können sie dann nicht auch für eine Brücke sorgen?«

»Warten Sie mal«, sagte Milbo. Er spähte über den Fluss in der Hoffnung, einen Trinkwasserbrunnen oder ein Café zu entdecken. »Am andern Ufer kann ich ein Boot ausmachen!«

»Großartig!«, versetzte Theorin. »Seien Sie so gut und holen Sie es. Wahrscheinlich können Sie einfach hinüberwaten.«

Stumm erhob Milbo Einspruch. Er schnappte nach einer großen schwarzen Motte, die ihm um den Kopf flatterte, und warf sie ins Wasser. Sobald sie auf den Wellen aufkam, wurde sie regungslos und trieb rasch davon.

»Ich weiß nicht, was Sie uns damit zeigen wollten«, sagte Theorin. »Aber vielleicht kann jemand von uns ein Seil hinüberwerfen und das Boot damit herüberziehen. Mr. Muffin, ich bezweifle, dass sie so weit werfen können. Iro, Sie haben zwar für das alte Tüftenball-Team der SmithiBank als Quarterback gespielt, aber Sie, Billi, haben dafür die besten Augen.«

»Jeder weiß, dass *ich* die besten Augen habe«, protestierte Pfählihn.

»Das haben alle geglaubt«, sagte Billi. »Bis Milbo während Ihrer Wache an Ihnen vorbeigeschlichen ist. Sie sind aus dem Rennen, verstehen Sie das nicht? Und Iro, Ihre Pässe führten meistens zu Ballverlusten. Ich werfe das Seil!«

Damit griff Billi nach dem Seil und einem der Enterhaken, die Björk ihnen mitgegeben hatte, und fing an zu werfen. Zu Pfählihns und Iros Freude gingen die ersten Versuche durchweg daneben. Doch bald schon traf er das Boot und zog es herüber.

»Gute Arbeit!«, sagte Theorin. »Und jetzt können Sie hinüberrudern, Milbo. Prüfen Sie, ob das Boot sicher und drüben die Luft rein ist. Wir warten hier auf Sie.«

Milbo stieg in das Boot und betrachtete die jahrzehntealte kompostierte Schicht aus Laub und wimmelnden Insekten im Bug. »Zumindest ist es nicht leck.«

Dann ruderte er hinüber und sah nervös den Weg entlang. Durch das Dämmerlicht rief er den Zwergen zu: »Ich bin am anderen Ufer. Hier sind keine Trolle, Riesen, Orks oder Marge. Eine Menge riesiger Spinnweben, aber keine Anzeichen von Gefahr. Und was jetzt?«

»Nun«, sagte Theorin. »Rudern Sie zurück!«

»Sie sind der Chef«, meinte Milbo, während er zu den Zwergen zurückruderte.

»Bestens!«, sagte Theorin. »Diesmal fahren Hilli, Pfählihn und ich mit Ihnen hinüber. Lasst uns losfahren!«

Sie stiegen ins Boot, doch bevor Milbo sich in die Riemen legte, sagte er: »Ich will ja nicht penetrant erscheinen, aber könnten wir das Boot nicht anbinden, damit Fettsack es rüberzieht, anstatt es die ganze Zeit hin- und herzurudern? Auf diese Weise verlören wir nicht jedes Mal einen Sitzplatz im Boot.«

»Aha, die guten alten Zwergentraditionen sind unserem Fachberater also nicht gut genug«, sagte Theorin. »Aber bitte, wie Sie wollen! Fettsack, halten Sie das Seil fest!«

Milbo verdrehte die Augen, band das Seil fest und kehrte ins Boot zurück. Sie fuhren hinüber, und Fettsack zog das Boot zurück. Mit der nächsten Fuhre kamen Billi und Boing und Doing und Mori. Und dann Iro, Mori, Bifi und Tofu.

»Dann sind wir die Letzten«, sagte Fettsack zu Quälihn. »Ich bin immer der Letzte. Ja, immer auf die Dicken, aber macht ruhig!«

»Wie kommt es, dass Sie noch immer so dick sind, obwohl wir kaum was zu beißen haben?«, fragte Quälihn, während sie ins Boot kletterten.

»Ich weiß nicht«, gab Fettsack zurück. »Ich habe schon alles Mögliche versucht. Muss an meinem Stoffwechsel liegen.«

Gerade als Fettsack einen Fuß in das Boot setzte, raste ein pechschwarzer Elchbulle den Weg entlang und auf ihn und den Fluss zu. Erschrocken fasste sich Fettsack an die Brust. Der Elch setzte über den Zwerg und den Fluss hinweg, kam aber auf der anderen Seite mit einem Pfeil im Leib auf. Theorin hatte geschossen, weil er wirklich Hunger hatte und statt Honig unbedingt mal wieder Fleisch wollte. Der Elch flüchtete vom Weg und stolperte tief in den Wald hinein. Sogleich wollten die Zwerge ihm folgen, doch Milbo hielt sie zurück.

»Fettsack ist über Bord gegangen! Fettsack ertrinkt!«, rief Milbo. Quälihn war so sehr von Hunger gequält, dass er ans andere Ufer gerudert war, ohne zu merken, dass Fettsack nicht mit im Boot war. Widerwillig gab er den Gedanken an Frischfleisch auf und machte kehrt, um Fettsack zu retten.

Dieser trieb nahe am Ufer, wo er nach dem plötzlichen Auftauchen des Elchs einen Anfall von Brustenge erlitten hatte. Bewusstlos war er zusammengebrochen, unglücklicherweise aber nicht im Boot gelandet, sondern im espressoartigen Fluss. Quälihn hatte Mühe, das Wasser nicht zu berühren, als er den schweren, ohnmächtigen Zwerg aus der reißenden Strömung hievte.

»Ziehen Sie ihn ins Boot!«, riefen die anderen Zwerge vom entgegengesetzten Ufer.

»Warum zieht ihr ihn nicht selbst ins Boot?«, bellte Quälihn zurück. »Wisst ihr eigentlich, wie schwer der Typ ist?«

Immerhin gelang es Quälihn, Fettsack zur Hälfte ins Boot zu bringen. Dann ruderte er zu den anderen, die den schlaffen und vollgesogenen Fettsack an Land hievten.

»Lassen Sie ihn uns begraben und weiterwandern«, sagte Theorin.

»Aber er lebt doch noch«, bemerkte Milbo.

»Was?«

»Er atmet noch«, erklärte Milbo. »Er ist lediglich bewusstlos. Der Fluss muss irgendeinen Schlafzauber wirken. Deshalb hat Björk uns davor gewarnt, aus ihm zu trinken.« Milbo hatte recht: Der Fluss hatte Zauberkräfte. Jeder, der sein Wasser berührte, fiel in einen tiefen Schlaf. Im Prinzip also gar nicht wie Espresso.

»Na gut«, sagte Theorin. »Dann wecken Sie ihn auf.«

»Wie?«, fragte Quälihn. »Soll ich ihm etwa Wasser ins Gesicht spritzen, wo wir ihn gerade aus einem Fluss gezogen haben?«

»Wieso muss ich mir immer etwas überlegen?« Theorin trat Fettsack ein paarmal gegen die gepolsterten Rippen, doch der Zwerg reagierte nicht darauf. Deshalb piekte Theorin ihn versuchsweise mit einem Stecken.

»Ich bleibe dabei, dass wir ihn begraben sollten«, sagte er dann.

»Theorin, er ist nicht tot!«, beharrte Milbo.

»Dann lassen wir ihn eben hier, bis er wieder aufwacht«,

beschloss Theorin. »Bis dahin ist er vollkommen erholt und wird uns problemlos einholen. Dafür, dass er so groß ist, kann er sich ziemlich schnell bewegen.«

»Das ist ja unglaublich!«, ereiferte sich Milbo. Fettsack war immer nett zu ihm gewesen. »Wir müssen ihn mitnehmen. Wir wechseln uns beim Schleppen ab.«

Und so schleppten sie ihn. Eine schwere Aufgabe, die ihnen durch Fettsacks dämliches Grinsen zusätzlich erschwert wurde. Nie zuvor hatten sie den Zwerg so glücklich gesehen.

Tagelang schleppten sie Fettsack hinter sich her. Erst an den Füßen, bis Milbo Einspruch erhob, dann am Kragen. Ein Vorteil hatte die Sache: Solange Fettsack schlief, brauchten sie viel weniger Vorräte auf. Dennoch blieb ihnen nur noch wenig.

Der Wald blieb weiterhin dumpf und dicht. So wie Touri und Iro. Die einzige Abwechslung war ein geheimnisvolles Lachen und Singen, das sie aus der Ferne vernahmen. Da die Zwerge nicht angegriffen wurden, nahmen sie an, dass es sich bei den Sängern nicht um Orks handelte. Obwohl sie angestrengt lauschten, verstanden sie die Liedtexte nicht.

Nach weiteren Tagen des endlosen Marschierens aßen sie schließlich ihr letztes Brot und den letzten Honig. Man unterhielt sich darüber, ob man Fettsack verspeisen sollte, doch als sie darüber abstimmten, wurde beschlossen, ihn für später aufzuheben. Zur Erleichterung einiger und zur großen Enttäuschung anderer hungriger Mägen wachte Fettsack schließlich auf.

»Wo ist das ganze Essen hin?«, fragte er, während er sich aufsetzte und sich die Augen rieb. »Ich habe geträumt, ich stünde vor einem elbischen Gratisbuffet.«

»Das Essen ist aufgebraucht«, sagte Theorin.

»Aber doch nicht alles?«, entsetzte sich Fettsack. »Ich bin am Verhungern!«

»Das sind wir alle, Fettsack. Und zwar wirklich. Wenn es von uns überhaupt ein paar aus dem Wald hinausschaffen, dann nur, weil sie, falls nötig, diejenigen essen, die es nicht schaffen. Und übrigens: gern geschehen. Wir haben die letzte Woche damit verbracht, Sie durch die Gegend zu schleppen. Also bewegen Sie sich gefälligst!«

Im selben Moment rief Pfählihn, der ein Stück vorausgegangen war: »Hey! Dort im Wald schimmert es hell!«

»Ich habe es zuerst gesehen!«, sagte Billi.

Sie sahen nun alle hin und erkannten in der Ferne, ein gutes Stück abseits des Wegs, Fackeln in den Bäumen.

»Mein Traum wird wahr!«, sagte Fettsack. »Lagerfeuer! Buffet! Freigetränke! Ich bin Erster!« Damit rannte er in den Wald hinein.

»Hurra!«, jubelten die anderen. Und folgten ihm, alle guten Warnungen in den Wind schlagend.

Milbo machte sich große Sorgen, wie die Sache wohl enden würde. Da er aber nicht alleine zurückbleiben wollte, lief er den anderen hinterher.

So näherten sie sich einer Lichtung, die hübsch mit Bambusfackeln, Luftballons und Girlanden geschmückt war. Auf ihr hatten sich einige Elben versammelt, die eine fröhliche Grillparty veranstalteten. Ein paar Elben sangen, ein paar Elben grillten Rippchen, ein paar Elben aßen Salzgebäck, ein paar Elben spielten Hufeisen-Werfen, ein paar Elben tranken Bier. Der Grillgeruch war zu viel für die Zwerge, und sie stürmten unbeherrscht auf die Lichtung.

Da gingen die Bambusfackeln, Grillfeuer und Kerzen auf einen Schlag aus, als wären sie durch Zauberei ausgeblasen. Die Gartenstühle, Badmintonnetze und Hotdogs lösten sich in Luft auf. Wie auch die Elben.

Urplötzlich wurde es so dunkel, dass Milbo die anderen Zwerge nicht wiederfand. Selbst das paarweise Zusammengehen half nichts mehr. Jeder war der Stimme eines anderen gefolgt und davongestoben. Und Milbo blieb alleine zurück.

Dies war einer der schlimmsten Augenblicke während Milbos Abenteuer. Inzwischen konnte er bereits aus einer ganzen Reihe solcher Augenblicke wählen, obwohl das Abenteuer noch nicht einmal zur Hälfte überstanden war. Er beschloss zu schlafen, bis es wieder hell genug war, um wenigstens etwas zu erkennen.

Gerade träumte er, dass er sich besonders viel Kaffeesahne in den Kaffee goss, als er spürte, wie etwas leicht sein Handgelenk berührte. Er wachte auf und merkte, dass es nicht Fettsack war. Sondern ein strammer, klebriger Faden. Er wollte aufstehen, musste aber feststellen, dass seine Füße mit demselben Stoff eingewickelt waren. Das Zeug glich den riesigen Spinnennetzen, die sie im Wüsterwald allenthalben gesehen hatten.

Endlich begriff Milbo. Dieser Faden wurde von einer Riesenspinne gesponnen, die nicht versuchte, Fliegen zu fangen, sondern ihn!

Er wandte sich um – und da war sie! Eine große, hässliche Spinne! Zu seinem Entsetzen richtete sie das Wort an ihn.

»Ich heiße dich willkommen!«, sagte sie mit einer warmen, freundlichen Frauenstimme.

»Wie heißt du mich?«, sagte Milbo verwirrt und gleichzeitig bestürzt.

»Ich heiße dich willkommen«, wiederholte die Spinne. »Das ist meine etwas ausgefallene Art, Hallo zu sagen.«

»Was machst du da?«

»Ich wickle dich ein, damit du dich nicht bewegen kannst. Dann vergifte ich dich mit einem Biss. Damit es dir nicht so wehtut, wenn ich dir das Blut aussauge.«

»Du willst mich umbringen?«

»Ich fürchte schon. Ich bin mit meiner Ernährungsweise zwar nicht ganz zufrieden, aber so bin ich nun einmal beschaffen. So war es schon bei meiner Mutter und allen Müttern davor bis zurück zum Ursprung der Welt. Nun, nimm eine bequeme Haltung ein, während ich ...«

Milbo war nicht undankbar für die freundliche und beruhigende Art der Spinne, aber eigentlich wollte er nicht gefressen werden. Deshalb ruderte er in alter Tuckenmanier panisch mit den Armen, als die Spinne versuchte, ihn vollends einzuwickeln.

Da hatte er einen Moment der Klarheit, wie er ihn noch nie zuvor erlebt hatte. Er wusste plötzlich, dass seine einzige Hoffnung darin bestand, das Ungeheuer mit seinem Messer zu töten. Er fühlte sich in der Lage, sich zu verteidigen, und empfand nicht den Drang, wie ein kleines Mädchen zu kreischen.

»Hör doch auf, so herumzuzappeln!«, sagte die Spinne. Ihr Rüffel verschaffte ihm einen Moment, um an sein Elbentaschenmesser heranzukommen. Er wollte die Messerklinge ausklappen, erwischte stattdessen aber die Kombination aus Flaschenöffner und Schraubenzieher. Wie der Dosenöffner war auch dieses Werkzeug schmutzig und stank.

»Was tust du denn da?«, fragte sie. Er klappte den Flaschenöffner wieder ein, versuchte es hastig mit einem anderen Werkzeug und erwischte tatsächlich die Messerklinge – noch bevor die Spinne begriff, was geschah. Nie zuvor hatte sie es mit einer Beute zu tun gehabt, die ein Taschenmesser besaß.

Milbo streckte das Messer vor, und die Spinne wich zurück. »Lass uns nichts tun, was wir hinterher bereuen würden. Das Ganze war doch nur ein Missverständnis!«, sagte sie fröhlich, während sie überlegte, was sie als Nächstes tun sollte.

Milbo nutzte die Gelegenheit, um seine Beine zu befreien. Dabei meinte er zu bemerken, dass die Spinne darüber staunte, wie leicht er ihre Fäden durchtrennen konnte. Aber vielleicht täuschte er sich auch. Es ist nicht gerade einfach, auf dem Gesicht einer Spinne etwas abzulesen. Darum war er auch nicht auf ihren plötzlichen Bissangriff gefasst.

Sich wegzuducken hatte keinen Zweck, deshalb sprang er nach vorn und begegnete dem Spinnenangriff mit einem furchteinflößenden Wobbitschrei. Er wich den giftigen Kiefern aus und stach ihr ins Auge, das er im Dunkeln besser sehen konnte als den Rest. Eben diesen gab er ihr sodann, und zwar mit einem tieferen Stich in eines ihrer anderen sieben Augen. Glücklicherweise war sie, unabhängig von ihrer Größe, keine besonders robuste Spinne.

Milbo erholte sich von der ungewohnten Anstrengung des Monsterschlachtens und sah auf die tote Spinne und sein Mordwerkzeug hinab. Auf gewisse Weise war es für Mr. Muffin entscheidend, dass er die Spinne getötet hatte, ohne erst um Gnade zu wimmern oder seine Freunde zu verraten. Er kam sich trotz seiner anhaltenden Sehnsucht nach einer Quiche Lorraine und einem Latte Macchiato mit Haselnussaroma tapferer vor. Er wischte das Blut von der Klinge. Sie war das einzige Werkzeug, das nicht übel roch und schmutzig war, und er wollte, dass es so blieb.

»Ich will dir einen Namen geben«, verkündete er, während er argwöhnisch an der Klinge schnüffelte. »Und du sollst Stink heißen.«

Milbo schmiedete Pläne. Normalerweise waren seine Pläne nur zu seinem eigenen Vorteil, und die Zwerge hätten darin höchstens als Köder oder Kollateralschaden eine Rolle gespielt. Doch er hatte tatsächlich das Gefühl, dass er ihnen helfen sollte, falls er dazu imstande war. Oder sie wenigstens suchen sollte. Zum ersten Mal machte er sich um ihr Wohlergehen Sorgen. Oder, um es genauer auszudrücken: Er hatte Sorge, dass er sich hinterher schuldig fühlen würde, wenn er ihnen nicht half. Und zusätzlich zu all seinen Problemen wollte Milbo nicht auch noch mit Schuldgefühlen fertig werden müssen.

So beschloss er, nach den Zwergen zu suchen. Dies war eine Gelegenheit, sich auf sein Glück zu verlassen, dem legendären »Tuckenglück«. Nie zuvor hatte er das Gefühl gehabt, vom Glück verwöhnt zu werden, doch nun fiel ihm auf, welch unwahrscheinliches Glück es war, dass er dieses Abenteuer so lange überlebt hatte. Er steckte den Finger in seinen Zauberring, um einen weiteren Vorteil auszuspielen. Dann machte er sich auf die Suche nach den Zwergen.

Während er sich leise und unsichtbar vorwärts schlich, fiel ihm auf, dass die Riesenspinnen immer größer und zahlreicher wurden. In der Struktur der Netze tauchten Unregelmäßigkeiten auf, sie wiesen nicht mehr die gewohnten sternförmigen Strahlen über einer Spirale auf. Bei näherer Betrachtung bemerkte Milbo Buchstaben in dem Gespinst. Aus akkuraten Druckbuchstaben ergab sich eine Nachricht, die da lautete:

PAAR ZWERGE!

Und jetzt?, sagte sich Milbo. *Theorin und die anderen müssen in der Nähe sein.* In den Netzen steckten viele weitere Spinnen von derselben Sorte wie die, die er getötet hatte. Milbo wollte gerade aufgeben und umkehren, als er hörte, wie sich die Spinnen unterhielten. Sie sprachen über die Zwerge!

»Na, was sagst du?«, fragte eine Spinne, während sie zurückwich, um die Nachricht zu bewundern. »Jetzt sehen unsere Schwestern, dass wir ein paar Zwerge gefangen haben! Was für eine willkommene Abwechslung zu den üblichen Elben und Orks!«

»Ja, sehr schön, meine Liebe«, sagte eine andere. »Wir können sie morgen zum Tee essen! Da werden sich alle freuen!«

»Vielleicht sollten wir ein bisschen länger warten«, sagte die erste mit süßer, gedankenvoller Stimme. »Lassen wir sie noch ein wenig abhängen, damit sie zart werden. Wir können ihnen ja noch einmal Gift verpassen, damit sie keine Probleme machen.«

»Aber lass sie uns nicht zu lange abhängen«, meldete sich eine dritte Spinne. »Sie scheinen nicht ausreichend gegessen zu haben, die armen Würste. Bis auf den Fetten da.« Die Spinne huschte zu einem Ast, von dem ein Dutzend Spinnwebbündel herabhingen. Durch die Fäden schauten zuweilen Barthaare heraus. Über dem dicksten Bündel befand sich ein weiteres Netz, in das die Buchstaben hineingewoben waren:

BOMBIG

Fettsack war bei den Spinnen offenbar der Liebling.

Aufmerksam musterte die Spinne die Zwergennase, die aus dem größten Bündel herausschaute. Zum allgemeinen Erstaunen schlug das Bündel plötzlich aus und stieß die Spinne auf einen weiter unten gelegenen Ast hinab. Rasch kraxelte sie wieder nach oben.

»Du gute Güte!«, sagte sie zum Bündel. »Weshalb bist du denn munter?«

Milbo erkannte, dass der Moment gekommen war, wo er handeln musste. Dummerweise hatte sein Plan bisher lediglich daraus bestanden, nach den Zwergen zu suchen. Wie es dann weitergehen sollte, hatte er sich nicht überlegt. Darum war er jetzt ratlos und wünschte sich, er hätte Ranndarfs Pläneschmieden nicht so kritisch gegenübergestanden.

Ihm war klar, dass er nicht schnell genug zu den Zwergen gelangen konnte, um zu verhindern, dass einer von ihnen vergiftet wurde. Die Spinnen befanden sich außerhalb seiner Reichweite und ließen sich nicht in einen Kampf verwickeln. Milbo hatte sich schon darauf gefreut, mit seinem magischen Elbentaschenmesser und in unsichtbarem Zustand Unheil unter den Feinden anzurichten, aber es sollte nicht sein.

Natürlich konnte er etwas nach den Spinnen werfen. Milbo war sogar ziemlich gut im Werfen, was für einen Tucke schon eine erstaunliche athletische Begabung darstellte. Seit jeher hatte Milbo ein Händchen für Spiele gezeigt, bei denen man zielgenau werfen musste, vor allem, wenn er dabei Alkohol trank: Boccia, Jarts, Hufeisen-Werfen, Karten-in-den-Hut-Schnippen und dergleichen. In diesen Spielen hatte er mehr Übung als in allem anderen, abgesehen vielleicht vom Hummeressen.

Schnell hatte er einen Stein gefunden, denn glücklicherweise befand sich das Spinnennest über einer Kiesgrube. Er warf den Stein auf die Spinne, die sich gerade anschickte, Fettsack zu vergiften, und hoffte, sie damit abzulenken. Unglaublicherweise traf er sie am Kopf. Noch unglaublicher war, dass er die Riesenspinne mit diesem einen Steinwurf tötete! Milbo war verblüfft, dass sich etwas so Großes und Furchteinflößendes so leicht umbringen ließ. Er hatte mehr Mühe gehabt, herkömmliche Spinnen zu töten, wenn er sie in seiner Wohnung in Wobbingen erwischt hatte.

Dadurch ermutigt warf Milbo Stein auf Stein, und bald häuften sich nicht nur die toten, sondern auch die wütenden Spinnen. Es war unmöglich, sie alle zu töten, bevor sie ihn in ihrem Netz einwickeln würden. Vielleicht würden sie in ihrer Wut auch beschließen, die Zwerge auf der Stelle zu töten.

Deshalb beschloss Milbo, sie von den Zwergen wegzulocken. Auf keinen Fall würde er seinen Zauberring abnehmen. Die Spinnen konnten ihn zwar nicht sehen, aber sie sahen, aus welcher Richtung die Steine flogen. Um ganz sicherzugehen, dass sie ihm folgen würden, verspottete er sie mit einem Lied:

Z wie zwei fette Spinnen hoch aufm Zweig
A-doppel-G-R-O-M-O-R-D-O-R
E wie erst kommt die Liebe
Und dann kommt erst das Ehebett
E wie am Ende liegt der Ei-Kokon in der Babytrage

Alter Falter hoch im Baum
Bist so langsam, fängst mich kaum!
Attercop!
Attercop!
Spinnen, heftet euch an meinen Saum!

Nicht besonders gut und größtenteils von den Orks gestohlen, aber Milbo hatte es eilig. Die Spinnen folgten ihm teils aus Zorn und teils, weil sie ihn fragen wollten, was »Attercop« bedeutete.

Die Spinnen, ungefähr fünfzig an der Zahl, versuchten, den unsichtbaren Wobbit zu umzingeln, indem sie ihn mit Spinnfäden einkreisten. Darauf war er gefasst, und es gelang ihm, sich so geschickt und leise davonzustehlen wie von der Ausstandsparty eines Arbeitskollegen.

Er musste die Spinnen noch weiter von den Zwergen weglocken, bevor er mit Phase zwei seines Plans beginnen konnte, die er sich eben ausgedacht hatte. Da sich keine Spinnen in Steinwurfweite befanden, griff er wieder auf ein Lied zurück. Ein Lied im Besonderen hatte er im Repertoire, von dem er wusste, dass es die Spinnen zur Weißglut bringen würde:

Imse, Wimse Spinne
Wie lang dein Faden ist
'ne Fliege so wie ich
Dir nie begegnet ist
Das Messer aus dem Wams
Und einmal, zweimal Stich!
Imse, Wimse, Spinne
Dein Faden da zerbricht

Große Dicke Spinnen
Klettern in die Höh'
Sind schon fette Greise
Und krank von Diarrhö
Ich schneid' mit meinem Messer
Die Zwerge wieder los
Simpel, Gimpel, Spinne
Macht sich in die Hos'!

Milbo war besonders stolz darauf, dass er aus dem Stegreif so viele Elemente seines Kampfes in das Lied hineinzuflechten vermochte. Und ihm schien, dass »simpel« und »Gimpel« es besser trafen als »Attercop«.

Bald stellte er fest, dass er sich nicht getäuscht hatte. Überall waren Spinnen, und noch mehr strömten herbei. Noch immer konnte er ihren Gesichtsausdruck nicht gut interpretieren, aber ihre Körpersprache ließ erkennen, dass sie außer sich waren. So außer sich, dass ihnen bei ihrer Verfolgung Fehler unterliefen.

Überall flogen einzelne Fäden umher, denn die wütenden Spinnen hatten angenommen, dass jeweils die andere das Werk vollenden und ein ordentliches Netz weben würde, um ihren unsichtbaren Peiniger zu fangen. Mit einem ordentlichen Netz hätten sich die Chancen, Milbo zu fangen, beträchtlich erhöht. Aber wie es in Zeiten großer Gefühlsausbrüche häufig geschieht, so wurde auch hier viel Entscheidendes unterlassen.

Mit dem Seitenschneider seines Taschenmessers bereitete es Milbo keine Mühe, sich durch die einzelnen Fäden zu schneiden. Hätte er das Elbentaschenmesser »Majordomus« besessen, hätte ihm auch ein spezieller Spinnwebschneider zur Verfügung gestanden, doch er hatte nur das Modell »Gefolgsmann«. Es verfügte nicht über einen Spinnwebschneider, und der aus Oliphantbein gefertigte Zahnstocher war verloren gegangen.

Die Taktik der Spinnen war nicht berauschend. So versäumten sie es, bei den gefangenen Zwergen eine Wache zurückzulassen, obwohl Milbo sein Vorhaben im Blutrausch und aus reinem liedermacherischen Übermut in der zweiten Strophe seines Spottgesangs verraten hatte.

Während Milbo zu Theorin & Co zurückeilte, begriff er allmählich, dass der Ring ihn zwar unsichtbar machte, nicht aber Stink. Oder vielmehr machte er die Klinge dann nicht unsichtbar, wenn er sie benutzte. Das war ungünstig, denn es wäre in seiner brenzligen Lage vorteilhaft gewesen, vollkommen unsichtbar kämpfen zu können.

Er wünschte, er hätte Zeit für die ausgiebigen Tests, die dieses Problem erforderte. Warum war Stink unsichtbar, solange er es nicht ausgeklappt hatte und in seiner Tasche aufbewahrte? Blieben alle Arten von Waffen sichtbar, oder gab es Ausnahmen, die es noch zu entdecken galt? Vielleicht betraf es nur metallene, nicht aber hölzerne Waffen? Könnte man eine Keule oder einen angespitzten Stab unsichtbar machen? Und was war mit seinem eigenen Leib? Wenn er mit der Faust oder dem Fuß zuschlug, würden diese dann sichtbar werden? Da seine Kleider offenbar unsichtbar blieben, war die Frage, ob es ihm gelänge, Waffen zu entwickeln, die Teil seiner Kleidung waren. Zum Beispiel eine rasiermesserscharfe Fliege oder ein Paar Rüstung durchschlagender Mokassins?

Jeder Tucke, der etwas auf sich hielt, würde sich stundenlang mit diesen Fragen befassen, doch nun war keine Zeit dafür. Milbo schob sie beiseite, als er am Baum mit den Zwergen ankam. Er klappte den Seitenschneider ein und beschloss, es mit der großen Schere zu probieren. Wegen der extrem tiefen Zweige gelang es Milbo, den Baum zu erklimmen und zu dem Ast zu klettern, an dem die Zwerge hingen. Keine Spinne war in der Nähe.

Die große Schere leistete beste Dienste. Nichts schnitt besser als eine magische Elbenklinge. Innerhalb kürzester Zeit hatte Milbo alle Bündel vom Ast losgetrennt. Sie fielen tiefer hinunter, als Milbo gewollt hatte, aber den wütenden Schreien und dem heftigen Strampeln nach zu urteilen, hatte sich keiner der Zwerge beim Sturz allzu schwer verletzt.

Während er hinuntereilte, um die Bündel aufzuschneiden, zog sich Milbo den Ring vom Finger. Obwohl er sie gerettet hatte, konnte es sein, dass die Zwerge über ihn herfielen. Deshalb wollte er sich den Unsichtbarkeitsring lieber aufsparen. Für alle Augen sichtbar fasste er nach dem ersten Bündel.

Das ist entweder Hilli oder Billi, dachte er, da ein Stück des Jazzerbartes hervorschaute. Nachdem Milbo die Fäden entfernt hatte, brauchte Hilli noch eine ganze Weile, bis er aufstehen konnte. Später beschrieb er die Wirkung des Spinnengifts folgendermaßen: »Ähnlich wie ein furchtbarer Kater, nur mit dem Nachteil, dass man davor nichts getrunken hat.« Über den Sturz vom Ast verlor er keine Worte.

Von der Gefahr angespornt, von den Spinnen erneut eingefangen zu werden, half Hilli dem Wobbit, die anderen Zwerge auszupacken. Bald waren sie alle wohlauf und auf den Beinen. Allerdings kehrten die Spinnen zurück, bevor Fettsack sich von seinen Kopfschmerzen und seiner Übelkeit erholt hatte. Da er der appetitlichste von allen war, stürzten sich die Spinnen als Erstes auf ihn.

Und so begann die Schlacht: Hunderte zorniger Riesenspinnen stürmten auf Milbo und ein Dutzend benebelter Zwerge zu. Benebelt, aber im Gegensatz zur letzten Nacht, als sie gefangen genommen worden waren, wach und in der Lage, etwas zu sehen. So konnten sie sich mit mächtigen Knüppeln bewaffnen und zu den zahlreichen tödlichen Steinen greifen. Bald erkannten die Zwerge, dass die Spinnen leicht verwundbar waren, und metzelten die Angreifenden frohgemut nieder. Eine Zeit lang belebte sie der Kampfrausch, doch bald schon kam die Erschöpfung. Milbo ermüdete, auch wenn sein Messer munter elbisches Zauberlicht verströmte und er Spinne um Spinne niederstreckte.

Stink mag Spinnen genauso wenig wie Orks, dachte

Milbo, als er ein weiteres Untier erdolchte. Und die Zwerge waren einfach nur müde. Sie standen kurz davor, sich zu ergeben, um auf eine neuerliche Rettung zu hoffen. Doch da gaben statt der Zwerge plötzlich die Spinnen auf und zogen sich zurück. Künftig würden sie einen Bogen um Gegner machen, die mit Knüppeln und Steinen kämpften und ihnen Beleidigungen an den Kopf warfen. Attercop, also wirklich!

Die Zwerge stellten fest, dass der Kampf sie auf die Lichtung geführt hatte, wo sie sich unter die Elbengrillparty hatten mischen wollen. Nachdem die Spinnen weg waren, setzten sie sich, um wieder zu Atem zu kommen. Sie machten sich Sorgen, weil sie nicht wussten, wie sie Essen, Wasser und einen Ausweg aus dem Wald finden sollten, und äußerten diese Milbo gegenüber, als wäre dieser ihr Projektmanager.

Darüber hinaus interessierten sie sich sehr dafür, wie Milbo sie gerettet hatte. Doch Milbo war von der Schlacht, dem Singen und dem spontanen Liedermachen so erschöpft, dass ihm keine einleuchtende Lüge einfiel. Gegen besseres Wissen erzählte er ihnen die ganze Wahrheit: Über den Ring, Go-Lump, das Rätselspiel und sein Entkommen. Touri und Iro waren von den Rätseln so begeistert, dass sie darauf bestanden, diesen Teil der Geschichte ein zweites Mal zu hören und dabei abwechselnd die Antworten hinauszubrüllen.

Obwohl die Zwerge nun die Wahrheit über den unsichtbaren Mr. Muffin wussten, hatten sie dennoch keine geringere Meinung über den Wobbit. Vielmehr zeigten Zwerge im Allgemeinen großen Respekt vor Leuten, die im Besitz wertvoller Gegenstände wie magischer Waffen oder Ringe waren. Darüber hinaus legen sie großen Wert auf Glück, und Milbo hatte eindeutig erstaunliches Glück gehabt. Man hatte ihn für das Abenteuer eingestellt, damit die Gruppe nicht die Unglückszahl dreizehn zählte. Milbo dachte an den Tag zurück, als er zu Theorins »Glückszahl« geworden war, und machte dabei eine furchtbare Entdeckung.

»Ich habe ein Dutzend Bündel abgeschnitten«, sagte er. »Aber ihr solltet dreizehn sein! Wer fehlt? Sagt schon!«

Niemand bellte Befehle oder äußerte Beschuldigungen, und bald war klar, wer fehlte: »Theorin«, sagte Tofu.

Sie wussten nicht, was sie tun sollten. Einerseits konnten sie Theorin mitsamt seinem Banjo-Gedudel nicht leiden und hätten sich gern dessen Anteil an der Beute geteilt. Gewiss war er mit allen verwandt, aber Zwerge hatten große Familien, sodass man ihn nicht vermissen würde. Über eine Sache konnten sie allerdings nicht hinwegsehen: Theorin hatte den Schlüssel. Den Schlüssel zum geheimen Diensteingang des Gebäudes SmithiBank Plaza Nr. 1! Ohne Theorin oder zumindest den Schlüssel wäre es Milbo nicht möglich, ins Geschäftsgebäude einzudringen und den Drachen zu töten.

Schnell fanden sie sich damit ab, dass Theorin tot und ihr Abenteuer zu Ende war. Sie ließen sich auf den Boden nieder, um zu schlafen und – wie sie annahmen – zu sterben. Selbst Milbo, der nach Ranndarfs Abschied der Optimistischste und Enthusiastischste in der Gruppe war, blieb ratlos.

Theorin jedoch war nicht tot. Noch nicht jedenfalls, aber er war eher als alle anderen gefangen genommen worden. Zum Glück nicht von Spinnen, sondern von den Elben, die eine Grillparty hatten veranstalten wollen. Bevor das Licht ausgegangen war, hatte der Zwerg die Elben sogar noch nach einem schottischen Whiskey gefragt. Dann, im Dunkeln, war er überwältigt und – zusammen mit den Kühlboxen, Wassermelonen und Volleybällen – fortgeschleppt worden.

Waldelben sind nicht gemein, auf jeden Fall nicht so gemein wie Orks und im Grunde auch nicht so gemein wie Zwerge. Aber sie unterschieden sich von den Elben Suchtals. Touristen wurden nur geduldet, aber man traute ihnen nicht. Statt Show-Kochen, Tanzwettbewerben, Mitsingkonzerten und Weinproben verlegten sie sich lieber aufs Jagen, Fischen, Hockey und Curling. Es konnte kaum überraschen, dass Waldelben im Wald lebten, jedoch nicht in Kurzentren und Hotels, sondern in Ferienhäusern und Blockhütten. Schon vor langer Zeit, nach der fahrplanmäßigen Ankunft der Menschen, hatten sie sich zurückgezogen, und mehr und mehr von ihnen lebten in Landhäusern oder gar auf Campingplätzen. Trotz allem waren und blieben sie Elben, und damit gute Leute. Falls man Wesen, die mehrere Tausend Jahre alt werden, »Leute« nennen kann.

In einer großen Hütte einige Meilen vom östlichen Rand des Wüsterwalds entfernt, lebte ihr größter König. Zu dieser Hütte schleppten sie Theorin, ohne dabei zimperlich mit ihm umzuspringen. In alter Zeit hatte der Elbenkönig bei einer Marktbereinigung ein Vermögen bei der SmithiBank verloren und gab die Schuld daran den Zwergen. Fairerweise muss man sagen, dass die Zwerge eine andere Erklärung dafür gegeben und deutlich bewiesen hatten, dass die Investition nicht durch eine Einlagensicherung abgesichert war. Dadurch war sie einem Wertverfall unterworfen gewesen. Der Elbenkönig dagegen behauptete, dass man ihn mit Versprechungen auf hohe Erträge dazu verführt hätte, obwohl er doch eigentlich risikoavers war. Darum war er der Meinung, dass ihm sein Grundkapital als Zeichen des guten Willens rückerstattet werden sollte, was die Zwerge aber nie und nimmer tun. Die Geschichte war für die Zwerge enorm unterhaltsam und der Stoff für eine Unzahl ihrer Lieder. Ihr werdet erleichtert sein, dass ich kein einziges von ihnen hier wiederzugeben gedenke.

Natürlich vertrat Theorin den Standpunkt, dass er diese Behandlung nicht verdient hatte. Während er in die Hütte eskortiert wurde, schwor er sich, dass er sich keine Silbe über das Gold und die Edelsteine, die sie in den Büroräumen der SmithiBank bergen würden, abpressen lassen würde.

Im Thronsaal wurde er vor den König gebracht, der ihn streng ansah. Der Monarch stellte Theorin viele schwierige Fragen.

»Sehen Sie sich bloß an!«, sagte der Elbenkönig. »Alle haben einen wunderschönen Tag, und dann kommen Sie und ruinieren alles, indem Sie bei unserer Grillparty, bei der ausschließlich Bier und Wein ausgeschenkt wird, nach Spirituosen fragen! Ist das wahr?«

Theorin erwiderte den Blick des Königs mit derselben Strenge. »Dafür nehmen Sie mich in Gewahrsam? Das war doch nur ein Missverständnis! Haben Sie überhaupt eine Ahnung, wie wichtig ich bin? Habe ich schon erwähnt, dass ich am Verhungern bin?«

»Und wo«, fragte der König, »sind Ihre Freunde und so weiter?«

»Wahrscheinlich verhungern die gerade in Ihrem Wald.«

»Was haben Sie überhaupt in meinem hübschen Wüsterwald verloren?«

»Verhungern, in der Hauptsache.«

»Sie sind ein harter Brocken, was?«

»Ich bin ein verhungernder Brocken.«

»Nun denn«, sprach der König. »Wachen, nehmt

Mr. Wichtig und werft ihn in den Knast, bis er Manieren lernt. Ihnen steht ein angenehmer Besuch bei uns bevor!«

Die Elben sperrten ihn ein und ließen ihn allein. Sie gaben ihm reichlich Bier und Grillfleisch. Am ersten Abend bekam er Schweinelende. Nach der langen Brotdiät war dies eine willkommene Abwechslung und besser als die Luft, die ihn in jüngster Zeit genährt hatte. Eine Zeit lang war Theorin aus reiner Dankbarkeit versucht, den Elben von seinem Abenteuer zu erzählen.

Waldelben sind nicht grausam, nicht einmal zu ihren Feinden. Lediglich den Spinnen gegenüber zeigen sie keinerlei Gnade. Auch gegenüber Orks, Margen und Trollen sind sie unbarmherzig. Aber immerhin behandelten sie Theorin gnädig.

Doch obwohl sie ihn gut behandelten, glaubten die Waldelben, sie wären streng mit ihm. Das lag an ihrer wesenhaften Waldelbennettigkeit. Im Vergleich zu dem, was er die letzten Wochen durchgemacht hatte, kam sich Theorin überhaupt nicht streng behandelt vor. Vielmehr hatte er den Eindruck, sie wollten ihn zu einem Mitbewohner machen.

So schmachtete Theorin in einer spärlich möblierten Suite ohne Minibar. Nachdem die Freude über das angemessene Essen und die Getränke erst einmal abgeflaut war, kam Theorin der Gedanke, dass sein Team womöglich weniger Glück gehabt hatte als er. Doch rasch sagte er sich: »Ach ja, was kann ich denn schon machen?« Es sollte nicht lange dauern, bis er von seinen Freunden entdeckt werden sollte, doch das gehört ins nächste Kapitel. Dort wird der Wobbit zu Theorins großem Erstaunen erneut seine Nützlichkeit unter Beweis stellen.

Kapitel IX

Mit Fässern getrollt

Am Tag nach der Schlacht gegen die Spinnen legten Milbo und die Zwerge ihre letzten verbliebenen Kräfte in die Aufgabe, sich von den Waldelben gefangen nehmen zu lassen. Was für eine Freude empfanden sie, als sie sich von Fackeln und nicht von schimmernden Kugelaugen umzingelt sahen. Beim Auftauchen der Elben ließen die Zwerge sogar einen schwachen Hurra-Ruf hören. Dann senkten sie die weißen Fahnen und hoben stattdessen die Hände über den Kopf. Da Elben mit dem Bogen ebenso gut umgehen können wie Wobbits mit dem Cocktailshaker, befürchteten die Zwerge, dass das Zeichen ihrer Kapitulation womöglich nicht deutlich genug war. Um nichts dem Zufall zu überlassen, fielen sie auf die Knie.

Milbo entschied jedoch im allerletzten Moment, seinen Ring aufzusetzen und zu verschwinden. Er kümmerte sich nicht um das schaurig-überirdische Heulen in seinem Kopf und trat zur Seite. Statt von den Zwergen vergessen zu werden, wurde er nun von den Elben übersehen.

Die Elben hatten wohl noch viel vor an diesem Tag, denn sie trieben die Zwerge in hohem Tempo voran. Milbo kam kaum hinterher, während sie auf das große blockhüttenartige Landhaus der Waldelben zumarschierten. Kurz vor der Hütte verlief ein Fluss, dessen Fluten dunkel und kräftig waren, ganz wie der espressoschwarze

Zauberfluss der Schläfrigkeit. Allerdings war dies ein anderer Fluss, und sein Wasser machte nicht müde, selbst wenn man ein Fass davon trank.

Mit Speerspitzen im Rücken wurden die Zwerge hineingeführt, und Milbo stahl sich nach Wobbitart ebenfalls hinein. Die Hütte war mit knorrigem Kiefernholz vertäfelt, die Möbel stammten aus den eigenen Werkstätten und wurden im Geschenkartikelladen auch zum Verkauf angeboten. Zwar sangen die Elbenwachen, während sie die Zwerge vorwärtsstießen, doch das machte die Sache nicht angenehmer.

In einer großen Halle unweit des Foyers saß der Elbenkönig auf einem aus Holz geschnitzten Massagesessel mit kariertem Polsterbezug. Auf seinem Kopf ruhte eine orangefarbene Jagdkrone, und in der Hand hielt er einen Humpen Lager, denn es war Herbst. Im Frühjahr hätte er stattdessen ein Doppelbock getrunken.

Die Gefangenen wurden ihm vorgeführt, und er fragte sie lange und gründlich und unerbittlich aus, doch keiner gab ihm etwas preis. Keiner war bereit, dem Elbenkönig zu gestehen, dass sie sich in Wahrheit auf Schatzsuche befanden. Zumindest nicht, solange sie in der Gruppe befragt wurden. Insgeheim waren Boing und Doing jedoch nicht abgeneigt, die Sache auszuplaudern, sollte sich eine Gelegenheit bieten und ihnen ein entsprechendes Angebot gemacht werden. Doch fürs Erste stellten sie sich alle dumm und verweigerten jede Aussage, machten einen auf brummig und belämmert. Da sie nicht länger in Gefahr schwebten, erschossen zu werden, hatte sich ihre Dankbarkeit auch erledigt.

Der Einzige, der etwas sagte, war Pfählihn, doch er tat es nach guter, alter Zwergenmanier: »Wie können Sie es wagen, uns wie herkömmliche Verbrecher zu verhören?«, sagte er. »Wissen Sie denn nicht, mit wem Sie es zu tun haben? Wir sind wichtige Geschäftszwerge!«

»Ja, sicher«, erwiderte der Elbenkönig. »Sie sind wichtige Geschäftszwerge. Und bei Ihrem Geschäft mit Ihrer sogenannten Bank verspielen Sie meine Ersparnisse! Und nun dringen Sie hier in meinen Freizeitpark ein und schießen ohne Jagderlaubnis meine Elche. Haben Sie wirklich geglaubt, wir wären begeistert darüber, dass Sie unsere Grillparty überfallen? Lassen Sie mich Ihnen eines sagen, Mister: Hier im Wüsterwald leben wir friedlich miteinander. Hier gibt's nicht dieses ständige Herumgerenne, das euch Zwergen solchen Spaß zu bereiten scheint. Ihr kommt mit euren stählernen Geldbörsen und verwöhnten Kids für eine Woche im Jahr hierher und glaubt, ihr könntet alles auseinandernehmen. Nun, aber wenn ihr wieder geht, sind wir immer noch da, verdammt noch eins!

Natürlich schätzen wir Waldelben Sie als Geschäftsleute, wenn Sie hier Urlaub machen. Aber meine Wachen haben mir mitgeteilt, dass Sie nicht nur ungezogen, sondern auch pleite sind. Haben Sie geglaubt, Sie könnten hier einfallen und uns Einheimischen die Jobs wegnehmen, was? Donnerwetter noch mal! Ihr Auswärtigen überspannt den Bogen! Nun, wir haben eine Gratisunterkunft für euch, in der ihr bleiben könnt, bis ihr ein bisschen Höflichkeit gelernt habt und so fort.«

Er befahl, dass jeder von ihnen ein Einzelzimmer erhalten sollte, jedoch ausdrücklich keines mit Begrüßungsobstkorb und Blick auf den Fluss. Allerdings wurden ihnen Tennisstunden, Leihschläger und die Teilnahme am Herbstturnier angeboten. Denn der Elbenkönig glaubte fest an den Rehabilitationseffekt körperlicher Ertüchtigung.

Der Zimmerservice brachte ihnen die erste Mahlzeit seit Tagen, ein einfaches Abendessen aus Wurst und Bier mit Wildragout und einer Wachtelvorspeise. Theorin bekam zur selben Zeit dasselbe, allerdings hatte man den Zwergen nicht gesagt, dass der Oberzwerg auch hier war. Das sollte Milbo erst noch herausfinden.

Der arme Mr. Muffin – nie zuvor hatte er sich so ausgelaugt und einsam gefühlt wie jetzt. Nicht einmal damals, als er bei der SmithiBank hinterm Schalter gearbeitet hatte. Ohne den Ring jemals abzunehmen, hielt er sich im Fitnesscenter und der Businesslounge der Hütte auf, um Zeit totzuschlagen, fühlte sich aber nach wie vor elend. Es gab Jagdausflüge und Angelexkursionen, bei denen er unsichtbar teilnahm. Obwohl es guttat, aus der Hütte rauszukommen, ging es Milbo dennoch weiterhin elend. Jagen und Angeln waren zwei Dinge, die der Wobbit noch weniger mochte, als auf dem Rücken eines Adlers zu reiten. Und sie verschafften ihm keine Fluchtmöglichkeiten. Zwar gelangte er so aus der Hütte heraus, aber damit war er dem Wüsterwald noch lange nicht entkommen.

Zu essen gab es reichlich, denn er hatte keine Skrupel, anderen Leuten den Zimmerservice zu klauen. Aber selbst ein Wobbit vermochte im Lauf der Tage nur eine bestimmte Anzahl Pastetensandwiches zu verdrücken. Milbo plagte die Langeweile.

Ich bin wie ein Betrüger, der sich nicht getraut abzuhauen, dachte er. Er kannte einen Schalterangestellten bei der SmithiBank, der über die Jahre ein kleines Vermögen zusammengestohlen hatte, aber weiterarbeiten musste, damit sein Verbrechen nicht aufflog.

Ich wünschte, ich wäre in meiner Wohnung und weit weg von diesen Karopolstern und dem knorrigen Pinien-

holz. Oft wünschte er sich auch, dass Ranndarf bei ihm wäre, wenn auch nur, um zu sehen, wie der Zauberer seine wohlverdiente Strafe erhielt. Milbo wollte nach Hause, wusste jedoch, dass Ranndarf ihm dabei nicht von Nutzen sein würde. Sollte es eine Fluchtmöglichkeit geben, würde Milbo sich selbst überlegen müssen, wie er sie nutzen konnte. Schließlich war er ein Fachberater.

Nachdem er eine oder zwei Wochen lang in der Hütte herumgelungert und die Hotelpagen belauscht hatte, fand er heraus, wo die Zwerge jeweils untergebracht waren. Ihm war klar, dass sich seine Chancen auf eine erfolgreiche Flucht vergrößerten, wenn er die Zwerge in seine Pläne miteinbezog. Denn sie würden für Ablenkung sorgen. Vor allem, wenn sie erneut gefangen genommen würden. Dann blieb aber immer noch das Problem, wie er aus dem Wüsterwald hinausgelangen sollte. Ob mit oder ohne Zwerge, er würde den Weg aus dem Wald nicht finden.

Die einzige Möglichkeit, wieder nach Hause zu kommen, bestand darin, wenigstens einen Teil des Drachenschatzes zu stehlen und anschließend einen verlässlichen Führer und einige Leibwächter anzuheuern. Vielleicht konnte er sich durch den Diensteingang hineinschleichen, ein paar wertvolle Stücke entwenden und wieder abhauen, während der Drache damit beschäftigt war, die Zwerge zu töten und zu verspeisen. Danach würde Milbo stilvoll nach Wobbingen zurückkehren, möglichst bevor der Drache merkte, dass ihm etwas fehlte. Doch dazu brauchte er die Zwerge, deshalb machte er sich auf ein neuerliches Gespräch mit Theorin gefasst.

Die Gefangenschaft zermürbte Theorins Entschluss, sodass er wie Boing und Doing kurz davor stand, den Waldelben alles zu verraten. Doch da hörte er Milbos reizende schwache Stimme am Schlüsselloch. Sobald er erfahren hatte, dass er nicht allein war, keimte in ihm das Misstrauen, einer der anderen Zwerge könne bald geständig werden. Immerhin vermochte Milbo lange genug seine Aufmerksamkeit auf sich zu ziehen, um gemeinsam über eine Flucht nachzudenken. Bislang hatte Milbo keinen Plan. Da Theorin jedoch niemals eigene Ideen hatte, beschloss er abzuwarten, bis dem Wobbit etwas einfiel. Mit Theorins Erlaubnis informierte Milbo die anderen Zwerge.

Diesen brachte er neuen Mut. Und er brachte Theorins Anweisungen, dass jederzwerg Schweigen über den Schatz bewahren sollte, einschließlich der üblichen Drohungen, Beschuldigungen und Beleidigungen. Ansonsten sollten sie Milbos Pläne abwarten. Nachdem Theorin vernommen hatte, dass es dem Wobbit gelungen war, den grillenden Waldelben zu entgehen, war er zuversichtlich, dass es ihm auch gelingen würde, sie zu befreien, den Drachen zu töten und den Schatz zu bergen. Theorin würde nicht zulassen, dass dieses Ziel in irgendeiner Weise gefährdet wurde. Selbst wenn das bedeuten sollte, dass er nicht am Tennisherbstturnier der Wüsterwaldhütte teilnehmen konnte.

Da sie Theorins beleidigenden Führungsstil seit Jahren gewohnt waren, nahmen die Zwerge die Drohungen, Anschuldigungen und Ausfälligkeiten gar nicht mehr wahr. Doch sie waren einhellig der Meinung, dass der Schatz praktisch schon errungen war. Sie hielten sich für Milbos Plan bereit und waren froh, dass dieser sich um alles kümmerte. Man sollte es nicht meinen, aber deshalb hatte Ranndarf ihn einst eingestellt. Wie aber sah Milbos Plan nun aus?

Eines Tages, als er umherschlich wie ein gelangweiltes,

unsichtbares Frettchen, entdeckte Milbo, dass man die Wüsterwaldhütte nicht nur über das Foyer verlassen konnte. Der Fluss der Nichtschläfrigkeit, der vor der Hütte verlief, hatte einen Zufluss, der sich hinter dem Gebäude entlangwand. Eine Art Zuliefererauffahrt aus Wasser, denn an der Rückseite des Hauses befand sich eine Laderampe, über die Lieferungen per Floß entgegengenommen werden konnten. Wenn gerade nichts angeliefert wurde, war der Durchgang mit einem Fallgatter versperrt. Drinnen standen massenweise Fässer herum, denn Waldelben – und ihr König im Besonderen – waren große Biertrinker. Da in der Umgebung weder Hopfen noch Gerste wuchsen, mussten Bier und andere Güter wie Salzstangen von weither importiert werden.

Milbo schlich umher und belauschte die Elben. Dabei erfuhr er, dass viele der Güter vom Länglichen See stammten, dem Ort, wo sich ursprünglich einmal Seestadt befunden hatte, in der Nähe des Vereinsamten Bergs und dem Firmensitz der SmithiBank. Das neue Seestadt war ein Vertriebszentrum für Bier und alles andere, nach was es die Waldleben so sehr verlangte, dass sie bereit waren, Geld dafür auszugeben.

Die Bierfässer wurden zu Flößen zusammengebunden und stromaufwärts nach Wüsterwald gestakt. Obwohl die Waldelben eigentlich sehr umweltbewusst waren, warfen sie die leeren Fässer hinterher einfach in den Fluss. Diese trieben dann wie Sperrmüll nach Seestadt hinab. Dort füllte man sie wieder auf. Manchmal wurden die Fässer vorher sogar gereinigt.

Schon seit einer Weile hatte Milbo an dem Fallgatter herumgedacht. Er nahm sich viel Zeit für seine Gedanken und ebenso viel, um Pausen einzulegen. Schließlich kam er zu dem Schluss, dass dieser Ausgang den einzigen Fluchtweg für die Zwerge darstellte, und bald schon hatte er die Ansätze eines verzweifelten Plans. So verzweifelt der Plan auch war, so war er doch besser als alles, was Ranndarf ersonnen hatte.

Er fiel Milbo eines Abends ein, als er sich im Foyer umhörte. Erst lauschte er dem Monolog eines Elben, der einer Vertrauensperson etwas über ein peinliches gesundheitliches Problem erzählte. Dann verfolgte er das Gespräch eines anderen, das zwar nicht so unterhaltsam, aber dafür aufschlussreicher war, weshalb er ihm seine ganze Aufmerksamkeit schenkte. Und zwar sprach der Butler des Königs zum Hauptmann der Wache.

»Nun denn, dann folgen Sie mir zur Laderampe«, sagte der Butler. »Wir haben eine Lieferung Bier für die Party bekommen, wissen Sie? Heute Nacht habe ich die dritte Schicht und muss ein paar Fässer entsorgen. Das mag ich aber nicht im nüchternen Zustand tun, was? Deshalb würde ich vorschlagen, dass wir beide das Bier vorkosten.«

»Sie sind mir ja mal ein Butler!«, lachte der Hauptmann der Wache. »Hat der König nicht immer Aushilfen, die die Drecksarbeit erledigen?«

»Das liegt an den jüngsten Kürzungen«, erklärte der Butler. »Der König sagte, wir müssten ›mit weniger Personal mehr leisten. Arbeiten Sie klüger, nicht mehr!‹ Wir kapieren immer noch nicht, was er damit sagen wollte, was?«

»Keine Ahnung«, gestand der Hauptmann. »Lassen Sie uns einen heben!«

Als er das hörte, war Milbo ganz aufgeregt, wie es Tucken öfter sind. Denn anscheinend hatte ihn sein legendäres Glück noch nicht verlassen. Er folgte den beiden

Elben zur Laderampe, wo sogleich ein Fass angestochen und schnell zu einem guten Teil geleert wurde. Dann hatte er sogar ganz unerhörtes Glück. Denn die beiden Elben wurden rasch sturzbesoffen. Normalerweise brauchte es viel, um einen Waldelben wegzustellen, doch dies war ein qualitativ hochwertiges Tripel-Bock-Spezial aus den Biergärten des fernen Dortmundunion, das ausschließlich für die Tafel des Königs bestimmt war.

Irgendwann verloren die Elben das Bewusstsein. Da schlich sich der Wobbit hinein und hastete so schnell ihn seine kurzen Beine trugen zu den Zwergenzimmern. Deshalb brauchte es eine Weile, bis er dort ankam.

Da Milbo keine Lust hatte, viel Zeit damit zu verschwenden, seinen Plan zu erklären und zu rechtfertigen, mied er Theorins Zimmer und befreite zunächst Pfählihn. Da Waldelbengefängnisse ebenso wie die Gästezimmer auf Vertrauensbasis geführt werden, standen keine Wachen davor. Eben hatte der Zimmerservice das Geschirr von Pfählihns Abendessen abgetragen. Milbo wusste, dass der Elb mit dem Bücherwagen erst morgen früh wieder vorbeikommen würde. Darum führte er Pfählihn zum nächsten Zwerg.

Bald waren zwölf Zwerge um Milbo versammelt. Auf ihrem Weg veranstalteten sie einen gehörigen Lärm. Ständig schnäuzte sich einer die Nase, rückte seine Kettenstrümpfe zurecht oder ließ den Tennisschläger fallen – diese hatten sie unbedingt mitnehmen wollen. *Zum Henker mit diesem Zwergenaufschlag … äh, -ruhr!*, sagte sich Milbo. Doch sie liefen niemandem über den Weg, da die Elben zur jährlichen Bier- und Wurstsause des Elbentobenfests auf der Waldlichtung waren. Schließlich gelangten sie zu Theorins Zimmer.

»Hervorragende Arbeit, Muffin!«, sagte dieser. »Wenn

Sie so weitermachen, töten Sie den Drachen tatsächlich. Also, wie lautet der Plan?«

Milbo erläuterte ihnen seinen Plan. Die Zwerge reagierten wie erwartet.

»Ausgeschlossen!«, sagte Theorin. »Kein Wort mehr über diesen Plan! Erklären Sie uns Plan B!«

»Plan B?«, fragte Milbo. »Sie sollten vor Dankbarkeit in Tränen ausbrechen, dass ich überhaupt einen Plan A habe! Theorin, Sie sind der Erfinder der flexiblen Hypothekenrate, vielleicht haben Sie ja eine Idee!«

»Ähm, nun ja, äh …«, führte Theorin aus.

»Das habe ich mir gedacht«, versetzte Milbo. »Falls Sie keine Lust verspüren, sich beim Elbenkönig zu entschuldigen, sollten Sie mir folgen.«

Theorin hatte sich niemals bei irgendjemandem entschuldigt, nie. Damit würde er jetzt auch nicht anfangen, nicht einmal, wenn er damit seine Entlassung erreichen würde. Zutiefst verärgert folgten er und die anderen Zwerge ihm zur Laderampe.

Der Butler und der Hauptmann atmeten noch, zeigten aber keine Anzeichen, dass sie bald aus ihrer Ohnmacht erwachen würden. Milbo wies die Zwerge auf dreizehn leere Bierfässer hin. Mühsam kletterten die Zwerge hinein, während Milbo sich anschickte, die Deckel draufzunageln.

»Warten Sie! Wie sollen wir in diesen Dingern atmen?«, fragte Theorin. »Da drin ist nicht genug Luft. Wir werden ersticken!«

»In diesen Fässern sind mehr als genug Spalten und Fugen, durch die Luft hereinkommt«, erklärte Milbo.

»Und was hindert dann das Wasser am Eindringen? Wir werden ertrinken!«, fragte Pfählihn.

»Ich bin mir ziemlich sicher, dass diese Fässer wasserdicht sind«, gab Milbo zurück.

»Aber das ergibt doch keinen …«, begann Theorin, als Doing ihm ins Wort fiel. »Wir könnten darin tagelang eingeschlossen sein!«, sagte er. »Wir werden verdursten!«

»Dann trinkt viel Wasser, bevor ich die Deckel zunagle«, empfahl Milbo.

»Sind Sie wahnsinnig?«, beschwerte sich Pfählihn. »Ich habe eine nervöse Blase! Wie stellen Sie sich das vor?«

»Das sind alles vorzügliche Fragen«, erwiderte Milbo. »Ich bin sicher, dass Sie, wenn Sie bei der Deckelung gesunden Menschenverstand walten lassen …«

»Und wer lässt uns nachher wieder aus den Fässern raus?«, fragte Boing.

»Uns bleibt keine Zeit zum Reden«, versetzte Milbo, während er hämmerte. »Halten Sie sich einfach an positive Gedanken und verlieren Sie die Hoffnung nicht. Wir sehen uns bald wieder!« Damit nagelte er den letzten Deckel zu. Dann steckte er sich den Ring an.

Kein bisschen zu früh! Ein paar Elben näherten sich der Rampe. Sie hatten auf dem Elbentobenfest anscheinend schon gefeiert, waren entsprechend angeheitert und – wie nicht anders zu erwarten war – sangen.

»Oh, das ist ja mal etwas!«, sagten die Neuankömmlinge. »Wir dürfen nicht durchtrinken, weil wir frisches Bier holen müssen, und dann ist der Butler noch betrunkener als wir! Was sollen wir jetzt machen?«

Selbst im angeheiterten Zustand begriffen sie, dass sich die vollen Bierfässer hinter den »leeren« – in denen in Wahrheit die Zwerge steckten – befanden. Es war am einfachsten, die leeren Fässer aus dem Weg zu räumen, indem man sie in den Fluss warf.

»Die leeren Fässer sind aber mal schwer«, beschwerte sich einer. »Sind die wirklich leer? Sollen wir sie wirklich wegwerfen? Was, wenn der Butler nachher Ärger bekommt, he?«

»Wen juckt's?«, antwortete ein anderer. »Geschieht ihm recht! Wenn er keine negative Leistungsbeurteilung will, soll er während des Diensts eben nicht mehr so viel trinken, was? Vielleicht wacht er auf, wenn wir etwas singen. Und der Hauptmann auch.« Und so sangen sie:

Ich schaukel auf dem Wasser
Mal hoch und auch mal runter
Das Fass wird immer nasser
Der Butler ist nicht munter

Die Fässer fielen ins Wasser und trieben zum Fallgatter. In diesem Moment entdeckte Milbo einen weiteren Schwachpunkt in seinem Plan. Wahrscheinlich habt ihr ihn schon früher erkannt und den Wobbit dafür ausgelacht. Oder wenigstens schadenfroh ins Buch gegrinst.

Der Haken an Milbos Plan war, dass er selbst nicht in einem Fass saß. Wie sollte er bei den Zwergen bleiben, wenn diese stromabwärts trieben? Wer würde sie wieder aus den Fässern herauslassen? Die Zwerge wären wer weiß wie lange darin gefangen und würden elendiglich ersticken, ertrinken oder verdursten oder gleich alles drei auf einmal.

Und noch viel wichtiger, dachte Milbo, *wie soll ich aus der Hütte entkommen? Wie soll ich ohne die Zwerge jemals wieder nach Hause gelangen?*

Es braucht nicht viel, damit ein betrunkener Elb singt, und bald schon stimmten die Elben auf der Rampe ein anderes, noch lauteres Lied an. Milbo konnte kaum seinen eigenen Überlegungen folgen, so laut sangen sie, während sie das Fallgatter hochzogen:

Fusel mundet, schenk mir doch gleich noch mal ein!
Fusel mundet, leer darf das Fass nicht lang sein!
Fusel mundet, füllt es nur schnell wieder auf,
Vorbei an den Spinnen muss der Fusel
Da trink ich doch gleich einen drauf!

Milbo wurde von Panik erfasst, hechtete dem letzten Fass nach, das ins Wasser ging, und obwohl er ein schlechter Schwimmer war, brachte er es fertig, sich daran festzuhalten und treiben zu lassen.

So schwammen die Fässer hinaus, unter den überhängenden Zweigen an beiden Ufern hindurch. Das Wasser und die Luft waren recht kalt, weshalb Milbos Rücken mehr denn je schmerzte. Er war neidisch auf die Zwerge, die in ihren gemütlichen, warmen Fässern hockten, auch wenn sie tödliche Fallen waren.

Später in der Nacht liefen die Fässer am nördlichen Flussufer auf Grund. Milbo stellte fest, dass sie sich nicht mehr im Wald befanden, sondern in den Randbezirken eines Elbendorfes. Die beiden Hauptgewerbezweige des Orts waren die Vermietung von Paddelbooten und die Überführung von Fässern nach Seestadt.

Einige Elben kamen herbei, und bald waren die leeren Fässer zu einem Floß zusammengeschnürt, das am nächsten Tag den restlichen Weg nach Seestadt zurücklegen sollte. Waldelben würden es auf seiner Fahrt begleiten, damit es nicht irgendwo am Ufer hängen blieb. In Seestadt würden sie ein paar Groschen Pfand für jedes Fass bekommen. Nicht viel, aber man konnte davon leben.

Davon wusste Milbo nichts, doch er spielte auf Risiko,

verließ das Floß und klaute sich ein Abendessen. Kurz fragte er sich, wie es wohl den Zwergen ginge. Doch sie waren dem Wüsterwald noch zu nahe, um sich zu zeigen und dadurch eine erneute Gefangennahme zu riskieren. Ohne zu wissen, wann er eine weitere Gelegenheit zur Befreiung der Zwerge erhalten würde, beschloss er, fürs Erste abzuwarten. Rasch widmete er sich wieder den gestohlenen Kroketten und Cocktailwürstchen. Eine ebenfalls geklaute Flasche Pfefferminzschnaps spendete ihm in der Nacht etwas Wärme. Bald schlief er ein.

Als Milbo erwachte, geschah das mit einem besonders lauten Niesen. Er stibitzte ein Omelette, etwas Kaffee, ein Buch, um sich die Zeit zu vertreiben, und eine Flasche mit heißem Wasser. Dann erst bestieg er das Fässerfloß. Er aß kurz etwas, und da traten auch schon zwei Elben auf das Gefährt und stießen es mit Stangen vom Ufer ab. Nun waren sie unterwegs.

Milbo bemerkte, dass die Wasserflasche unsichtbar geworden war, als er sie mit dem Ring am Finger entwendet hatte. Fast alles, was er in der Hand hielt, wurde unsichtbar. Aber warum wurde das Fass, an das er sich klammerte, nicht auch unsichtbar? Wären die Zwerge etwa unsichtbar geworden, wenn er auf der Flucht mit ihnen Händchen gehalten hätte? Dann rätselte er wieder, wie es sich wohl mit Waffen verhielt. Die Schaufel, mit der er Go-Lump eins übergezogen hatte, war sichtbar geblieben. Kurz erwog er, einen der Elben mit der Wasserflasche zu schlagen, um zu sehen, ob sie sichtbar wurde, wenn er sie als Waffe benutzte. Aber er beschloss, dass dieses Experiment warten musste.

Milbo beendete sein unsichtbares Frühstück, was gar nicht so einfach war. Es war, als würde man mit geschlossenen Augen essen. Das Floß trieb auf den See zu, wo hoffentlich Leute wohnten, die freundlich, leichtgläubig oder unvorsichtig waren.

Die Zwerge waren dem Elbenkönig und dem Wüsterwald entkommen, doch ob sie noch lebten oder bereits tot waren, blieb abzuwarten. Milbo hoffte, dass sie noch am Leben waren, hätte sich aber auch nicht zu Tode gegrämt, wenn dies nicht der Fall gewesen wäre.

Kapitel X

Ein warmer Willkommensschluck

Sie trieben dahin, und es wurde heller und wärmer. Milbos Stimmung hingegen wurde düsterer und klammer. Vor allem immer dann, wenn er auf dem Floß aus Zwergenfässern von seinem unsichtbaren Frühstück aufblickte und in der Ferne den Vereinsamten Berg aufragen sah. Selbst nach all den Liedern, Geschichten und Haikus, die die Zwerge über den Berg zum Besten gegeben hatten, war Milbo sein Anblick nicht angenehm. Denn er sah groß und unheimlich aus und erinnerte ihn flüchtig an Ranndarf. Streng genommen hätte er aber auch mit Schmetterlingen und Pizzas bedeckt sein können, und Milbo wäre es noch immer mulmig geworden. Die Vorstellung, in einen Drachenhort einzubrechen und seinen Besitzer zu töten, war nicht sonderlich ermutigend.

Während der Tag und das Floß sich weiter vorantasteten, vertrieb sich Milbo die Zeit damit, den Gesprächen der Floßelben zu lauschen und sich sarkastische Kommentare dazu auszudenken. Bisher war ihm nicht bewusst gewesen, wie ausdauernd man sich über die Themen Bier, Jagen & Angeln und Flößen unterhalten konnte. Auch verbrachten die Elben viel Zeit damit, sich gegenseitig »Gesundheit« zu wünschen, wenn Milbo niesen musste. Den ganzen Tag über begriffen sie nicht, dass nicht der jeweils andere, sondern der unsichtbare Mr. Muffin geniest hatte.

Endlos unterhielten sich die Elben über das Fässerflößen und schwärmten von den guten alten Fässerflößzeiten, als die SmithiBank ihren Hauptsitz noch im Vereinsamten Berg gehabt hatte. Damals hatte es auf dem Fluss von Fässerflößen nur so gewimmelt. Jederelb hatte Arbeit gehabt, jederelb konnte Überstunden machen, so viele er wollte. So sehr sie die Zwerge und die SmithiBank hassten, so sehr liebten sie es, in Erinnerungen an den Wirtschaftsboom zu schwelgen, den diese gebracht hatten. Wenn Milbo sich seine Zeit bei der SmithiBank ins Gedächtnis rief, vermisste er die Arbeit dort nicht. Natürlich war sie besser gewesen, als nass, durchgefroren, gelangweilt und in unbequemer Haltung einer unlösbaren Aufgabe und dem sicheren Tod entgegenzuschippern. Andrerseits war er immerhin nicht seit über einem Tag in einem Fass eingesperrt. Der Gedanke an die Zwerge munterte Milbo während seiner Floßfahrt auf.

Als sie den Länglichen See erreichten, war die Sonne untergegangen. Er war der längste See, den Milbo je gesehen hatte, doch hatte er das bei dem Namen auch erwartet. Die Zwerge hatten einst das Namensrecht für den See gekauft und ihn kurzzeitig in SmithiBanksee umgetauft, doch bei den Einheimischen hatte der Name nie richtig verfangen. Bereitwillig hatten sie die Gebühr von den Zwergen kassiert und ein paar Schilder aufgestellt, doch eigentlich bevorzugten sie schlichte, naheliegende Namen wie Länglicher See und Seestadt.

Die Einheimischen waren praktische Leute, und mit »Leute« meine ich in diesem Fall weder Elben, Zwerge, Wobbits noch Orks, sondern Menschen, und zwar beiderlei Geschlechts. Der Untergang der SmithiBank hatte sie schwer getroffen. Den Drachen mochten sie noch weniger, als sie die Zwerge gemocht hatten. Wenn dir ein Drache das Haus niederbrennt und deine Nachbarn frisst, versuchst du normalerweise, daraus eine Lehre zu ziehen. Doch die Leute von Seestadt zogen nicht die sich mit aller Macht aufdrängende Lehre daraus. Denn sonst wären sie so weit wie möglich von jedem Drachen weggezogen. Immerhin gestalteten sie es so, dass ihre neue Stadt weniger leicht niedergebrannt werden konnte: Sie bauten sie im See. Nur über eine Hängebrücke und auf Booten gelangte man in die Stadt. Die Leute fanden, dass der See sie vor Drachenangriffen beschützte. Das wäre auch der Fall gewesen, wenn der Drache, ähnlich einem Feuersalamander oder Tyrannosaurus, nicht flugfähig gewesen wäre. Doch unglücklicherweise besaß der Drache, der die ursprüngliche Stadt zerstört hatte, Flügel und konnte im Gegensatz zu Hühnern auch damit fliegen. Vielleicht setzten die Leute einfach auf ihr Glück, oder sie erinnerten sich nicht mehr genau an die Details. Wie die Floßelben behielten auch die Seestädter die Tage der Smithi-Bank als eine Zeit des Wohlstands und des Glücks in Erinnerung. Das Gedächtnis kann zuweilen sehr selektiv sein.

Sobald das Fässerfloß in Sichtweite der Stadt war, kamen ihm Boote entgegen, um es in Empfang zu nehmen. Die meisten Fässer würde man wieder mit Seestädter Lager füllen und zurück in den Wüsterwald rudern. Die Seestädter brauten nur einen Teil des Biers. Der Rest wurde unter Lizenz im Süden gebraut und dann zum Länglichen See gebracht. Die Südländer waren froh um den größeren Markt, die Seebürger (wie sich die Bürger Seestadts selbst nannten) waren froh um die große Vertriebsmarge, und die Waldelben waren froh, dass sie mehr Bier bekamen.

Am Hafen banden die beiden Floßelben rasch die Fässer auseinander und verschwanden in der Stadt, um Bier zu trinken.

Nachdem die Elben fort waren, konnte Milbo getrost eines der Fässer öffnen. Er zog seinen Ring ab, und als er in das Fass schaute, machte er sich auf das Schlimmste gefasst.

Drin steckte Theorin, der zwar halbwegs am Leben, aber in einem vollkommen bedauernswerten Zustand war. Hätte Milbo einen toten Zwerg in das Fass gesteckt und es am nächsten Tag wieder geöffnet, hätte es wohl auch nicht übler gerochen. Da fiel Milbo ein, dass sich die Zwerge während ihrer Gefangenschaft bei den Elben hauptsächlich von Bier und Grillfleisch ernährt hatten.

»Zum Glück stand Ihr Fass nicht kopf!«, sagte Milbo.

»Sollte der Drache Sie bei lebendigem Leibe verschlingen«, entgegnete Theorin, »und sollten Sie am anderen Ende wieder herauskommen, dann sind wir quitt.« Milbo sah keinen Sinn in einer Diskussion. Er half Theorin aus dem Fass, und während er die anderen Deckel aufstemmte, versuchte der Zwerg, sich im See ein wenig frisch zu machen.

Pfählihn und Quälihn hatte es am schlimmsten erwischt, denn ihre Fässer waren kopfgestanden, als das Floß zusammengebunden worden war. Glücklicherweise besaß keiner von beiden mehr die Kraft, Milbo an Ort und Stelle zu lynchen, obwohl es sie sehr danach gelüstete. Bifi und Tofu waren aus irgendeinem Grund trocken geblieben, aber sie waren genauso wenig gewillt, Milbo zu helfen, wie Pfählihn und Quälihn. Hilli und Billi kamen wohlbehalten heraus, entpuppten sich aber auch als wenig hilfsbereit. Viele hatten sich erkältet. Sie niesten und räusperten sich mehr als sonst.

»Ich hoffe, ich muss nie wieder Weizenbier riechen!«, sagte Hilli. »Mein Fass war mit dem Gestank vollgesogen. Was für ein Horrortrip! Als würde man auf dem Teppichboden eines Verbindungshauses schlafen. Ich brauche etwas zu trinken, egal was – Hauptsache kein Weizenbier!«

Ohne dass ihm jemand half – und vielleicht wegen gewisser Schuldgefühle – öffnete Milbo die verbleibenden Fässer. Den armen Fettsack konnte er nicht heraushieven, sondern musste ihn auskippen, da er während der Gefangenschaft enorm zugenommen hatte. Mori, Touri, Iro, Boing und Doing saßen in Fässern, in die viel Wasser eingelaufen war, weshalb sie etwas besser rochen. Dennoch waren sie übel gelaunt und nachtragend. Trotz des kalten Wassers waren sie nicht unterkühlt, niesten aber wie die anderen auch.

»Nun! Da sind wir also!«, sagte Theorin, der immer am selbstbewusstesten war, wenn er Offensichtliches verkünden konnte. Er schnupfte, räusperte sich und fuhr fort.

»Zeit für eine Besprechung.« Da niemand etwas sagte oder auch nur nieste, sprach Theorin weiter. »Zunächst möchte ich darum bitten, dass alle Blut- und Racheschwüre gegen Mr. Muffin fürs Erste aufgeschoben werden. Selbstverständlich möchten wir ihn alle lynchen, aber wir brauchen ihn noch, um in unsere Geschäftszentrale einzubrechen und den Drachen zu töten. Oder vielmehr: Wir brauchen ihn, damit er uns sagt, was wir jetzt tun sollen.«

»Nach allem, was ihr durchgemacht habt, wollt ihr noch immer meine Ideen hören?«, fragte Milbo.

»O ja!«, sagte Hilli und hustete. »Es ist viel einfacher, Ihre Ideen zu erdulden und uns darüber zu beschweren, als sich selbst etwas auszudenken.« Die anderen Zwerge grummelten eifrig ihre Zustimmung.

»Und Ihre Ideen waren allemal besser als die von Ranndarf!«, fügte Billi hinzu. Obwohl sie ziemlich niedergeschlagen und halbtot waren, lachten sie doch herzhaft über Ranndarfs Unfähigkeit.

»Ja, der ist eine Pappnase«, sagte Milbo seufzend und wischte sich die Augen.

»Also, was machen wir jetzt?«, fragte er rhetorisch, doch die Zwerge rückten erwartungsvoll näher.

»Nun, wir sollten in die Stadt gehen und den Leuten sagen, dass Sie gekommen sind, um den Hauptsitz und die erste Niederlassung der Neuen SmithiBank XL zu eröffnen. Dann glauben die Leute, dass die Rezession vorbei ist und die guten alten Zeiten zurückkehren.«

»Machen Sie sich nicht lächerlich«, erwiderte Theorin. »Wir sind noch nicht bereit für eine Neugründung. Im Moment wollen wir lediglich den Schatz an einen sicheren Ort verlegen. Anschließend können wir die Gründung von Smithi Finanzdienstleistungen angehen. Doch wenn wir das tun, werden wir es bestimmt nicht hier in der Pampa tun. Zudem wurde der Vereinsamte Berg zum Grab für den Großteil meiner Freunde und Verwandten. Die Leichen herauszuschaffen, würde ein Vermögen kosten.«

»Und wer macht sich jetzt lächerlich, Theorin?«, hakte Billi ein. »Sie wissen so gut wie ich, dass der Drache alle gegessen hat. Dort sind bestimmt keine Leichen mehr!« Eine lange, sinnlose Diskussion bahnte sich an, die Milbo unterbinden musste.

»Hey!«, bellte er. »Es spielt keine Rolle, wann oder wo Sie Ihre Neugründung machen. Wichtig ist, dass Sie den Leuten in der Stadt sagen, dass Sie bald wieder Leute einstellen und Verträge abschließen. Denn dann behandeln sie uns als Promis und wir können uns hier kostenlos verproviantieren und ausruhen.«

»Ohhh!«, machten die Zwerge, als sie allmählich begriffen. Sie standen zu ihrem Wort, und deshalb hatte keiner von ihnen eine bessere Idee. Theorin, Hilli und Billi gingen zusammen mit Milbo in die eintönige Stadt, die ausschließlich aus kleinen, feuerfesten Gebäuden, Hafenanlagen und Brücken bestand. Bald wurden sie von Wachen aufgehalten, die sich über den schmutzigen Zustand der Zwerge wunderten.

»Wer sind Sie, und was wollen Sie?«, riefen die Wachen.

»Ich bin Theorin Eichenkilt, Vorstand der Neuen Smithi-Bank XL beziehungsweise Smithi Finanzdienstleistungen. Ich bin wiedergekehrt!«

»Ich muss doch bitten!«, entgegnete der Wachmann. »Sie sind nicht Theorin. Sie sehen aus, als hätten sie mit Ihrem Bart einen Stall ausgewischt. Und Sie riechen auch so.«

»Wie können Sie es wagen?«, sagte Theorin. »Hier, Sie Narr, nehmen Sie meine Karte!« Während die Wachleute auf die Visitenkarte starrten, schaltete sich Milbo ein.

»Ich bin Milbo Muffin, Fachberater für Mr. Eichenkilt«, sagte er. »Was mein Arbeitgeber Ihnen sagen will, ist, wie sehr er sich darüber freut, wieder zu den Ufern des Länglichen Sees zurückgekehrt zu sein. Wichtiger noch: Er sucht nach enthusiastischen Spezialisten, die ihm dabei helfen, die neue Bank auf die Beine zu stellen. Sie beide sehen ziemlich schlau aus«, setzte er hinzu. Dabei überging er die Tatsache, dass die beiden mehr Tätowierungen als Zähne hatten. »Wären Sie an der Stelle eines Filialleiters interessiert?«

Da es in Seestadt kaum Unterhaltung gab, scharte sich nach und nach eine Menschenmenge zusammen. Ein großer, rotgesichtiger Wachmann trat auf sie zu. Auf seiner Schulter prangte ein Sheriffstern.

»Guten Abend, meine Herren«, wandte er sich an Theorin und Milbo. »Nun wissen wir, wer ihr beiden seid, aber wer sind eure verlausten Freunde?«

»Das sind Hilli und Billi«, gab Theorin zurück, worauf sie im Trio niesten. »Söhne der Tochter meines Vaters.«

»Also wer jetzt?«

»Damit will er sagen, dass es seine Neffen sind«, erklärte Milbo.

»Da musst du verdammt stolz sein«, sagte der Sheriff. »Sehen wir zu, dass wir euch von der Straße schaffen, bevor es Beschwerden gibt. Wir werden dafür sorgen, dass ihr gewaschen werdet und eine warme Mahlzeit bekommt. Und euch dann aus der Stadt jagen.«

»Nein, nein, nein!«, widersprach Theorin. »Wir sind wichtige Geschäftszwerge! Bis auf den Kurzen da, natürlich. Der ist ein Wobbit. Also führen Sie uns auf der Stelle zum Bürgermeister!«

»Fühlt euch ganz wie zu Hause«, sagte der Sheriff. »Geht ihr vier Penner ruhig zu eurem Treffen mit dem Bürgermeister. Der wird euch ohne Waschen und eine Mahlzeit rauswerfen. Sagt ihm nur nicht, dass ihr vorher mit mir gesprochen habt.« Er führte sie zu einem Restaurant in der Nähe. Als die Zwerge den Gastraum durchquerten, um zum weiter hinten gelegenen Festsaal zu gelangen, glotzten die Gäste und Kellner sie an und rümpften die Nase. Sie traten in den Saal und sahen sich plötzlich dem Bürgermeister und einigen wohlhabend gekleideten Seebürgern gegenüber.

Theorin schniefte und räusperte sich prätentiös. »Ich

bin Theorin Eichenkilt, Geschäftsführer der Neuen Smithi-Bank XL beziehungsweise Smithi Finanzdienstleistungen. Ich bin wiedergekehrt!«

Alle starrten Theorin und die drei schmutzigen Zwerge an und brachen in Lachen aus.

»Nein, ich bin's wirklich!«, sagte Theorin und schäumte vor Wut. Eben wollte er seine Visitenkarte zücken.

»Ach herrje«, sagte jemand weiter hinten. Es war einer der Floßelben. »Eigentlich solltet ihr in unserer Hütte im Knast einsitzen! Der König wird einen hysterischen Anfall bekommen.«

»Spricht hier jemand waldelbisch?«, fragte der Bürgermeister. »Ich verstehe kein Wort von dem, was dieser Waldschrat da brabbelt.«

»Der Zwergenhäuptling ist Theorin Eichenkilt«, sagte der andere Elb. »Er ist aus der Wüsterwaldhütte entflohen, wo er eingesperrt war wegen Elchjagd ohne Jagderlaubnis, Unruhestiftung, Aufwiegelung von Riesenspinnen zur Gewalt und Konspiration. Dasselbe gilt für die beiden anderen. Bei dem Kleinen bin ich mir nicht so sicher. Wie seid ihr eigentlich entkommen, hä?«

»Stimmt das?«, fragte der Bürgermeister. Angesichts der Möglichkeit, dass Theorin die Wahrheit sprach, hellte sich sein Blick etwas auf. »Ist die SmithiBank zurückgekehrt? Stellt ihr Leute ein? Macht ihr Ausschreibungen für Zulieferer? Verlegt ihr den Firmensitz hierher? Wir haben ausgezeichnete Immobilien für Geschäftsgründungen im Angebot und viele qualifizierte Arbeitskräfte!«

Die Aussicht auf geringere Arbeitslosigkeit, eine Aufwertung des innenstädtischen Geschäftsbezirks und eine Erneuerung des Steueraufkommens begeisterte den Bürgermeister. Er wartete Theorins Antwort erst gar nicht ab. Schon malte er sich Neuseestadt aus: auf dem Festland, aus schönen, entflammbaren Materialien erbaut. Alles schien möglich! Theorins Rückkehr war das Beste, was ihm seit seinem Amtsantritt geschehen war. Er würde in die Geschichte eingehen als Erbauer und Erneuerer.

Natürlich müsste man sich mit den Waldelben auseinandersetzen. Es war ungünstig, dass Theorin in deren Königreich getrunken und Ordnungswidrigkeiten begangen hatte. Aber die Elben würden es schon verwinden. In der Vergangenheit hatten sie das auch getan. Und wenn die guten alten Zeiten des Wohlstands erst einmal zurückgekehrt waren, dann hätte man Geld. Davon würden die Elben genauso profitieren wie alle anderen auch. Sein wunderbarer Tagtraum wurde unterbrochen, als jemand im Festsaal zu singen anfing:

Zum Berg die Zwerge kehr'n zurück
Zum Berg die Zwerge kehr'n zurück
Zum Berg die Zwerge kehr'n zurück
Um sich dort umzuseh'n

Um sich dort umzuseh'n
Um sich dort umzuseh'n
Zum Berg die Zwerge kehr'n zurück
Um sich dort umzuseh'n

So oder so ähnlich sangen sie den ganzen Abend. Der Text war typisch für die Seestädter und ihren Hang zur Wortwörtlichkeit und Fantasielosigkeit. Dennoch hatten alle ihren Spaß, sogar die Elben. Die Zwerge wurden als Ehrengäste behandelt, und Milbo wurde geduldet wie ein unbekannter Freund, den jemand ungefragt zu einer Party mitgebracht hat.

Irgendwann holte man die anderen Zwerge vom Hafen hinzu, nachdem man sie gewaschen hatte. In dieser Nacht wurden sie in einem Gasthaus untergebracht, bevor man für den nächsten Tag eine bescheidene Villa für sie räumte.

Wann immer ein Zwerg ans Tor kam, um eine bestellte Pizza oder Gondor Fried Chicken entgegenzunehmen, fingen die Schaulustigen und Autogrammjäger zu singen an. Sie sangen auch, wenn sie einen Zwerg niesen hörten. Die Lieder bestanden meist aus zwei oder weniger Versen, die endlos wiederholt wurden und sich um die Rückkehr des Wohlstands drehten, der den Zwergen zu verdanken war.

Die Zwerge ließen ihre alten Kleider vernichten und wurden von einem einheimischen Laden, der sich auf Mode für stämmige Männer spezialisiert hatte, mit neuen ausgestattet. Ihre Bärte wurden gestutzt und gefärbt. Noch nie waren Zwerge so beliebt gewesen, schon gar nicht zu Zeiten der alten SmithiBank. Trotz ihrer Erkältungen ließen sich die Zwerge zu einem Lächeln hinreißen, manchmal sogar in der Öffentlichkeit. Bei den Leuten galten sie bald als niesende Glückszwerge.

Das Leben war so angenehm, dass sie bald keine Rachegedanken gegenüber Milbo mehr äußerten. Sie tranken sogar auf seine Gesundheit. Auch Milbo war nie zuvor so beliebt gewesen.

Bald waren die Floßelben bereit, zur Wüsterwaldhütte zurückzufahren. Die Fässer wurden gründlich desinfiziert, entzwergt und mit Bier gefüllt. Obwohl die Waldelben sehr nachlässig sind, hatten die Wachen die Flucht der dreizehn Zwerge inzwischen bemerkt. Was aus dem Hauptmann der Wache wurde, weiß ich nicht. Der Butler jedenfalls unterzog sich einer Entziehungskur und nahm später wieder seine alte Stelle ein.

Der Elbenkönig war so außer sich wegen der Flucht, dass er bei der Abreise eines der Gäste sogar vergaß, »Danke« zu sagen. Später beruhigte er sich, als die Floßelben zurückkehrten und ihm die Neuigkeit brachten.

»Na gut«, sagte er. »Deshalb haben Sie mir also nichts über Ihre Geschäfte verraten! Wir werden sehen, was passiert, Mr. Wichtig Eichenkilt, wenn Sie sich erneut in Seestadt niederlassen. Wie wollen Sie Geschäfte mit den Gebieten im Westen machen, ohne den Wüsterwald zu durchqueren, hä? Wo wollen Sie Ihre alljährlichen Treffen abhalten ohne meine Hütte? Wir werden aus Ihnen schon noch eine Entschuldigung herauskitzeln, und zwar eine höfliche!«

Nach vierzehn Tagen, was in Seestadt zwei Wochen entspricht, entschied Theorin, dass er zuschlagen musste, solange das Eisen noch heiß war. Deshalb sprach er mit dem Bürgermeister und dem Stadtrat und erklärte, dass er mit seinen Gefährten bald zum Vereinsamten Berg aufbrechen müsse.

Da kam dem Bürgermeister zum ersten Mal der Gedanke, dass ja erst noch der Drache Schmauch getötet werden musste, bevor mit der Neuen SmithiBank XL der Wohlstand der guten alten Zeit wieder einkehren konnte. Er hatte sich von Träumen von Reichtum und Handel hinreißen lassen, ohne dabei einen Gedanken an Schmauch zu verschwenden. Denn er war davon ausgegangen, dass ein derart wichtiger und großer Zwerg wie Theorin einen todsicheren Plan haben würde.

»Selbstverständlich werden wir Ihre Expedition mit dem größten Vergnügen ausstatten, Mr. Eichenkilt. Falls Sie eine Armee erwarten, können wir für Unterkunft und Verproviantierung sorgen. Oder haben Sie etwa einen berühmten Kriegshelden angeheuert? Wir werden alles

Nötige tun, um seinen diversen heroischen Wünschen nachzukommen und gleichzeitig seine Privatsphäre zu wahren. Wie sieht es aus?«

»Nein, nein, dergleichen benötigen wir nicht«, sagte Theorin schniefend. »Lediglich Ausrüstung und Proviant für uns vierzehn.«

»Ah!«, sagte der Bürgermeister. »Der Wobbit ist also eine Art Geheimwaffe! Ich nehme an, dass Wobbits Drachen erschlagen wie Mungos Schlangen töten. Blendend!«

»Nein, so verhält es sich nicht im Geringsten!«, erwiderte Theorin. »Der Wobbit, Mr. Muffin, ist ein Einbrecher. Er wird sich in unsere Büroräume hineinschleichen.«

»Sehr gut«, sagte der Bürgermeister. »Und dann?«

»Bin mir nicht sicher. Vermutlich wird es etwas mit Diebstahl zu tun haben.«

»Diebstahl? Ein einzelner Wobbit soll den Schatz stehlen und ihn euch stückchenweise hinaustragen? Dafür wäre eine Armee von Wobbits vonnöten, die Jahrzehnte damit beschäftigt wäre. Und irgendwann würde Schmauch merken, dass sein Schatz weggetragen wird. Dann bringt er euch alle um. Das ist euer Plan?«

»Nein. Mr. Muffin ist unser Fachberater und erarbeitet einen Plan, noch während wir hier sprechen.«

»Wirklich? Jedes Mal wenn ich ihn sehe, ist er entweder am Trinken, oder er starrt mit verzweifeltem Blick auf den Berg.«

»Ja. Das ist sein Stil«, sagte Theorin beim Niesen. »Erst grübelt er lange, um dann in einen Wirbel von Aktivität auszubrechen. So hat er auch unsere Flucht in den Fässern ersonnen.«

»Mr. Muffin kam auf die Idee mit den Fässern?«, sagte

der Bürgermeister. In diesem Moment ließ er alle Hoffnung auf einen glücklichen Ausgang von Theorins Abenteuer, auf die Rückkehr der SmithiBank und auf den Reichtum, den er sich ausgemalt hatte, fahren. Ihm wurde klar, dass er das Geld, das er für Theorin & Co ausgegeben hatte, nie wiedersehen würde. Doch es wäre wenig hilfreich, die Welle der Begeisterung, die über die Stadt gekommen war, wieder einzudämmen. Die Menschen hatten neue Hoffnung und gaben wieder Geld aus. Er wollte den Aufschwung nicht vorzeitig abwürgen. Und immerhin bestand die Möglichkeit, dass Schmauch eines natürlichen Todes gestorben oder bereits vor langer Zeit davongeflogen war. Alles war möglich. Der Bürgermeister versuchte, weiterhin ermutigende Worte zu finden.

»In Mr. Muffins fähigen, gut durchwachsenen Händen wird Ihr Abenteuer bestimmt von Erfolg gekrönt werden. Lassen Sie uns einfach wissen, was Sie benötigen, und Seestadt wird es Ihnen bereitstellen. Wir haben unsere Beziehungen zur SmithiBank und ihren Vorstandsmitgliedern immer sehr geschätzt. Ich bin überzeugt, dass Sie an uns denken werden, wenn Sie Smithi Finanzdienstleistungen gründen!«

Und so kam es, dass eines Tages, obwohl es Herbst wurde, drei große Boote mit Ruderern, Zwergen, Mr. Muffin und reichlich Vorräten beladen in Seestadt ablegten. Ponys, die nicht ganz so klein waren wie die erste Staffel, wurden zum Landeplatz vorausgesandt. Der Bürgermeister, der Stadtrat und viele Seebürger versammelten sich zum Abschied und sangen platte Lieder, die aus Wiederholungen bestanden. Milbo hatte noch immer keinen Plan.

»Hat jemand daran gedacht, ein Schwert mitzunehmen?«, fragte Pfählihn.

Kapitel XI

Auf der Schwelle, unter der Matte

Sie verbrachten drei trostlose Tage mit der Bootsreise über den Länglichen See. Sie war fast so kalt, unerfreulich und langweilig wie die Zwerge. Außer dem Berg gab es nichts zu sehen, und je näher sie ihm kamen, desto größer und unheimlicher sah er aus. Als sie an Land gingen, warteten dort frische Ponys, Vorräte und Gebrauchsartikel auf sie, aber kein neuer Krimskrams.

Die kalte und einsame Nacht verbrachten sie an der Landungsstelle, und ihre Stimmung sackte noch weiter in den Keller. Am Morgen machten sie sich Richtung Nordwesten auf den Weg, der vom Fluss namens Vorauseilend wegführte und auf den unheimlichen Berg zulief.

Am nächsten Tag war es noch kälter und einsamer, und die Stimmung fiel noch weiter – wie ein Wobbit beim Skaten. Ihnen war bewusst, dass sie sich dem Ziel ihrer Reise näherten, und sie konnten nicht länger die Tatsache ignorieren, dass sie keinen Plan hatten. Noch deprimierender war die Landschaft. Um sie herum war das Gras schwarz verbrannt. Die Bäume sahen aus, als hätte man sie auf Bauchhöhe abgebissen. Als hätte man ihre Zweige in Käsesoße getunkt und wie gigantischen Brokkoli vernascht.

Trotz allem erreichten sie den Berg, ohne auf weitere Lebenszeichen des Drachen zu stoßen außer der fast schon zwanghaften Zerstörung ringsum. Sie schlugen ein Nachtlager auf, und am nächsten Morgen wurde Milbo von Theorin ausgesandt, um den Eingangsbereich der Smithi-Bank auszukundschaften, vor allem den Bereich im Süden, wo früher der Empfangsschalter gestanden hatte. Er sollte nach Spuren des Drachen Ausschau halten. Begleitet wurde er von Pfählihn, der scharfe Augen hatte, und von Hilli und Billi, die noch schärfere Augen hatten und zudem noch jünger waren. Ihre Jugend und ihr damit verbundenes geringeres Dienstalter waren wichtig, denn falls nötig konnte man Schmauch dazu bringen, sie zu verzehren, während Pfählihn und Milbo die Flucht ergreifen konnten.

An einem Ort namens Papageienhügel ganz in der Nähe des Bergs versteckten sie sich hinter einem rußgeschwärzten Felsen und spähten nervös zu dem dunklen Loch in der Bergwand. Ahnungsvoll rauschte der Vorauseilend am Empfangsschalter vorbei. Darüber hing ein mächtiges Eisenschild: *SmithiBank, Drittmittelerdes führender Kreditgeber.* Daneben hing ein altes Werbebanner. Oben stand: *Zinsraten von 5,00% – Das beste Angebot der Stadt!* Die Zahl war durchgestrichen, und darunter standen weitere, ebenfalls durchgestrichene Zahlen: *3,00%, 1,00%, 0,25%.* Und schließlich ganz unten: *Kostenlos – Treten Sie ein und erkundigen Sie sich!* Auf dem Eisenschild war der Abdruck eines gigantischen Schwanzes zu sehen, und das Werbebanner war mehrfach eingerissen wie von riesigen Klauen.

Aus der Öffnung drang finsterer Qualm heraus. Nichts regte sich außer dem Wasser, dem Rauch, Milbo und den Zwergen. Kein Laut war zu hören außer dem Wasser und Hillis nervösem Geschnatter.

»Kein Zeichen des Drachen weit und breit! Nö, hier ist

definitiv kein Drache!«, sagte er. »Lasst uns zum Lager zurückkehren. Das muss der falsche Berg sein.«

»Wenn da kein Drache ist, woher kommt dann der Rauch?«, fragte Milbo.

»Vielleicht haben irgendwelche Landstreicher ein Lagerfeuer gemacht«, gab Pfählihn zurück.

»Nach was riecht es denn hier?«, wollte Billi wissen. »Hier riecht es wie im Reptilienhaus vom Eisenstädter Zoo.«

»Kommt schon, Jungs«, sagte Milbo. »Der Geruch und der Rauch stammen vom Drachen. Er ist da drin. Also können wir zurückgehen, ich habe genug gesehen.«

»Sie sind der Fachberater«, meinte Pfählihn. »Sie müssen wissen, wovon Sie reden. Lasst uns abhauen.«

Mit ihren Gedanken ganz bei den Zoogerüchen und der Verzweiflung kehrten sie zum Lager zurück. Theorin hielt die anderen Zwerge gerade bei einem abendlichen Geschäftsessen fest. Die versammelten Zwerge reichten sich die Karte herum und brainstormten zu der Frage, wo sich der Diensteingang befinden könnte. Eben betrachtete Doing die Karte.

»Sieht aus, als wäre er gleich beim Gipfel«, sagte er.

»Natürlich nicht!«, versetzte Theorin. »Machen Sie sich doch nicht zum Idioten! Boing, Sie sind dran!«

»Er muss sich am Fuß des Berges befinden, im Norden, auf der anderen Seite«, referierte Boing und versuchte dabei, selbstbewusst zu klingen.

»Miserable Idee!«, rief Theorin. »Vergeuden Sie nicht länger meine Zeit! Fettsack, werfen Sie einen Blick darauf!«

»Ähm, vielleicht liegt er auf halbem Weg nach oben?«, druckste dieser und zog den Kopf ein.

»Falsch! Ihr redet alle nur Mist!«, ärgerte sich Theorin. »Hirnrissigere Ideen habe ich in meinem Leben noch nie gehört!« Brainstorming war nicht gerade Theorins Stärke. Er hielt inne, als er bemerkte, dass Milbos Trupp vom Kundschaften zurückgekehrt war.

»Ah, unser Fachberater ist zurück. Mr. Muffin, Sie wissen Bescheid. Wo, glauben Sie, ist der Diensteingang?«

»Wollen Sie unseren Bericht über den Drachen denn nicht hören?«, fragte Milbo.

»Bitte, Mr. Muffin, lassen Sie uns bei der Tagesordnung bleiben«, sagte Theorin. »Ihre Entdeckungen werden wir wie geplant morgen früh beim Frühstück besprechen. Bis dahin machen Sie bitte einfach, was man Ihnen sagt. Schließlich sind wir wichtige Geschäftszwerge.«

»Na schön«, sagte Milbo. »Dann geh ich ins Bett. Morgen mache ich mich noch einmal zum Berg auf und suche den Diensteingang. Da ich gerade dort war, kann ich euch sagen, dass es kein Spaziergang war. Es war kalt, anstrengend und schwierig wie Last-Minute-Einkäufe am Urintag. Sieht so aus, als wäre Schmauch der Drache noch hier, der morgige Ausflug zum Berg wird also ebenfalls gefährlich. Deshalb brauche ich ein paar Freiwillige, die mich begleiten, damit jemand Theorin verständigen kann für den Fall, dass ich gegessen werde.«

Niemand meldete sich freiwillig.

»Selbstverständlich werden wir bei Tagesanbruch aufbrechen und erst nach Tagesabbruch beziehungsweise Nachtanbruch zurückkehren. Wer in meinem Team ist, wird morgen nicht in der Lage sein, an Theorins Besprechungen teilzunehmen.«

Alle meldeten sich.

»Nicht so schnell!«, beschwerte sich Theorin. »Wir können nicht alle davonrennen, um uns dem Naturspaziergang unseres fröhlichen Fachberaters anzuschließen. Wir haben hier schließlich noch Arbeit zu tun, richtige Arbeit: Denken, Reden, Kartenanschauen. Hilli und Billi, Sie beide sind mir hier von keinem Nutzen, deshalb gehen Sie mit Mr. Muffin, dann sind wir Sie wenigstens los. Es würde Ihnen recht geschehen, wenn der Drache Sie alle drei verschlingen würde.«

»Was ist mit mir?«, fragte Pfählihn. »Muffin ist auf meine scharfen Augen angewiesen.«

»Ach, hören Sie doch endlich mit Ihren scharfen Augen auf!«, herrschte Theorin ihn an. »Ich brauche Ihre scharfen Augen hier, um das heutige Protokoll Korrektur zu lesen.«

»Große Elefanten!«, nuschelte Pfählihn. Das war seltsam, denn normalerweise fluchte er nicht.

»Mit Ihnen ist nichts Rechtes mehr anzufangen«, beklagte sich Theorin. »Ich beantrage, dass wir die heutige Sitzung vertagen und uns morgen früh beim Frühstück wieder zusammenfinden. Wer stimmt für ...«

Alle stimmten lautstark für den Antrag.

»Antrag stattgegeben«, verkündete Theorin. »Alle, die dafür sind, sagen ...«

Alle sagten laut, gelangweilt und mit ungeduldiger Stimme: »Ja!«

»Einstimmig beschlossen«, sagte Theorin. Dann fügte er wie immer hinzu: »Jemand dagegen?«

Auf diese Weise presste Theorin seinen Arbeitnehmern für gewöhnlich noch ein paar wenige, wertvolle Minuten ihrer Lebenszeit ab. Da niemand dagegen war, schlug er notgedrungen mit seinem Stahlhammer auf den behelfsmäßig aus Steinen aufgeschichteten Podiumstisch.

»Sitzung vertagt«, verkündete er, während sich die Versammlung auflöste. Hastig verschwanden die Zwerge in ihren Zelten und stellten sich schlafend, um zu vermeiden, dass Theorin sie zu einer außerplanmäßigen Sitzung zusammentrommelte, wie es manchmal geschah.

Milbo und sein Team standen in aller Frühe auf, um sicherzustellen, dass sie nicht zu einer von Theorins schauderhaften Sitzungen gerufen wurden. Barfuß und auf Zehenspitzen schlichen sich die Zwerge aus dem Lager. Erst dann zogen sie ihre Stahlkappenstiefel an.

In der Umgebung des Bergs herumzulaufen war, als watete man durch einen gigantischen Aschenbecher. Auf dem Berg und um ihn herum war nichts, das nicht verkohlt gewesen wäre, und viele der großen Felsbrocken waren zerkratzt. Offenbar hatte Schmauch sämtliche Bäume gegessen, die er »gut durch« oder vielleicht auch flambiert bevorzugte. Den Zwergen rieselte Asche in die Stiefel, und sie bekamen überall Rußflecken. Dennoch waren sie froh, dass sie Theorins Versammlungen für heute entkommen waren.

Milbo beschloss, die Gegend zu erforschen und damit wieder am Haupteingang zu beginnen. Aus einiger Entfernung konnte man lediglich den Rauch, das Schild und das Werbebanner erkennen sowie den Fluss, der davor entlangeilte. Hilli und Billi bestanden darauf, einen Drei-gewinnt-Wettbewerb abzuhalten, um herauszufinden, wer näher herangehen sollte. Nachdem eine halbe Stunde nur Patts erspielt wurden, gab Milbo auf und ging selbst auf den Eingang zu. Er war so genervt, dass er auch direkt in Schmauchs Rachen gegangen wäre.

Bald war er nahe genug, um in den ehemaligen Haupteingang der SmithiBank spähen zu können. Auf einer Seite sah er den Empfangsschalter und auf der anderen die roten Samtkordeln, die den Weg zu den Kassenschaltern säumten. Und er erkannte ein Schild, auf dem stand: *Lieferungen nur über den Hintereingang*. Daneben ein Pfeil, der auf die Rückseite des Bergs zeigte.

Milbo führte sein Team in die Richtung, in die der Pfeil wies, bis sie auf der anderen Bergseite waren. Dort verbrachten sie den Rest des Tages mit der Suche nach einer Tür. Während Hilli und Billi unter kleinen Felsbrocken nachsahen, entdeckte Milbo eine Stelle, wo der Berg eine senkrechte Wand bildete. In der Überzeugung, die einzige Stelle gefunden zu haben, wo sich ein Zuliefereringang befinden konnte, führte Milbo die Zwerge zurück zum Lager, wo gerade die Abendessensitzung begann.

»Gute Neuigkeiten, Theorin!«, rief Milbo. »Ich habe herausgefunden, wo wir die Tür finden werden!«

»Entschuldigen Sie bitte?«, sagte Theorin. »Wir sind hier gerade mitten in einer Besprechung!«

»Ich überlasse Mr. Muffin meinen Platz«, erklärte Bifi, der gerade mit seinem Redebeitrag begonnen hatte. »Er kann sogar meinen Platz auf der Tagesordnung haben, denn ich habe keine Fortschritte zu vermelden.«

»Keine Fortschritte!«, sagte Theorin. »Wie sollen wir mit dieser Einstellung jemals die Tür finden? Bin ich hier denn der Einzige, der in den Berg gelangen möchte?«

»Möchten Sie meinen Bericht hören?«, fragte Milbo geduldig.

»Ja, ja, reden Sie ruhig«, sagte Theorin.

»Nun, wie ich schon sagte, habe ich die Stelle gefunden, wo die Tür sein müsste. Sie ist auf der Rückseite des Bergs.«

»Hab ich's doch gewusst!«, rief Theorin.

»Hey!«, meldete sich Doing. »Das habe ich doch in der gestrigen Sitzung gesagt!«

»Ach, hören Sie auf damit!«, herrschte Theorin ihn an.

»Es ist ganz offensichtlich, dass dem Wobbit und mir das Verdienst zukommt. Bitte fahren Sie mit Ihrem Bericht fort, Mr. Muffin.«

»Noch mal: Die Tür befindet sich auf der Rückseite. Deshalb müssen wir unser Lager dorthin verlegen und dort den Urintag abwarten.«

»Unser Lager verlegen? Warum?«, fragte Theorin. »Was reden Sie da? Und was hat der Urintag damit zu tun?«

»Wir müssen in der Nähe der Tür lagern«, antwortete Milbo, »damit wir am Urintag alle vor Ort sind, um sie, falls nötig, zu öffnen.«

»Ich kann Ihnen immer noch nicht folgen«, sagte Theorin.

»Ach, kommen Sie schon!«, sagte Milbo. »Erinnern Sie sich nicht mehr an unser Gespräch mit E.On?«

»Mit wem?«

»E.On! Dem Typen in der Suchtal-Freizeitfarm! Er hat uns das Mondanagrammspiel auf der Rückseite der Karte Ihres Großvaters gezeigt.«

»Ach, der Halbelb«, versetzte Theorin. Er hatte die unschöne Eigenschaft, bei allen Nicht-Zwergen auf ihre Rasse hinzuweisen. »Mit dem hatten wir eine Besprechung. Und was ist damit?«

»E.On verriet uns die Lösung des Mondanagrammspiels: ›Steht beim Diensteingang, wenn der Papagei schlägt und der letzte Sonnenstrahl am Urintag auf das Schlüsselloch fällt, so es nicht bewölkt ist.‹ Deshalb müssen wir dort warten und uns bereithalten. Urintag ist nächsten Monat irgendwann, oder?«

»Schon wieder falsch, Wobbit!«, sagte Pfählihn. »Urintag ist morgen.«

»Morgen?«, sagte Milbo. »Dann hätten wir ihn ja beinahe verpasst! Hat denn keiner auf die Zeit geachtet?«

»Mr. Muffin«, sagte Theorin. »Wir können uns nicht für Sie jedes Detail dieses Projekts merken. Als unser Fachberater müssen Sie schon hin und wieder auch mal ein bisschen Eigeninitiative zeigen.«

»Obwohl ich der Einzige hier bin, der diesen dummen Feiertag nicht begeht?«, wehrte sich Milbo. »Der Erfolg dieses ganzen Abenteuers hängt davon ab, dass wir in den Berg hineinkommen, was nur an einer bestimmten Stelle und nur am Urintag geschehen kann. Aber ich muss Sie dazu zwingen, zum richtigen Zeitpunkt am richtigen Ort zu sein? Ist Ihnen das völlig egal?«

»Natürlich ist es mir nicht egal«, beteuerte Theorin. »Wir dachten nur, dass Sie am Ende vielleicht lieber den Haupteingang benutzen würden.«

»Ach, das habt ihr euch also gedacht«, erwiderte Milbo. »Ich enttäusche euch nur ungern, aber ich werde auf keinen Fall den Haupteingang benutzen! Dort wartet wahrscheinlich der Drache auf mich. Wenn ihr also in den Berg gelangen und nicht bis zum übernächsten Urintag warten wollt, dann packt ihr jetzt auf der Stelle eure einigermaßen kleinen Ponys, eure Vorräte und Gebrauchsartikel und wir brechen auf!« Milbo wandte sich um und stapfte davon.

»Wir haben die Sitzung noch nicht vertagt!«, rief Theorin.

Das Lager wurde abgebrochen, zusammengepackt und noch am Abend verlegt. Es stellte sich heraus, dass den Zwergen nur zu deutlich bewusst gewesen war, dass morgen Urintag war, doch sie hatten seine Bedeutung für das Abenteuer vergessen. Im Zusammenhang mit diesem Tag vermochten sie an nichts anderes mehr zu denken als an die am meisten in Ehren gehaltene Zwergentradition des Schrottwichtelns.

Normalerweise kamen die Zwerge bei der Arbeit zum Schrottwichteln zusammen, um sich um nahezu wertlose Geschenke zu balgen. Jeder Zwerg brachte dafür das billigste oder nutzloseste Geschenk mit, das ihm unter die Augen kam. Dann packte man der Reihe nach die Geschenke aus oder stahl eines, das ein anderer bereits ausgepackt hatte. Dabei ging es darum, aus der Menge an wertlosem Plunder noch das »Beste« herauszuholen.

In diesem Brauch war alles vereinigt, was den Zwergen lieb und teuer war: starre Regeln, Machtmissbrauch, Schnäppchenjagd, Einschüchterung, nachtragender Groll, Sieg über den Feind, Verrat am Freund, Bereicherung und willkürliche Wertbeimessung.

In Milbos Augen war dies alles sehr lächerlich. Doch am Morgen des Urintags hatten die Zwerge plötzlich überhaupt kein Interesse mehr, ihre ermordeten Familien zu rächen. Kein Gedanke mehr daran, die unvorstellbaren Reichtümer zurückzugewinnen, die der Drache gestohlen hatte. Stattdessen dachten sie nur noch an das Wichteln und sprachen über nichts anderes mehr.

Als Milbo die Geschenke sah, erschien ihm die ganze Aufregung nur umso lächerlicher. Wobbits horten zwar fast alles, aber die hier im Schatten des Vereinsamten Bergs getauschten Geschenke erschienen selbst ihm als reiner Müll. Es wurden getauscht: 1) ein Tuch mit dem Logo der alten SmithiBank zum Putzen der eisenbeschlagenen Schuhe, 2) ein gestohlener Block Rücksendeaufkleber mit der Adressaufschrift »Milbo Muffin, Muffend, Wobbingen«, 3) ein Trinkgeldkalkulator im EC-Kartenformat in Tabellenform für sowohl zwei als auch drei Prozent Trinkgeld, 4) ein Waschlappen von der Suchtal-Freizeitfarm, 5) ein von Orks gefertigter Kleinfingerring aus Messing, 6) eine kleine Tüte mit gebrauchten Golftees, 7) zwei Pinienzapfen vom Treffpunkt der Marge, 8) ein altbackener Kanten von Björks Honigweizenbrot, 9) ein kaputter Bartschneider, 10) eine Packung waldelbischer Picknickerfrischungstücher, 11) eine Karte von Seestadts innerstädtischen Einkaufsstraßen, herausgegeben von der dortigen Handelskammer, 12) eine saisonübliche Krawatte mit einem Muster aus Urinporträts, 13) ein angesengter Stein, der anscheinend erst unmittelbar vor dem Wichteln aufgesammelt und eingepackt worden war.

Die Geschenke waren Mist, wenn auch nicht im wörtlichen Sinne, wie es bei ländlichen Zwergen öfter vorkommt. Das Wichteln war irgendwann zu Ende, und die Zwerge verbrachten den Rest des Vormittags damit, mit ihren Errungenschaften zu prahlen oder die Vergeltung beim Schrottwichteln im nächsten Jahr zu planen. Nach dem Mittagessen führte Milbo Theorin zu dem Stück senkrechter Bergwand, wo der Diensteingang sein musste. Dort standen die beiden einen Moment.

»Und jetzt?«, fragte Theorin. »Erwarten Sie etwa, dass ich hier herumstehe und abwarte?«

»Genau das«, gab Milbo zurück. »Um die Tür zu öffnen, muss man hier sein. Die untergehende Sonne wird auf das Schlüsselloch scheinen.«

»Unsinn! Ich muss Besprechungen abhalten und Berichte auswerten! Ich kann hier nicht einfach herumwarten!«, beschwerte sich Theorin. Und um dem Gesagten Nachdruck zu verleihen, fügte er hinzu: »Mit Ihnen!«

»Kein Problem«, sagte Milbo. »Lassen Sie mir den Schlüssel da, dann öffne ich die Tür auch alleine.«

»Nicht im Traum!«, sagte Theorin. »Der Schlüssel gehört mir, und ich rühre mich nicht vom Fleck.« Er setzte sich mit verschränkten Armen auf den Boden. Milbo tat es ihm nach. Schweigend sahen sie sich an.

Dann sagte Milbo: »Wenn doch nur Ranndarf hier wäre.«

Und Theorin entgegnete: »Ja. Der wüsste, was zu tun ist.« Gemeinsam brachen sie in schallendes Gelächter aus, einmütig in ihrer Sicht auf den Zauberer.

»Glauben Sie wirklich, dass ein Papagei auftauchen und schlagen wird, wenn das Schlüsselloch erscheint?«, fragte Milbo.

»Wenn man der Karte meines Großvaters und der Übersetzung des Halbelbs glaubt«, erwiderte Theorin, »dann ja, nehme ich an.«

»Aber ein Papagei?«, sagte Milbo. »In dieser Gegend?«

»Oh, sicher!«, sagte Theorin. »Früher gab es hier viele Papageien. Seestadt war einst das Zentrum einer blühenden Industrie, was exotische Tiere anging. Es war das Wunder von Drittmittelerde. Von Urin selbst erzählt man, dass er einen großen Ara mit starrem Blick besessen hatte.«

»Das ist erstaunlich«, sagte Milbo. Sie unterhielten sich noch über Belanglosigkeiten, bis sie beide einschliefen. Der Wobbit schlummerte bis weit in den Nachmittag hinein. Panisch wachte er auf, weil er fürchtete, Papagei und Schlüsselloch verpasst zu haben. Dann fiel ihm auf, dass die Sonne noch nicht untergegangen war.

Hinter sich hörte er ein seltsames Geräusch. Als er sich umwandte, sah er, dass es von einem bunt leuchtenden Papagei kam, der in der kalten Aschenwüste deplatziert wirkte. Der Papagei sprach.

»Klopf, klopf!«, sagte er. »Kopf, klopf! Klopf, klopf!« Immer wieder. Davon wachte nun auch Theorin auf.

Plötzlich begriff Milbo. »Wer da?«, erwiderte er.

»Fink«, sagte der Papagei.

»Fink, wer?«

»Finkverchromte Duffknöpfe find fiemlich teuer!«, sagte der Papagei. »Krak! Fiemlich!«

Normalerweise mochte Milbo keine sprechenden Vögel, aber er war beeindruckt, dass dieser einen Witz erzählen und dabei sogar noch ein Lispeln nachahmen konnte. Freilich war der Witz gemein gegenüber Leuten, die lispelten, und als Tucke hatte Milbo etliche lispelnde Verwandte. Er versuchte, sich nicht beleidigt zu fühlen.

Der Vogel muss den Witz früher bei den alten, unsensiblen Zwergen aufgeschnappt haben, dachte Milbo, bis ihn ein weiteres Geräusch störte. Dieses bestand aus einem mysteriösen Knallen, das aus der Wolkendecke über ihm drang. Ein einzelner Strahl der untergehenden Sonne fiel durch die Wolken und traf die Felswand.

»Sehen Sie sich den Lichtstrahl an«, sagte Theorin. »Seltsam, dass der so ein Knallen von sich gibt. Dass der überhaupt ein Geräusch macht.«

»Das ist doch jetzt egal!«, drängte Milbo. »Den Schlüssel! Den Schlüssel! Holen Sie ihn, solange uns noch Zeit bleibt!«

Theorin stand schwankend auf und klopfte sich ab, als suche er eine Packung Zigaretten. Dann grub er tief in seinen Taschen und fand den Schlüssel.

Die Stelle, auf die der Strahl traf, fing langsam an zu glühen. Ein Schlüsselloch erschien. Als Theorin den Schlüssel endlich herausgekramt hatte, leuchtete das Schlüsselloch wie ein Jimi-Hendrix-Poster in einem Wohnheimzimmer unterm Schwarzlicht.

Theorin steckte den Schlüssel hinein, doch er ließ sich nicht drehen. Da zog er ihn heraus und steckte ihn noch einmal andersrum hinein. Jetzt ließ er sich drehen. Die Umrisse einer Tür zeichneten sich ab, so niedrig und breit wie die Zwerge, die sie geschaffen hatten. Theorin stemmte sich wie ein Berserker dagegen, vermochte sie aber nicht zu öffnen.

»Lassen Sie es mich probieren«, verlangte Milbo. Er drehte den Schlüssel um, hielt ihn in dieser Position fest und zog an der Tür. Langsam ging sie auf.

Die anderen Zwerge kamen aus dem Lager herauf, um zu sehen, was los war. Sie versammelten sich vor der offenen Tür und schauten hinein. Drin war es so dunkel, dass der Nachthimmel im Vergleich blendend aussah.

»Das ist ja mal dunkel!«, stellte Pfählihn fest.

»Warum guckt ihr mich alle an?«, fragte Milbo.

Kapitel XII

Insider-Geschäfte

Lange standen die Zwerge im Dunkeln vor der Tür und rührten sich nicht. Denn sie gingen davon aus, dass, wenn sie nur lange genug schweigend verharrten, Milbo schon irgendetwas tun, eine großartige Idee haben oder ihnen zuliebe sein Leben aufs Spiel setzen würde. Natürlich war es Theorin, der das Schweigen als Erster brach.

»Ruhe, bitte! Mal alle Platz nehmen. Jetzt ist der Augenblick für unseren geschätzten Mr. Muffin gekommen, der lange genug unseren Schutz, unsere verbilligten Mahlzeiten und freien Zugang zu unserer Ausrüstung genossen hat. Nun ist die Zeit für ihn gekommen, abzuleisten, wofür wir ihn als Freelancer und Fachberater angeheuert haben. Nun ist der Augenblick, da er zum Einbrecher werden muss.«

Milbo unterbrach Theorin, damit dieser nicht die ganze Nacht so weiterquatschte.

»Sie sagen also, dass ich als Erster in diesen extrafinsteren Gang gehen soll?«, sagte er.

»O nein, ganz und gar nicht«, erwiderte Theorin. »Wir erwarten, dass Sie als Einziger hineingehen!«

Theorins Haltung überraschte Milbo genauso wenig, wie sie irgendeinen anderen überrascht hätte, der Zwerge kannte. Das Einzige, was man den Zwergen zugutehalten kann, ist, dass sie billig, aufgeblasen und langweilig sind und einige widerliche Angewohnheiten haben. Immerhin versuchten sie nicht, Milbo hereinzulegen, und das war dem Wobbit bewusst. Zwerge sind zwar unehrlich und unanständig, aber sie enttäuschen dich nie, wenn du wenig von ihnen erwartest.

Da er auf kein weiteres Zeremoniell wert legte, trat Milbo ein und stieg hinunter. »Bringen wir es hinter uns«, sagte er.

Im Gehen setzte er seinen Ring auf und zog das Elbentaschenmesser heraus. Er wollte eine wahrlich tödliche Waffe herausklappen, erwischte aber die Lochzange. *Die kann ich gut gebrauchen, wenn ich von einer Horde Wergeldbörsen angegriffen werde*, dachte er. *Welches dieser Werkzeuge ist zum Drachentöten? Vielleicht die Metallfeile?*

Er entschied sich für die große Messerklinge, die ihm im Kampf gegen die Spinnen so gute Dienste erwiesen hatte. Da sie den Kampf mit Schmauch vorausahnte, schimmerte sie bereits.

Na prima! Ich bin unsichtbar, schleppe aber eine gut sichtbare, leuchtende Waffe mit mir herum. Nun, scheiß drauf. Den Kampf mit dem Drachen würde ich so oder so nicht überleben. Er klappte die Klinge weg.

Am besten, ich bleibe unsichtbar und verhalte mich so leise wie möglich. Dann merkt Schmauch nicht, dass ich hier bin. Dann wollte er das Messer in die Tasche stecken, verfehlte sie aber. Das Messer fiel zu Boden, und er trat es aus Versehen zur Seite. Also hob er es auf, ließ es wieder fallen, fluchte, hob es abermals auf und ging weiter.

Könnte ich doch nur aus diesem Traum erwachen und mit einem Cocktail in meinem Ohrensessel sitzen, wünschte er sich. Aber er erwachte nicht. Obwohl die Wirklichkeit einem Albtraum glich, war dies leider kein Albtraum. Das deprimierte ihn, aber er schritt weiter voran.

Je weiter er nach unten stieg, desto wärmer und heller wurde die kalte Finsternis. Die Dunkelheit wich einem unnatürlichen grünlichen Schimmern. Auch die Stille wich. Milbo nahm außer seinem inneren Monolog noch weitere Geräusche wahr. Und zwar einen keuchenden, gurgelnden Würgelaut. Dann war es wieder ruhig. Milbo blieb stehen und hielt den Atem an. Nach einigen Augenblicken hob es von Neuem an. *Das sind die übelsten Schnarchattacken, die ich je gehört habe*, dachte er.

Er stieg weiter abwärts, und das grüne Leuchten wurde intensiver, das Schnarchen wurde lauter, und die Wärme verwandelte sich in unangenehme Hitze.

Ich wünschte, ich hätte mich nach dem Zwiebelprinzip angezogen, dachte er, als er seine Weste aufknöpfte. Im Gehen kam ihm der Schweiß. Dann sah er eine Öffnung am Ende des Gangs, von der die Hitze, das Schimmern und das Schnarchen kamen.

Da blieb Milbo stehen. Dass er anschließend weiterging, war die größte Heldentat, die er je begangen hatte. Nicht dass Milbo zuvor viele Heldentaten vollbracht hätte, doch in diesem brenzligen Augenblick weiterzugehen, wäre auch bei jedem anderen eine Heldentat gewesen. Nur nicht bei Ranndarf. In seinem Fall wäre es ein Akt der Torheit und Selbsttäuschung gewesen, denn sehr wahrscheinlich hätte Ranndarf die offensichtlichen Hinweise auf den Drachen, der auf ihn lauerte, übersehen. In Milbos Fall jedoch war es eine wahre Heldentat. Denn er hatte die Hinweise nicht verkannt: die Hitze, das Glimmen und Schmauchs Schnarchen!

Da lag er in tiefem Schlaf, ein riesiger grün-grauer Drache. Aus seinen zitternden Nüstern und unter seinem langen, spitzen Überbiss hervor stoben Rauchschwaden. Die Arme und die mächtigen Klauen hatte er unter dem Leib zusammengeklappt wie eine gigantische Gottesanbeterin. Um ihn her lagen Berge aus Wertsachen, Gedenkmünzsätze, Scheckhefte, neuwertige Action-Figuren und Inhaberpapiere, allesamt im widerlich grünen Lichtschein.

Schmauch lag halb auf der Seite, sodass Milbo die Büromaterialien und Möbel sehen konnte, die während seiner Verwüstung der SmithiBank-Hauptzentrale an seinem brennend heißen Bauch festgebacken waren. Verstellbare ergonomische Bürostühle, goldene Schreibsets, mit Edelsteinen besetzte Aschenbecher und massive Briefbeschwerer aus Stahl bildeten eine verklebte Kruste auf seinem langen bleichen Bauch.

Milbo starrte Schmauch und die Schätze an. Als stünde er in einer Schalterschlange und läse die Schlagzeilen einer Boulevardzeitung. Er wollte wegschauen, konnte es aber nicht. Also starrte er weiter, und es kam ihm wie eine Ewigkeit vor, auch wenn es in Wahrheit wahrscheinlich nur eine halbe Ewigkeit war. Dann endlich erinnerte er sich, weshalb er Schmauchs Hort überhaupt aufgesucht hatte. Zwischen den Bergen von Schätzen und Büromöbeln kroch er unsichtbar umher. Da entdeckte er eine diamantbesetzte Streitaxt, die eigentlich in jedes Zwergenbüro gehörte. Er nahm sie von dem Haufen, auf dem sie lag, doch als sie in der Luft schwebte, fiel ihm wieder ein, dass die Waffen in seiner Hand nicht unsichtbar wurden. Rasch legte er sie wieder hin und griff stattdessen nach einem großen Kaffeebecher mit zwei Henkeln. Dieser verschwand, als er ihn hochhob. Das beruhigte ihn, aber nur so lange, bis er Schmauch bemerkte. Der Drache regte einen Flügel, und sein Schnarchen wechselte die Tonart von G- nach A-Dur.

Milbo rannte panisch los, kam aber nicht vom Fleck. Erst als seine Füße wieder den Teppichboden berührten, konnte er fliehen. Dann war er auch schon wieder in dem Gang und hastete auf den Diensteingang und die Zwerge zu. Noch immer hielt er den Becher in der Hand. Doch den Ring zog er ab.

»Sie sind noch am Leben!«, riefen die Zwerge im Chor. Fettsack war ehrlich erfreut, doch die anderen wirkten eher überrascht als zufrieden. Theorin wollte nicht glauben, dass Milbo tatsächlich in der Schatzkammer gewesen war, bis er den Becher sah und sogleich für sich beanspruchte. Als er dem Wobbit Anweisungen gab, den Rest des Schatzes zu bergen, drang aus dem Inneren des Bergs ein furchtbares Grollen.

Augenblicklich machte Theorins Gier der Feigheit Platz. Er und die anderen Zwerge sahen sich gegenseitig an und dann wieder auf Milbo. Sie warteten darauf, dass jemand eine Idee bekam und ihnen sagte, wie sie sich retten konnten. Denn ihnen war klar, dass das Grollen vom Drachen stammte. Ranndarfs Versäumnis, in seinen Projektplan die Möglichkeit eines lebendigen Drachen einzukalkulieren, erwies sich nun nicht nur als theoretischer Fehler, sondern auch als eine handfeste Katastrophe. Einen Schatz aus dem Hort eines toten Drachen zu bergen, war bereits eine Herausforderung, aber einen lebendigen Drachen zu bestehlen, war noch mal eine ganz andere Kiste.

Schmauch hatte aus der Ferne gehört, wie jemand einen Klopf-Klopf-Witz erzählte. Dann hatte er einen Luftzug verspürt, das Klappern eines Schlüssels gehört und schließlich einen vergeblichen Schleichversuch vernommen. Bald war er hellwach und verspürte Lust auf einen kleinen Snack. Eben wollte er los, um sich ein paar Dorfbewohner und ein Glas Milch zu holen, als er merkte, dass etwas fehlte. Der Becher!

Unfassbar! Wie konnte es jemand wagen, ihm den Schatz zu stehlen, den er rechtmäßig von der SmithiBank geraubt hatte – und die ihn wiederum von ihren Kunden ergaunert hatte? Wer war dazu nur fähig? Er war der Meinung, die SmithiBank vollständig verspeist zu haben: alle Angestellten, Führungskräfte und Manager. Waren es die Leute aus Seestadt? Aber warum? Was hatte er ihnen jemals angetan, außer dass er ihre Häuser und Geschäfte niedergebrannt hatte? Immer ist an allem der Drache schuld!

In diesem Moment schoss Schmauch durch den Haupteingang hinaus und erhob sich funkenschlagend in die Lüfte. Einmal umkreiste er den Berggipfel, bevor er sich darauf niederließ und einen schrecklichen, aber dramatischen grünen und roten Flammenstrahl ausstieß. Die Zwerge spähten, hinter Felsblöcken kauernd, hinauf und beobachteten das Ganze. Während sie mit bloßen Händen vergeblich versuchten, sich einen Ausweg zu buddeln, huschte Milbo wieder durch den Diensteingang hinein. Das getrauten sich die Zwerge aber noch immer nicht.

Milbo wurde klar, dass es nur eine Sache gab, die schlimmer war, als sich dem Drachen mit den Zwergen gemeinsam zu stellen: sich ihm allein zu stellen. Und beide Möglichkeiten waren schlimmer als alles andere, was der Wobbit nicht mochte, wie zum Beispiel Fliegen, Jagen oder Angeln. Milbo ließ das Grübeln über seine Abneigungen sein und rief die Zwerge.

»Ihr Idioten! Kommt durch den Diensteingang! Der

Drachenhort ist ironischerweise der einzige Ort, wo wir vor dem Drachen sicher sind.«

»Fettsack!«, rief Theorin. »Holen Sie die Ponys!« Nachdem Milbo bewiesen hatte, dass er nicht länger verzichtbar war, hatte Theorin sich einen neuen Dummen gesucht. Er hoffte, dass Fettsack den Drachen für ein paar Augenblicke beschäftigen würde, sodass die wichtigeren Teilhaber das Projekt trotz der momentanen Krise weiterverfolgen konnten. Doch Fettsack reagierte nicht auf Theorins Befehl, sondern bewegte sich langsam auf den Diensteingang zu, wobei er sich an die Brust fasste und keuchte. Die Ponys blieben im Lager und sahen einer traurigen, aber keineswegs ungewissen Zukunft entgegen. Schmauch linste auf sie herunter, wie ihr – oder ich – auf ein Tablett mit Appetithäppchen linst.

»Wir haben das Budget für Ponys bei diesem Projekt eh schon zu sehr überzogen«, sagte Theorin vor sich hin. Zum Glück hatten sie den Großteil des Proviants und der Gebrauchsartikel in Sicherheit gebracht.

Schmauch umkreiste ein paar weitere Male den Gipfel. Er folgte seinem Riecher, der ihm sagte, dass ihm jemand aus Seestadt den Becher gestohlen hatte. Er würde die Diebe fressen, sie verbrennen und zerschmettern und sie dann noch einmal ein wenig essen. Rache! Aber erst mal zurück ins Bett, um bei einem Schläfchen die Ponys zu verdauen, die er eben verspeist hatte. Und dann! Morgen Abend! Rache!

Schmauch schlief, und der Morgen kam. Der Schrecken der Zwerge schwand, doch ihre Verzweiflung wuchs. Denn sie hatten keine Ahnung, was sie als Nächstes tun sollten. Die ganze Nacht über hatten sie Pläne hin und her gewälzt, aber jeder Vorschlag hatte ein Detail beinhaltet, das lautete: »Töte den Drachen«. Und wie sie das anstellen sollten, dafür fehlten ihnen die Ideen oder auch nur eine Vorstellung erster gangbarer Schritte.

»Wirklich, das ist alles nur meine Schuld«, klagte Milbo. »Ich hätte wissen müssen, dass es nicht ausreichte, Sie bereits vor Monaten auf den Schwachpunkt in dem Plan aufmerksam zu machen. Es war töricht von mir zu glauben, einer von Ihnen würde sich eine Lösung des Problems ausdenken.«

»Dann verstehen Sie uns endlich«, sagte Theorin. Zwerge pflegen Sarkasmus zuweilen zu überhören. »Sie sind der Fachberater. Lassen Sie uns Ihre Empfehlungen hören.«

»Ja, Empfehlungen«, gab Milbo zurück. »Vielleicht gehe ich einfach mal nachschauen, ob Schmauch wieder schläft. Und wenn dem so ist, suche ich nach einer Schwachstelle in seiner Rüstung.« Er wartete darauf, dass ihm jemand dieses selbstmörderische Vorhaben ausreden würde, aber vergebens.

»Dann mache ich mich lieber gleich mal auf den Weg. ›Der frühe Wobbit fängt den Lindwurm‹, wie der alte Tucke zu sagen pflegte, wenn er vor zehn aufstehen musste.«

»Klingt gut, Muffin«, sagte Theorin. »Nun gehen Sie schon. Wir warten im Lager auf Sie. Ich muss eine Sitzung vorbereiten.«

»Ihr geht raus? Aber das ist Schwachsinn!«

»Ach, kommen Sie schon!«, sagte Theorin. »Wenn wir hören, dass der Drache Sie tötet, bleibt uns noch genug Zeit, uns in Sicherheit zu bringen. Machen Sie sich um uns mal keine Sorgen.«

»Nein, mache ich auch nicht«, versetzte Milbo. Er wandte sich um, und bald schon schlich er wieder unsichtbar den Gang hinab und bemühte sich, weder zu niesen, noch etwas fallen zu lassen.

Als er den Eingang zur Drachenkammer erreichte, sah er, dass das Ungeheuer regungslos dalag. Das Schnarchen klang anders als zuvor. Es rührte nicht vom Schlafapnoe-Syndrom her, sondern klang, als schnarche er absichtlich, fast wie in einem Zeichentrickfilm. Auf ein ratterndes Atemholen folgte ein deutlich pfeifendes Ausatmen.

Ob er sich wohl nur schlafend stellt?, fragte sich Milbo. *Doch wer würde so etwas tun?* Dann sprach Schmauch.

»Nun, nun! Wenn das mal nicht der König der Diebe ist! Ich kann genau erschnuppern, wo du steckst. Dein Atem riecht übel, und ich kenne mich mit schlechtem Mundgeruch aus. Was hast du gefrühstückt? Eine rohe Zwiebel?«

»Ähm, ein Omelette. Eigentlich hätten die Zwiebeln gebräunt sein sollen, aber sie waren nicht so richtig durch. Vielleicht war auch etwas Knoblauch drin. Das ist im Grunde eine witzige Sache, kann ich dir sagen, denn ...«

»Ruhe! Du langweilst mich! Nun denn, wer bist du und was willst du? Wenn du mir ein paar Hinweise geben willst, rate ich auch gern deinen Namen. Darin bin ich ganz gut.«

»Nein danke«, gab Milbo zurück. »Ich hab's eilig.«

»Meinetwegen, dann machen wir's halt auf deine Art!«

»Mein Name ist Milbo Muffin aus Wobbingen, und ich will lediglich einen Blick auf dich werfen, o Aufsichtsratsvorsitzender.«

»Nun ja, ich bin wahrlich prächtig anzuschauen, das stimmt schon. War es die lange einsame Reise von Wobbingen bis hierher wert, Bilbo?«

»Ich heiße Milbo, und ja, deine Pracht zu sehen, war die Reise wirklich wert. Allerdings war sie nicht einsam. Ich bin per Pony mit dreizehn Zwergen angereist. Theorin & Co von der SmithiBank.« Milbo fragte sich, ob er dem Drachen womöglich zu viel erzählte.

»Zwerge!«, sagte Schmauch. »Auf den Seestadtponys sind Zwerge geritten. Das würde den seltsamen Nachgeschmack erklären. Ich dachte, sie hätten die Räude. Sag schon, Mr. Buffin, wie gefällt dir die Arbeit bei Theorin so? Hat er dir schon eine Leistungsbeurteilung gegeben?«

»Ich heiße Muffin, und nein, eigentlich hätte die Beurteilung letzte Woche stattfinden sollen, aber er hat das Treffen abgesagt und bisher keinen neuen Termin angesetzt.«

»Klar! Aber mach dir keine Sorgen, Mr. Muffig, egal, ob die Zwerge mit dir über deine Leistung reden oder nicht, sie werden einen Weg finden, dich um deinen Bonus zu prellen.«

»Bonus? Niemand hat mir gegenüber einen Bonus erwähnt ...«

»Bestens! Ich hätte es selbst nicht besser machen können! Kein Bonus für dich, Mr. Muff, aber haufenweise Boni für die anderen, darauf kannst du einen lassen. Für die Zwerge ist das business as usual. Seit der erste Zwerg unter seinem Stein hervorgekrochen ist, haben sie sich an dieselben Grundprinzipien gehalten. Mit diesem ersten Zwerg hatte ich sogar selbst Kontakt gehabt. Er hieß Urin, allerdings hatte ich nie Gelegenheit, ihn zu essen. Und wo wir schon mal dabei sind: Wenn ihr aus Wobbingen kommt, musstet ihr den Wüsterwald durchqueren. Wie habt ihr denn das geschafft? Der Elbenkönig ist nicht gerade der größte Zwergenfan.«

Milbo lachte. »O Schmauch, du hättest dabei sein müssen! Der Elbenkönig hat die Zwerge gefangen und eingesperrt. Da ich mich nicht habe schnappen lassen, konnte ich die Zwerge retten, indem ich sie in dreizehn Fässer gesteckt habe. Zwei Tage lang sind sie den Vorauseilend hinuntergetrieben!«

»Köstlich! Schade, dass ich das verpasst habe! Die Rache des Fassschmugglers! Weißt du was? Theorins Bande erinnert mich an einen Zwergenhaufen, den ich irgendwann mal gefressen habe. Kann mich aber nicht mehr an den Namen ihrer Bank erinnern.«

»Das war die SmithiBank, o großer und mächtiger Schmauch. Theorin und die anderen Zwerge bilden den Aufsichtsrat der derzeitigen SmithiBank. Du hast alle anderen Führungskräfte und Angestellten gefressen, als du Seestadt abgefackelt hast und hier eingezogen bist.«

»Ja, natürlich, SmithiBank. Und die erwarten von dir, dass du mich tötest und ihnen ihren Schatz zurückbringst, nehme ich an. Ist es so? Nun sag schon, Meuchler!«

»Über die Einzelheiten des Plans sind wir uns nicht im Klaren. Im Moment überlassen sie mir die Initiative.«

»Initiative?«, sagte Schmauch. »Damit willst du sagen, dass du das ganze Risiko trägst? Für Theorin ist das die perfekte Arbeitsaufteilung. Wenn sein armseliges Affentheater am Ende vollends in die Binsen geht, kann er dir die Schuld zuschieben.«

»Ja«, sagte Milbo. »So macht es den Eindruck.«

»Und du lässt dich von denen einfach so missbrauchen? Schwachsinn! Zeig gefälligst etwas Selbstachtung, Mumpo! Sag mir, wo sie stecken, dann fresse ich sie und stelle dich bei mir an. Du kannst für mich das Silber polieren oder so. So bleibst du am Leben und kannst für jemanden arbeiten, der dich auch wertschätzt. Denk mal darüber nach!«

Milbo dachte sorgfältig über Schmauchs Angebot nach, während er so tat, als höre er ihm zu. Doch im Gegensatz zu seinem bisherigen Vorgehen brachte er es einfach nicht übers Herz, Theorin & Co zu hintergehen. Zwar war ihm klar, dass er ihnen nicht vertrauen konnte, aber er wusste auch, dass sie ihn nicht fressen würden. Auf der anderen Seite aber war er überzeugt, dass der Drache ihn früher oder später essen würde, wenn er dessen Angebot annahm.

Während er tagträumend den Schimpftiraden lauschte, die Schmauch über die Zwerge losließ, erinnerte er sich daran, dass er eigentlich den Drachenbauch nach Schwachstellen absuchen wollte. Da Schmauch seine Reden mit großzügigen Gesten begleitete, vermochte Milbo deutlich eine ungeschützte Stelle neben der linken Achselhöhle auszumachen. Eine Flipchartplatte, die einmal dort geklebt hatte, hatte sich vor langer Zeit gelöst.

Nun besaß Milbo genau die Information, wegen der er gekommen war. Zeit zu gehen! Er wollte Schmauchs Monolog nicht unterbrechen, und da er noch immer unsichtbar war, stahl er sich davon, ohne noch ein Wort zu sagen. Mitten im Schleichen stieß er ein Set Sammelteller um. Es waren Gedenkteller anlässlich des Umstands, dass die SmithiBank zweihundert Jahre lang den Titel *Geschäftskreditgeber des Jahres* errungen hatte. Milbo war nicht in der Lage, die kunstvolle Bemalung zu bewundern, denn das Klirren beim Aufprall erschreckte ihn und machte Schmauch auf seinen Fluchtversuch aufmerksam.

»Komm zurück, Fassschmuggler! Du elender Wicht! Du lässt das Angebot deines Lebens sausen! Niemand schlägt Schmauch ein Geschäft aus! Ich lasse mich nicht beleidigen! Das ist dein Untergang! Ich werde dich töten! Deine Zwerge werde ich essen und Seestadt erneut abfackeln! Komm zurück! Komm zurück!« Er sandte Milbo Schwaden aus grünen Flammen nach. Was diesen allerdings kaum dazu bewegte, umzukehren.

Während der Wobbit um sein Leben lief, dachte er: *Stoße niemals den Nippes eines Drachen um!* Später wurde das zu seinem Lieblingsspruch, auch wenn heute »Zahle bei größeren Haushaltsgeräten niemals extra für einen Dienstleistungsvertrag« daraus geworden ist.

Kaum war Milbo an diesem Nachmittag zum Lager zurückgekehrt, verlangte Theorin einen umfassenden Bericht. Milbo brauchte einen Augenblick, um zu entscheiden, welche Details er auslassen und welche Schwachpunkte er etwas frisieren sollte. Dann präsentierte er seinen bereinigten Bericht. Der alte Papagei, der Klopf-Klopf-Witze erzählte, kam herbeigeflogen und starrte ihn an.

Vermutlich ist dieser Vogel cleverer als die Zwerge, auf jeden Fall hört er genauer zu, dachte Milbo. *Ich darf nicht zulassen, dass er mich einen Lügner nennt.*

»Lass das, Polly«, sagte er leise. »Glotz mir nicht direkt in die Seele und offenbare meine innersten Geheimnisse!« Er warf einen Stein nach dem Vogel. Anders als unzählige Riesenspinnen wich der Papagei dem Wurf mit Leichtigkeit aus. Dann setzte er sich wieder und lauschte. Milbo hob einen zweiten Stein auf, um erneut nach ihm zu werfen.

»Hören Sie damit auf, Sie Dussel!«, sagte Theorin. »Die Papageien von Seestadt sind gut und freundlich. Das ist ein alter Vogel. Vielleicht ist er der letzte Nachfahre von Urins berühmtem Papagei. Sie waren ein langlebiges und zauberhaftes Geschlecht, und dieser erinnert sich womöglich an die SmithiBank, wie sie vor Schmauchs Auftauchen gewesen ist. Mag sein, dass er sogar Zeuge des schrecklichen Drachenüberfalls war.«

»Das ist ja alles total interessant«, sagte Milbo. »Aber wollen Sie meinen Bericht nun hören oder nicht?«

»Ja, schon, aber hören Sie auf, mit Steinen nach dem Vogel zu werfen.«

Und so berichtete Milbo von seiner Unterhaltung mit Schmauch – zumindest von den Einzelheiten, die ihn nicht in Schwierigkeiten bringen würden. »Ich habe das Gefühl, dass er irgendwie erraten hat, dass ich von Ihnen begleitet wurde. Und anscheinend verdächtigt er auch die Seestädter, uns geholfen zu haben. Wir müssen sie warnen, weil er sie vielleicht aufsucht, um sich zu rächen.«

»Das kommt gar nicht infrage«, sagte Theorin. »Die Leute in Seestadt wissen um das Risiko, in der Nähe eines Drachen zu wohnen. Aber sie rennen nicht davon, im Gegensatz zu den umsichtigen Überlebenden der Smithi-Bank.« Einen Moment lang waren die Zwerge stolz darauf, dass sie vor Jahren davongelaufen waren.

»Wenn er sie angreift«, sagte Theorin, »dann ist das der Lauf der Dinge. Die können sich schon um sich selber kümmern. Zu dumm nur, dass sie nicht wissen, wo an seinem mit Büromaterial verkrusteten Bauch die Schwachstelle ist. Wenn sie es wüssten, hätten sie im Kampf gegen ihn wenigstens eine Chance.«

»Was gibt es zum Abendessen?«, fragte Milbo in die Runde, worauf der Papagei die alten, aber bunten Flügel ausbreitete und davonflog.

Während die Gefährten Müsliriegel zu Abend aßen, wurde Milbo allmählich bewusst, wie gefährlich es war, im Freien am Fuß eines Berges zu sitzen, in dem ein wütender und beleidigter Drache lauerte. Als er seine Bedenken äußerte, prahlte Pfählihn damit, dass er den Drachen lange vorher sehen würde, ehe dieser sie entdecken würde.

»Außerdem«, fügte er hinzu, »wie groß ist die Wahrscheinlichkeit, dass er uns am selben Fleck ein weiteres

Mal angreift? Das ist, wie wenn ein Blitz zweimal an derselben Stelle einschlägt.«

Pfählihns schlechter Vergleich verwirrte Milbo, sodass dieser den Drachen vergaß. Die Zwerge besprachen, wie sie den Schatz unter sich aufteilen würden. Als Milbo fragte, wie er seinen Anteil nach Wobbingen schaffen sollte, erntete er verärgerte Blicke. Den Schatz zu transportieren, wäre ein umständliches und teures Unterfangen. Auch diesen Teil des Plans hatte Ranndarf vernachlässigt. Und die Zwerge wollten offenbar nicht darüber reden.

Stattdessen wandte sich das Gespräch dem Schatzhort selbst zu. Die Legende berichtete, dass sich dort noch immer ein Arsenal an von Zwergen gefertigten Superpremiumspeeren befand, die der Irre König Blabla-Spleen in Auftrag gegeben, aber nie bezahlt hatte. Als die Waffen ausgeliefert hätten werden sollen, saß König Blabla-Spleen bereits im Gefängnis, weil er für frühere Verträge über Krummsäbel, Buckelschilde und Panzerhandschuhe bereits Bestechungsgelder verlangt hatte.

Sie sprachen auch über andere Schätze, die die Zwerge einst geschaffen hatten. Anscheinend gab es ziemlich viele Posten, die nie an die Käufer ausgeliefert worden waren. Die meisten Sachen waren jedoch von den Kunden der SmithiBank in Sicherheitsverwahrung gegeben worden, um vom berühmten zwerghaften Zinseszins zu profitieren. Prachtvolle, neuwertige Pfeil- und Bogensets, doppelt geschmiedete und gekräuste Schilde und vollständige Plattenrüstungen, an denen noch die Preisetiketten baumelten. Zudem gab es sportliche Wappenröcke und kakifarbene Wappenhosen. Am schönsten aber war das große weiße Juwel, so hell und gewaltig, dass es die Zwerge vor Verlangen in den Wahnsinn trieb: Trans Markenstein.

»Der Markenstein! Der Markenstein! Hört ihr den Widerhall?«, sagte Theorin. »Ich würde euer Leben dafür geben, wenn ich nur seine tausend Schliffflächen sehen könnte!«

»Dabei fällt mir ein«, sagte Milbo. »Wir sollten uns lieber nach drunten verziehen, bevor wir alle umgebracht werden. Das meine ich im Ernst.«

Seit Milbo die Zwerge vor den Riesenspinnen gerettet, sie aus der Gefangenschaft der Waldelben befreit, den Eingang zur Schatzkammer gefunden und schließlich auch noch die Schwachstelle des Drachen entdeckt hatte, begannen die Zwerge, ihn allmählich ernster zu nehmen als damals in Wobbingen. Zwar behandelten sie ihn immer noch wie einen heimtückischen Außenseiter, aber immerhin folgten sie seinen Ratschlägen. Milbo war nicht länger nur ein ehemaliger Schalterbeamter, sondern ein wahrhaftiger Fachberater. Nach einigen Widerworten von Theorin, die er nur äußerte, um den Schein zu wahren, gingen sie zum Diensteingang.

Milbo überließ nichts dem Zufall. Er zog an der Steintür, und sie schloss sich mit einem Knacken und Knallen. »Diese Steintüren! Ich hätte einen dumpfen Schlag und ein Klacken erwartet.«

»Ja, Mr. Muffin«, sagte Theorin. »Dank Ihnen sind wir jetzt zusammen mit dem Drachen im Berg eingesperrt!« Die Tür wies auf der Innenseite weder Knauf noch Schlüsselloch auf.

Während Milbo sich eine Erwiderung zurechtlegte, erschütterte ein mächtiger Stoß den Berg. Allen war klar, dass dies nicht das verzögerte Geräusch der sich schließenden Tür war. Sondern Schmauch, der den Berg selbst angriff!

Mit dem Schwanz peitschte er ein paarmal auf die

Bergflanke ein, bevor er, um in Übung zu bleiben, Feuer spuckte. Milbo und die Zwerge hatte er gerade so verpasst, und deshalb war er außer sich vor Wut. Wenn er peitschte und Feuer spie, ging es ihm ein bisschen besser.

»Für jetzt bist du meinem Zorn entwischt, Mr. Milbe Müpfig. Dich und deine Zwergenkomplizen kriege ich noch, aber einstweilen zerstöre ich erst einmal Seestadt auf ein Neues. Ich bin überzeugt, dass die Seebürger da auch ihre Finger mit drin haben. Also bis dann erst mal.«

Damit würgte Schmauch in die Innenfläche seiner Klaue. Nachdem er seine brennende Pranke gelöscht hatte, murmelte er ein höfliches »Entschuldige mich« und flog Richtung Süden davon. Nach Seestadt.

Kapitel XIII

Allein daheim

»Sie haben unser Schicksal besiegelt, Sie Schwachkopf!«, beschwerte sich Theorin. »Machen Sie etwa gemeinsame Sache mit Schmauch? Muffin, ich bringe Sie um!«

Milbo zog sich den Ring über und lief um sein Leben den Gang hinab. Er fand es ziemlich unfair, dass man ihn der Kollaboration mit Schmauch bezichtigte. Er bereute, dass er so viele Informationen preisgegeben hatte, aber jetzt war nicht der Zeitpunkt, mit Theorin solche Feinheiten auszudiskutieren.

Die Zwerge waren Milbo dicht auf den Fersen, und es gab nur eine Richtung, in die er fliehen konnte: in den Drachenhort, wo möglicherweise Schmauch lauerte.

Bald hatte er das Ende des Gangs erreicht, und es blieb ihm nichts anderes übrig, als in die Kammer zu laufen.

Wie im Gang war es auch in der Kammer dunkler, als Milbo es je erlebt hatte. Schmauchs grünes Umgebungslicht war nirgends zu sehen, was bedeutete, dass Milbo nicht gegessen werden würde – gleichzeitig aber auch nichts erkennen konnte. Nicht einmal den Stapel Goldstücke, über den er gerade stolperte. Er fiel hin und beschloss, regungslos liegen zu bleiben. Vielleicht würden die Zwerge an ihm vorbeirennen und er würde dem Tod entgehen.

Jetzt kamen auch die Zwerge herein, und Theorin erwies sich sogleich als Mikromanager.

»Boing und Doing, zünden Sie ein paar Fackeln an! Pfählihn, Hilli und Billi, halten Sie nach dem Drachen Ausschau. Ihr anderen helft mir, diesen armseligen Wobbit zu finden. Ich will ihn lebend haben, also …«

Theorin hielt inne, sobald die Fackeln ihr Licht verströmten. Plötzlich galten all seine Gedanken dem Anblick des Schatzhorts, der mit mehr Wertgegenständen angefüllt war, als er seit Jahren gesehen hatte. Die vor langer Zeit verlorenen Vermögensgegenstände der Smithi-Bank! Er setzte sich und begann, mit den Händen in den Schätzen herumzuwühlen wie ein Kind im Sandkasten. Auch die anderen Zwerge vergaßen Milbo, den Drachen und alles andere. Mit leerem Blick wankten sie in der Kammer umher und schaufelten mit hohlen Händen Edelsteine und Münzen auf.

Als er den Stimmungsumschwung bemerkte, zog Milbo den Ring ab, nahm Doing die Fackel aus der Hand, ergriff ein silbernes Tablett und kletterte auf die Spitze eines Bergs aus Schätzen. Es ist kein leichtes Unterfangen, mit einer Fackel in der Hand einen Hang hinunterzuschlittern. Doch Milbo brachte es fertig. Er wollte die Zwerge bei guter Laune halten, und es gelang ihm. Alle lachten, sodass Milbo erneut auf den Berg stieg und auf dem Tablettschlitten hinunterfuhr. Diesmal auf der anderen Seite.

Am Fuß des Hügels, auf einem kleinen Haufen aus Klammerentheftern und Ringmappen sah er ihn. Er erkannte ihn aufgrund von Theorins Beschreibung. Er hatte Trans Markenstein entdeckt. Der war in der Tat märchenhaft und gigantisch. Milbo war von seinem kugelförmigen, schicken und magnolienweißen Glanz wie verzaubert. Er ließ die Fackel fallen und griff mit beiden Händen nach dem Stein. Kurz hielt er ihn wie eine kalte, diamantharte Frauenbrust.

Milbo fiel auf, dass er den Luxusgegenstand schleunigst verstecken musste. Sonst käme Theorin womöglich noch auf die Idee, dass ihm der Markenstein zustand, und Milbo wollte nicht, dass zwischen ihnen irgendwelche Missverständnisse aufkamen. Er wollte auch nicht gelyncht werden. Nur zu gut erinnerte er sich daran, wie ungehalten Go-Lump über den Verlust eines Rings gewesen war. Vielleicht war auch Theorin ein so schlechter Verlierer. Was war nur aus dem Grundsatz »Wer's findet, darf's behalten« geworden? Außerdem hatte Theorin den Wobbit als Einbrecher engagiert, wieso sollte er dann nicht auch entsprechend handeln, wenigstens dieses eine Mal?

Während es Milbo nach Trans Markenstein gelüstete, ging die Fackel, die er hatte fallen lassen, aus wie eine Zigarre im Aschenbecher. Obwohl es nicht so finster war wie zuvor, so war es auf seiner Seite des Schatzbergs doch ziemlich dunkel, da kein Fackelträger-Zwerg in der Nähe war. Anders als bei seinen bisherigen Wanderungen im Dunkeln verlor Milbo diesmal die Orientierung. Er wollte zu den Zwergen zurück, lief aber immer nur im Kreis. Das kostbare Gewicht des Markensteins hielt ihn wie ein Anker fest. Doch anstatt ihn aus den verschwitzten Händen zu geben, versteckte er ihn unter seiner Weste und rief nach den fernen Zwergen.

»Hilfe! Hilfe! Theorin! Fettsack! Irgendjemand! Hilfe!«

»Was denn?«, sagte Pfählihn zu Theorin. »Was hat unser Fachberater denn bloß?«

»Der Drache kann es nicht sein«, sagte Theorin. »Sonst wäre Muffin schon tot. Es sei denn, Schmauch foltert ihn, um uns anzulocken. Ich bleibe lieber hier. Nehmen Sie Quälihn mit und sehen Sie mal nach.«

Die beiden bestiegen den Schatzberg und rannten auf

Milbos Seite wieder herunter, indem sie »Wiehieh!« riefen. Keiner der beiden Zwerge fürchtete, dass der Drache in der Nähe sein könnte, und sie waren vor lauter Freude über die Schätze ganz ausgelassen. Milbo dagegen freute sich, weil jemand seinem Hilferuf folgte. Er musste sich beherrschen, um nicht mit seiner Entdeckung herauszuplatzen und »Ich habe Trans Markenstein gefunden!« zu rufen.

Er vermochte ohnehin nur schwer die Aufmerksamkeit der beiden Zwerge zu erlangen. Pfählihn bewunderte einige Rückenkratzer aus Elfenbein, und Quälihn eilte auf eine Auslage mit bronzenen Babyschuhen zu. Von der Spitze des Hügels drang Theorins Stimme: »Ich bin der König der Zwerge!« Darauf schlitterte der Chefzwerg auf einem Unobtainiumschild den Hang hinunter und in einen Haufen Kaffeelöffel aus Jade hinein. Dann kam er auf Milbo zu.

»Irgendeinen Hinweis auf den Markenstein?«, fragte er.

»Was?«, gab Milbo zurück. »Nein! Natürlich nicht! Warum verdächtigen Sie mich?«

»Muffin, ich habe was für Sie.«

Milbo rechnete mit dem Schlimmsten und zuckte zusammen. Doch als er die Augen öffnete, hielt Theorin ihm etwas hin.

»Ein Vorschuss auf Ihr Honorar. Das gehört zu den Rüstungen, die vor Jahren von den Waldelben bestellt wurden. Da sie Versand und Verpackung aber nicht übernehmen wollten, haben wir sie nie verschickt. Das ist ein Spitzenkettenhemd. Probieren Sie es an! Ich würde es ja selbst behalten, aber es ist mir ein bisschen zu eng um die Brust.«

Milbo zog seine Weste aus und schlüpfte in die Rüstung. Sie passte ganz gut.

»Gibt es hier irgendwo einen Spiegel?«, fragte er. Doch es gab keinen. Anscheinend war das eine Art von Wertgegenstand, den weder die SmithiBank noch der Drache angelegt hatte.

»Unglaublich! Kein Spiegel! Ich hätte jetzt eine ganze Wand voller Spiegel in Adamantiumrahmen erwartet.«

»Sie sind hier nicht in einem Weltladen, Mr. Muffin. Aber vertrauen Sie mir, Sie sehen großartig aus. Und das ist eine vorzügliche Rüstung. Spitzenkettenhemden werden aus Invincibilium gefertigt. Es ist absolut pfeilsicher und knitterfest.«

»Aber nicht waschmaschinenfest?«

»O doch! Es ist waschmaschinenfest und vorgekrumpft. Die Farbe steht Ihnen ausgezeichnet. Wirklich, dieses Hemd ist wie für Sie gemacht! Und vergessen Sie nicht den passenden Helm dazu!« Er reichte dem Wobbit einen Helm, und dieser setzte ihn sogleich auf. »Todschick! Ich sehe Sie zum ersten Mal in aufeinander abgestimmten Kleidern. Das verleiht Ihnen etwas Professionelles. Sehr gut geeignet für Bewerbungsgespräche. Nun, soll ich Ihnen das einpacken, oder lassen Sie es gleich an?«

»So sehe ich bestimmt aus wie jemand, der die Orkkriege nachstellt«, sagte Milbo. »Ich glaube, ich ziehe besser meine Weste drüber.«

»Wie Sie wünschen«, gab Theorin zurück. Ziellos sah er sich um, als suche er nach einem Pornofilm oder einem frittierten Twinkie-Kuchen. Doch in Wahrheit suchte er nach Trans Markenstein. Und fand ihn nicht.

Die Zwerge beschäftigten sich stundenlang mit dem Schatz und hatten das Fest ihres Lebens. Bifi und Tofu stopften ihre Taschen mit Saphiren voll. Touri und Iro veranstalteten eine Banknotenschlacht und bewarfen sich mit Bündeln aus Elbengeld. Jedes Mal wenn ein Bündel traf, riss das Band, und die Scheine flatterten unter den Jubelrufen der Zwerge wild umher.

Milbo dagegen wurden die Kostbarkeiten allmählich langweilig. Er hatte genug gesehen, hatte den Markenstein geklaut und dachte inzwischen wieder ans Essen. *All die goldenen Löffel würde ich geben für eine Gabel Chili aus Björks Hofladen.*

»Theorin«, rief er. »Sie sind mit Schwertern bewaffnet, die gänzlich aus Süßwasserperlen bestehen, und Ihre Rüstung sieht so geschmacklos aus, als gehörten sie zum Chor eines schmierigen Revuetheaters. Aber wie sollen wir hier herauskommen? Doch nicht durch den Haupteingang?«

»Du gute Güte, nein!«, gab Theorin zurück. »Ich werde uns hinausführen. Ich kenne die Räumlichkeiten der SmithiBank wie meine Westentasche! Danke noch einmal, dass Sie den Diensteingang gefunden haben, von dem ich nichts wusste.«

»Keine Ursache«, sagte Milbo.

Theorin sah sich um und sagte: »Ja, das ist der Weg. Ich erinnere mich genau. Kommt, alle zusammen, folgt mir!«

Nachdem sie einige Gänge probiert hatten, die als Sackgassen endeten, und versehentlich ein paar Schranktüren aufgemacht hatten, folgten sie einem langen, breiten Korridor. Wo sie auch hinkamen, überall hatte der Drache Ruß und Exkremente hinterlassen.

»Was für unhygienische Angewohnheiten«, beklagte sich Tofu. »Wenn keine Schätze in der Nähe sind, merkt man den Gestank.«

Die Gefährten waren sich einig, dass sie sich beeilen wollten, um dem Gestank zu entkommen. Theorin führte sie durch eine Tür, die zu klein war, als dass Schmauch sich hätte durchzwängen können. So betraten sie einen großen Raum mit niedriger Decke, der mit lauter schmalen Arbeitsnischen gefüllt war.

»Dies sind die Großen Arbeitsnischen von Board, meinem Großvater.«

»So groß sehen sie aber nicht aus«, bemerkte Milbo.

»Natürlich nicht«, sagte Theorin. »Aber sie stehen für große Einsparungen der SmithiBank. Mein Großvater war ein Genie, was Kostenreduzierung betraf. Er verdoppelte die Menge der Buchhalter, die in diesem Raum untergebracht waren. Davor haben Angestellte wertvolle Zeit damit verplempert, sich zu strecken und sich auf ihren Stühlen im Kreis zu drehen. Boards Neuerungen machten diese Dinge jedoch unmöglich!«

Als sie weitergingen, mussten sie vorsichtig über Schädel und Knochenberge steigen.

»Hm. Diese Angestellten hat Schmauch offenbar weder verbrannt noch gegessen«, kombinierte Theorin. »Wahrscheinlich hielt er sie hier gefangen, bis die Snackautomaten geleert waren und sie verhungert sind. Sie müssen wochenlang gelitten haben. Hoffentlich haben sie sich ausgestempelt, bevor sie gestorben sind.«

Sie verließen das Büro und kamen in einen weiteren Gang, in dem Schmauch gewütet hatte. Überall lagen seine Exkremente.

»Und ich dachte immer, Tauben wären schmutzige Tiere«, sagte Bifi. »Durch wie viele von diesen widerlichen Gängen müssen wir denn noch gehen? Wann kann ich endlich meine Stiefel putzen?«

»Ich habe einen Stein in meinem Schuh!«, beklagte sich Iro.

»Wir latschen hier ja schon ewig rum!«, meckerte Touri.

»Ja, Mann!«, meldete sich Mori. »Wann sind wir endlich da?«

»Wir sind da!«, verkündete Theorin, als er eine weitere Tür öffnete. Darauf traten die Gefährten ins Tageslicht hinaus. Anscheinend hatten sie die ganze Nacht damit verbracht, in der Schatzkammer herumzutollen.

»Da ist ein Ausguck«, erklärte Theorin und deutete auf ein Fernglas und einige Sandsäcke. »In den guten alten Zeiten hatten wir auf dem Berg verteilt überall solche Posten. Sie wurden von unseren vertrauenswürdigsten und zuverlässigsten Familienmitgliedern besetzt.«

»Wirklich?«, sagte Milbo. »Weshalb haben sie Sie dann nicht vor Schmauchs Näherrücken gewarnt?«

»Vielleicht lag hier das Problem«, sagte Theorin, als er eine weitere Tür öffnete, durch die es tiefer in den Berg hineinging. Auf der anderen Seite befand sich eine komfortable Kaserne mit reich ausgestatteter Küche, einem Spielebereich mit Billardtisch und etlichen Couchen, die vor einer Fensterwand standen.

»Hier konnten unsere exzellenten Verwandten von drinnen aus Wache halten, entspannt, in der Wärme und in wohlverdiente Decken gehüllt. Unsere alte Devise war, dass man umso wachsamer bleibt, je besser man sich fühlt. Im Nachhinein erscheint dieser Gedanke vielleicht nicht mehr ganz so richtig. Lasst uns hier das Lager aufschlagen.«

»Hey, Theorin«, sagte Milbo. »Solche Ausgucke gibt es überall im Berg, richtig?«

»Ja, Dutzende.«

»Und die haben alle Türen, die in den Berg hineinführen, stimmt's?«

»Klaro! Wie sonst sollten die Wachen mit der Führungsebene Kontakt aufnehmen im Fall einer feindlichen Annäherung oder Übernahme?«

»Also gibt es Dutzende weiterer Eingänge in den Berg

außer dem Diensteingang, den ich unter Gefährdung meines Lebens gesucht und gefunden habe?«

»Nun ja, so wird es wohl sein«, sagte Theorin.

Sie machten es sich gemütlich. Milbo suchte in der Küche nach etwas Essbarem, entdeckte aber nur Käcke und Wasser. (Wenn ihr wissen wollt, was *Käcke* ist, kann ich euch nicht mehr sagen, als dass es sich dabei um eine Mischung aus Roggenknäckebrot und Mischkornpumpernickel handelt. Hergestellt wird es von den Leuten aus Seestadt, die ihm so viele Konservierungsstoffe beifügen, dass es praktisch ewig hält. Sie verkaufen es, essen es aber selbst nicht.)

Die Gefährten aßen, ruhten sich aus und hielten ein Nickerchen so wie die Zwerge in der guten alten Zeit. Milbo sah von seiner Couch auf, den Mund voller Käcke und fragte laut: »Wo ist Schmauch?«

»Vielleicht ist er ein für alle Mal abgehauen«, erwiderte Theorin. »Hier ist er jedenfalls nicht, und darauf kommt es an.«

Kapitel XIV

Bourbon und Wasser

Wo war Schmauch? Es kann doch nicht so schwer sein, die Spur eines gigantischen fliegenden Ungeheuers zu verfolgen, das brüllt, Feuer spuckt und im Dunkeln leuchtet. Wie ihr euch denken könnt, wussten die Zwerge es nicht und bemühten sich auch nicht, es herauszufinden. In Seestadt wussten alle ganz genau, wo Schmauch war. Denn nachdem er den verborgenen Diensteingang des Vereinsamten Bergs zertrümmert hatte, war er sogleich dorthin geflogen.

In der Regel sahen die Seebürger so wenig wie möglich zum Vereinsamten Berg hinüber. Zu Zeiten der SmithiBank war er stets mit riesigen Reklameschildern bedeckt gewesen, die den Betrachter dringend dazu aufforderten, seine Hypotheken umzuschulden oder wenigstens einen Bausparvertrag abzuschließen. Doch selbst ohne Werbung war der Berg ein öder und gleichzeitig beunruhigender, weil allzu spitz zulaufender Anblick. Seit die SmithiBank verschwunden war, mussten die Seestädter immer an den neuen Inhaber Schmauch denken, wenn sie zu der Erhebung hinübersahen. Und das vermieden sie lieber. Und ohnehin gibt es von einem Berg in finstrer Nacht auch nicht viel zu sehen.

Doch in jener Nacht sahen zwei Leute zum Berg hinüber. Der Bürgermeister warf zufällig einen Blick darauf, als er aus einer ruhigen Cocktaillounge trat, um eine Zigarette zu rauchen.

»Hey!«, sagte er da. »Da ist ja ein Licht auf dem Gipfel! Theorin und seine Zwerge arbeiten wohl schon daran, die SmithiBank wiederzueröffnen! Dann haben sie den Drachen bestimmt schon getötet! Schnell, holt meinen Pressesprecher! Seestadt ist zurück! Hey, Bart, ist das nicht unglaublich?«

»Jep«, gab Bart, der Sheriff der Stadt, zurück. Auch er sah zum Berg hinüber, während er draußen seine Runden drehte. Schon seit einiger Zeit hatte er mit zusammengekniffenen Augen – kalt und klar wie zwei Qualitätseiswürfel – die Lichter auf der Bergspitze beobachtet.

»Jep«, wiederholte er. »Unglaublich. Ich kann's nicht fassen. Das Licht kommt nicht von Theorin, sondern vom Drachen.«

»Was?«, sagte der Bürgermeister. »Vom Drachen? Kommen Sie schon, Bart. Verarschen Sie mich nicht. Sie sollten optimistischer sein! Mit Ihrer Griesgrämigkeit halten Sie nur den Neustart Seestadts auf! Immerhin müssen die Zwerge einen erfolgversprechenden Plan gehabt haben! Wenn die SmithiBank erst wieder ihre Geschäfte aufgenommen hat, kann ich Seestadt in eine bessere Zukunft führen! Ich kann richtig bürgermeisterlich werden! Für den Rest meines langen Lebens werde ich dann Bürgermeister bleiben und eine unvergleichliche Amtszeit hinlegen. Die SmithiBank ist zurück!«

»Nö«, sagte Bart. »Das ist der Drache.« Seine Lippen bewegten sich kaum, wenn er sprach, was selten und immer nur leise geschah. Ein Leben voller einsamer Entbehrungen hatte seine gemeißelten Gesichtszüge so kantig und hart werden lassen, dass man mit seinen Wangen hätte Walnüsse knacken können. Doch das tat niemand.

Er rief seinen Hilfssheriff zu sich und wandte sich dann wieder an den Bürgermeister.

»Falls Ihr Pressesprecher einen Bogen besitzt«, sagte Bart, »dann sagen Sie ihm, dass er ihn mitbringen soll. Sie sollten vielleicht auch Ihren eigenen holen, Herr Bürgermeister. Ich gehe solange die Brücken einreißen, und Sie, Hilfssheriff, schlagen Alarm.«

»Nein, nein, nein!«, sagte der Bürgermeister. »Schlagen Sie keinen Alarm! Damit verursachen Sie bloß eine Panik! Und die Brücken sollten Sie auch nicht einreißen. Diese Verteidigungsmaßnahme hilft nur bei Werwölfen und beim Schwarzen Mann. Reißen Sie sich zusammen, Bart. Sie sind paranoid und werden gleich hysterisch!«

Ohne die geringste Rührung in den Augen sah Bart ihn an. »Sehe ich etwa hysterisch aus?« Bart war es nicht gewohnt, höfliche Gespräche zu führen. Das allermeiste, was von seiner Seite gesagt werden musste, vermochte er mit dem Langbogen auszudrücken, den er stets bei sich führte. Außer im Restaurant, wenn er etwas bestellte. Der Langbogen sprach für ihn und manchmal, wenn er besonders einsam war, auch mit ihm. Von Zeit zu Zeit mischten sich auch Pfeile in das Gespräch. Auch wenn er kaum mit den Leuten redete, redeten diese doch ununterbrochen über ihn. Sie nannten ihn Bart-mit-dem-Bogen, wie es ihrer praktischen Seestädter Art entsprach.

Bart sah seinen Hilfssheriff an, der meinte: »Ich schlage Alarm, Bart!« Dann lief er zu einem großen Gong, auf den er fleißig einschlug.

Der Bürgermeister sah nervös auf seine Wählerschaft, die aus Häusern, Kneipen und 24-Stunden-Restaurants herausströmte. Sie versammelte sich um den Gong und wartete auf eine Erklärung.

»Und jetzt hören Sie einige Worte unseres Sheriffs«, verkündete der Hilfssheriff.

»Zu den Waffen!«, sagte Bart. »Schmauch!«

Niemand rührte sich. Wie der Bürgermeister hatten auch die Seebürger seit der Ankunft der Fässer mit den Zwergen nur noch an die verheißungsvolle Zukunft gedacht. Als sie begriffen, was Bart ihnen sagen wollte, konnten sie es nicht glauben.

»Ihr habt den Sheriff gehört«, sagte der Hilfssheriff. »Lauft heim und holt eure Langbogen. Wir werden uns ihm stellen, gemeinsam mit Bart-mit-dem-Bogen!«

Noch immer rührten die Leute sich nicht.

»Seht nur!«, sagte der Hilfssheriff. »Da kommt der Drache!«

Das Licht, das gelegentlich in der Ferne aufgeblitzt war, hatte sich bereits deutlich genähert. Und es blitzte nicht mehr, sondern nahm die Formen eines Drachen an. Wie ein Mann brachen die Leute von Seestadt in Schreckensgeheul aus und rannten zum nächsten Boot oder zur nächsten Brücke, um aus der Stadt zu fliehen.

»Glauben Sie, dass sie wirklich ihre Waffen holen gehen?«, fragte der Hilfssheriff seinen Chef.

»Nö«, antwortete Bart, der den Drachen noch immer mit zusammengekniffenen Augen musterte. »Nur wir beide.« Er wandte sich zu seinem Hilfssheriff um und sah, dass dieser zu den Hafenanlangen lief, um eines der letzten Boote zu erwischen. Normalerweise hielt sich Bart nicht lange mit Selbstvorwürfen auf, aber er bereute es, dass er nicht erst die Brücken eingerissen hatte, bevor er den Alarm hatte schlagen lassen. Jetzt musste er sich Schmauch alleine stellen. Doch er konnte ohnehin nicht gut mit anderen Leuten. Am besten war er, wenn er mit seinem Bogen allein war. Und mit seinen Pfeilen.

Der Drache näherte sich Seestadt und zog Kreise über dem Ort, um seinen Angriff vorzubereiten. Grinsend sah er herab.

Vortrefflich!, sagte sich Schmauch. *Ein mickriger Typ! Das nennen die Verteidigung? Was für ein Kokolores!*

Bart beobachtete den kreisenden Drachen. Ohne den Blick von Schmauch abzuwenden, nahm er seinen mit einem Elfenbeingriff versehenen Langbogen und legte einen Pfeil auf. Gleich würde der Drache am anderen Ende der Hauptstraße erscheinen, um Bart ins Visier zu nehmen und zum tödlichen Sturzflug auf ihn anzusetzen.

Plötzlich flatterte etwas Buntes auf Barts Schulter. Ein alter Papagei. Verärgert, dass ihm ein Vogel auf die Schulter kacken wollte, versuchte Bart das Vieh zu verscheuchen. Doch das Tier blieb hartnäckig und sprach zu ihm.

»Klopf, klopf!«, sagte der Papagei mit alter, krächzender Stimme.

»Ich bin gerade sehr beschäftigt«, gab Bart zurück.

»Klopf, klopf!«

Bart beschloss, das Spielchen mitzuspielen, damit er den Vogel wieder loswurde. »Wer ist da?«

»Willi.«

»Willi wer?«

»Will ich dir grade mal sagen, wie du Schmauch töten kannst.«

Bart sah über die Blödsinnigkeit des Witzes hinweg und versuchte, das Beste daraus zu machen. »Und? Dann sag schon. Der Drache wird gleich hier sein.«

»Ziele mit dem Pfeil auf die ungeschützte Stelle an seiner linken Achselhöhle! Krahk!«

»Links von ihm aus oder links von mir aus?«

»Von ihm aus, das habe ich doch gesagt! Von dir aus

gesehen rechts! Da kommt er! Krahk! Siehst du die ungeschützte Stelle?«

»Jep.«

»Viel Glück, Sheriff!«

»Glück? Das ist ein Zweimeterbogen aus Eibe mit einem Zuggewicht von achtundneunzig Pfund, der mächtigste Langbogen der Welt, mit dem man Pfeile glatt durch jede Rüstung schießen kann. Deshalb sollte sich Schmauch fragen, ob er Glück hat oder nicht.« Bart sprach extrem gerne über seinen Bogen.

Der Vogel flog in Sicherheit, während Bart einen anderen Pfeil auflegte. Denn nun, da er wusste, wo der Schwachpunkt des Drachen war, beschloss er, einen Spezialpfeil zu nehmen, einen Pfeil, der durchschlagenden Erfolg versprach. Der Pfeil hatte eine blinkend silberne Spitze.

»Pfeil!«, sagte Bart. »Silberpfeil des Glücks! Dich habe ich für diesen Augenblick aufbewahrt. Vor Jahren hat mein Großvater Burt-mit-dem-Bogen dich auf einen Drachen abgeschossen, ihn verfehlt und wurde daraufhin von den mächtigen Klauen des Untiers auseinandergerissen. Mein Vater Brad-mit-dem-Bogen hat dich wieder aufgehoben und dich auf den Drachen abgeschossen, doch dieser hat ihm den Kopf abgebissen. Und nun darf ich, Bart-mit-dem-Bogen, mein Glück mit dir wagen, du Glückspfeil meiner Ahnen!«

Schmauch bäumte sich auf und verharrte einen Moment in der Luft, um Bart zu verhöhnen, bevor er ihn verspeiste. »Du sprichst mit deiner Waffe? Du bist bekloppt, du armseliges Menschenwürstchen! Sag deinem Bogen Lebewohl!«

Der freie Blick auf Schmauchs linke Achselhöhle machte Bart Mut, und deshalb richtete er noch ein paar letzte

Worte an seinen besten Freund. »Flieg gut, Silberpfeil des Glücks. Mach mich glücklich!«

Barts Bogen näselte wie ein gefeierter Country-Western-Sänger. Der Pfeil schoss geradewegs auf sein Ziel zu. Kein Deoroller fand je zielgenauer zur Achselhöhle seiner Bestimmung. Der Pfeil grub sich in Schmauchs mächtigen Unterarm, drang ihm ins Herz, und der Drache wusste, dass es um ihn geschehen war.

»Wahrhaftig! Mich hat's erwischt!«, rief das Ungeheuer. In seinem Todeskampf schwirrte der Drache am Himmel hin und her wie ein Luftballon, aus dem plötzlich die Luft abgelassen wird. Kurz gewann er an Höhe, bevor er auf die Stadt herniederstürzte. Er zuckte und schlug so lange um sich, bis auch wirklich jedes Gebäude in Trümmern lag. Auf das laute Ächzen von überstrapaziertem Holz folgte langes, splitterndes Krachen. Seestadt und Schmauch sanken gemeinsam auf den Grund des Länglichen Sees.

Bei dem Lärm drehten sich die flüchtenden Seestadtbürger um und sahen, wie ihre Stadt zusammen mit dem Drachen im See verschwand. Da die Gefahr gebannt war, fingen sie an, sich zu beklagen. Sie schlossen zum Bürgermeister auf, der die Flucht angeführt hatte.

»Sie haben uns ja mal ein feines Vermächtnis hinterlassen! Als wir Sie gewählt haben, lebten wir in einer dreckigen Stadt inmitten des Sees. Doch wegen Ihrer Amtszeit haben wir jetzt nur noch eine Drecksstadt am Grund des Sees!«

»Kommt schon, liebe Leute, ich bitte euch!«, wehrte sich der umzingelte Bürgermeister. »Das sind doch großartige Neuigkeiten! Wir haben den Drachen getötet!« Dann lachte er sich selbst ins Fäustchen, weil ihm plötzlich auffiel: *Schmauch ist tot und sein Hort unbewacht!*

Seine Wählerschaft brachte ihn schnell wieder auf den Boden der Tatsachen.

»Sheriff Bart hat den Drachen getötet. Wäre er doch nur nicht von den Trümmern getroffen und mit in die Tiefe gerissen worden, dann würden wir Sie Ihres Amtes entheben und ihn ganz legal zum neuen Bürgermeister wählen! Alle beklagen den Tod von Bart-mit-dem-Bogen, der leblos auf dem Grund des Länglichen Sees liegt.«

»Nö«, sagte eine ruhige, selbstbewusste Stimme vom Rand der Menge. Ein triefend nasser Bart trat vor. In seinem Haar hingen Seealgen, und in seiner Hose zuckte ein Fischschwanz. Dennoch sah er wie stets achtunggebietend aus.

»Ich lebe, und Schmauch ist tot«, sagte er. Die Seebürger jubelten. Bart zog die Stiefel aus und leerte das Wasser darin aus.

»Bart soll Bürgermeister werden! Bart soll Bürgermeister werden!«, grölte die Menge. Da wurde dem Bürgermeister klar, dass er schnell handeln musste. Deshalb trat er hinzu, um Barts Hand zu schütteln.

»Bart, im Namen der Stadt lassen Sie mich Ihnen unser aller Dankbarkeit ausdrücken. Ihre Begeisterung wird uns enorm dabei helfen, Seestadt wieder neu zu errichten. Aus Seestadt wird das Zentrum von Industrie und Handel in der Region werden und ein beliebter Ausflugsort. Doch bevor wir mit dem Wiederaufbau beginnen und über Neuwahlen sprechen, lasst uns erst klären, wer für die Zerstörung unserer Häuser und Geschäfte verantwortlich ist. Ich, euer bescheidener Staatsdiener, ganz sicher nicht. Wer also trägt die Schuld?«

Nach einem Augenblick der Stille kam ein zögerliches: »Der Drache?«

»Nun ja«, gab der Bürgermeister zurück. »Der Drache

ist tatsächlich irgendwie verantwortlich, aber warum? Wer hat ihn aus seinem friedlichen Schlummer gerissen? Wer hat ihn angestachelt, uns zu überfallen? Wer hat unsere Gutmütigkeit und Freigiebigkeit ausgenutzt? Wer hat nie eine Rechnung bezahlt oder die Zeche übernommen oder wenigstens ein angemessenes Trinkgeld springen lassen? Wer ist klein, bärtig und riecht nach Bier?«

»Die Zwerge!«, riefen die Seebürger. »Tötet die Zwerge!«

»Jetzt mal langsam, Leute«, mischte sich Bart ein. »Bevor wir darüber reden, wer wen tötet, sollten wir uns erst einmal die Fakten anschauen. Es ist völlig unmöglich, dass die Zwerge noch am Leben sind. Schmauch hat sie bestimmt gleich vernascht, als sie ihm in die Quere gestolpert sind. Erst einmal müssen wir uns um zwei Dinge kümmern. Erstens um die Frauen und Kinder. Und zwar, indem wir zunächst Unterkünfte bauen und nach Nahrung suchen. Zweitens müssen wir unsere Nachbarn um Hilfe bitten. Deshalb werde ich per Briefpapagei Kontakt zu den Waldelben aufnehmen, wie es unsere Vorfahren getan haben. An die Arbeit!«

Und so erreichte die Nachricht von Schmauchs Tod die Waldelben. Natürlich erzählte der Papagei die Neuigkeit auf seinem Flug dorthin (und wieder zurück) jedem, der ihm über den Weg lief. Und jeder, dem er es erzählte, verbreitete die Nachricht wieder an andere. Aus irgendeinem Grund ließ er die Botschaft auch gegenüber einer Riesenspinne aus dem Wüsterwald fallen. Er erwähnte sie auch unter dem Siegel der Verschwiegenheit gegenüber dem Fürsten der Adler, als er in dessen Horst einen auf die guten alten Zeiten trank. Björk erfuhr von zweien seiner sprechenden Hunde davon, als diese den Esstisch deckten. Wahrscheinlich hatten die es wiederum von ihren verrufenen Vettern, den Margen, die es von den Spinnen gesteckt bekommen hatten und es auch Blog, dem Sohn von Abzock und neuem Don Orkleone der Kübelberge, weitergesagt hatten. Auch E.On schnappte das Gerücht auf, das sich schnell im Letzten Eigenheim ausbreitete. Milbos Vermieterin Virginia hielt sich dort gerade wegen einer Wellnesskur auf und brachte die Nachricht anschließend nach Wobbingen, erzählte es dort aber niemandem. In ganz Drittmittelerde blieb einzig Go-Lump im Dunkeln, beziehungsweise über Schmauchs Tod in Unkenntnis.

Jedem, der davon erfuhr, war sogleich klar: *Schmauch ist tot und sein Hort unbewacht!* Unverzüglich wurden Pläne ersonnen, wie man, so unwahrscheinlich es auch immer war, einen Teil des Schatzes ergattern konnte.

In der Zwischenzeit sandte der Elbenkönig vom Wüsterwald den Leuten von Seestadt per Flussfloß alle Hilfe, die er erübrigen konnte: Schmelzkäseprodukte, gebrauchte Wohnwagen und massenhaft Bier. Dazu schickte er ihnen ein oder zwei Trupps Waldelbenkrieger, die mit traditionellen, rasiermesserscharfen Hockeyschlägern bewaffnet waren und furchterregende Torwartmasken trugen. Da es nicht kalt genug war, den Fluss auf Schlittschuhen hinabzufahren, legten sie den Weg kurzerfuß, will heißen: kurzerhand zu Fuß, zurück.

Der Elbenkönig und seine Krieger wurden als Befreier bewillkommnet. Der Bürgermeister empfing den Monarchen, und bald war eine Teilung von Schmauchs Schatz vereinbart, die beide Parteien zufriedenstellte.

Die Elben rückten mit Bart und Seestadtmilizen auf den Vereinsamten Berg vor. Nach ihrer dortigen Ankunft brauchten sie ihre Säcke nur noch mit Schätzen vollzustopfen und so viel davon heimzuschleppen, wie sie tragen konnten. Schritt eins und zwei waren so lange zu wiederholen, bis nichts mehr zu holen war. Jedenfalls in der Theorie.

Kapitel XV

Die Wolken verrammeln sich

Nun wenden wir uns wieder Milbo und den Zwergen zu. Diese saßen in der Falle. Nicht, weil sie dem Vereinsamten Berg nicht entkamen, sondern weil sie einer von Theorins endlosen Sitzungen beiwohnen mussten.

»Als Nächstes auf der Tagesordnung«, verkündete Theorin, »steht die Frage nach dem Abtransport.« Wie immer hatte nur Theorin eine Ausfertigung der Tagesordnung vor sich, weshalb er während der Sitzungen ohne zeitliche Einschränkungen tun und lassen konnte, was er wollte. Bei jedem neuen Tagesordnungspunkt rollte Pfählihn mit seinen scharfen Augen.

»Wie sollen wir den Schatz in unsere Heimat in den Alteisenbergen schaffen?«, fragte Theorin. »Milbo, wie sah Ranndarfs Plan diesbezüglich aus?«

Bei der Erwähnung von Ranndarfs Plan, der inzwischen schon etwas Legendäres hatte, prusteten sie los vor Lachen. Normalerweise verbannte Theorin jeglichen Humor aus seinen Sitzungen, doch heute war er in besonders guter Stimmung. Denn er war von Schätzen umgeben. Er saß sogar auf einem Haufen aus goldenen Lippenpiercingringen und Ohrsteckern. Diese hätten an den Geschenkartikelladen in Suchtal ausgeliefert werden sollen, doch es hatte Probleme mit den Papieren gegeben.

»Aber jetzt einmal im Ernst, Milbo«, sagte Theorin.

»Wie sieht Ihr Plan aus? Wie bekommen wir all diese Schätze hier raus?«

»Zu Hause in Wobbingen«, fing Milbo an, »würde ich einen großen Wagen mieten, ein paar Kästen Bier kaufen und ein paar Kumpels einladen, ohne ihnen vorher zu sagen, um was es geht.« Er brach ab. Diese Frage hatte Milbo sich selbst auch schon gestellt, war aber auf keine Antwort gekommen. Er war reich geworden, aber nur theoretisch. Wie sollte er seinen Reichtum jemals genießen? Nach Seestadt wollte er nicht umziehen. Er fühlte sich einsam, wenn er weit und breit der einzige Wobbit war. Und er war es leid, stets der Kleinste im Raum zu sein.

Bevor er noch einen realistischen Plan entwerfen konnte, flatterte ein alter Papagei in die Schatzkammer, derselbe Vogel, der Bart-mit-dem-Bogen Schmauchs Schwachstelle verraten hatte. Er setzte sich auf Pfählihns Schulter und pickte ihm in den langen Bart.

»Hey!«, beschwerte sich Pfählihn lauthals. »Lass das!« Der Papagei ließ das Picken und sah ihm in die Augen.

»Klopf, klopf!«

»Er möchte uns etwas mitteilen!«, sagte Theorin. Darauf waren die anderen auch schon gekommen. »Was sollen wir jetzt tun?«

Milbo seufzte, betrachtete die erwartungsvoll dreinblickenden Zwerge und sagte: »Wer ist da?«

»Dietlinde!«, sagte der Papagei.

»Dietlinde, wer?«, sagte Milbo.

»Ditt Lindwürmchen, det kleene, is tot!«, sagte der Papagei in einem seltsamen Dialekt, der aus seinem Schnabel eine Kodderschnauze machte.

»Was in aller Welt labert der da?«, wollte Theorin wissen.

»Er hat gesagt: Das kleine Lindwürmchen ist tot.«

»Das kapier ich nicht«, sagte Theorin.

»Der Drache ist tot«, erläuterte der Papagei. »Ich sah, wie er getroffen wurde, gestorben ist und dabei Seestadt in Schutt und Asche gelegt hat. Krahk!«

»Was für ein bescheuerter Klopf-Klopf-Witz!«, urteilte Pfählihn.

»Schmauch ist tot und Seestadt zerstört?«, fragte Theorin. »Das ist das Beste, was uns passieren konnte. Der Schatz ist unser, und wir müssen nicht einmal für Essen, Unterkunft und die Gebrauchsartikel bezahlen, die uns die Seestädter auf Pump geliehen haben! Wir sind reich, und unsere Gläubiger sind tot! Der feuchte Traum aller Zwerge ist Wirklichkeit geworden!« Auf seinem Berg aus alternativem Modeschmuck legte Theorin aus dem Stegreif einen Freudentanz hin.

»Nein, das habe ich nicht gesagt. Krahk! Die Leute von Seestadt sind mit dem Bürgermeister entkommen.«

»Oh«, sagte Theorin. Die Enttäuschung war ihm anzusehen, doch es ging vorüber. »Nun, wir sind immer noch reich, selbst wenn wir irgendwann einmal unsere Schulden bei den Seebürgern abgezahlt haben sollten. Sollen sie nur ihre Rechnungen einreichen, dann warten wir neunzig Tage, bis wir sie begleichen. Wir müssen den Schatz ja nicht gleich mit ihnen teilen.«

»Nun, doch, den müsst ihr mit ihnen teilen«, erklärte der Papagei. Er sprach immer deutlicher, mehr als man es von einem Vogel seiner Art erwartet hätte. »Da der Sheriff den Drachen getötet hat, glauben sie, Anspruch auf die Erbmasse des Verstorbenen zu haben. Einiges davon gehörte ihnen sowieso, weil sie es bei der Smithi-Bank angelegt hatten. Zudem haben sie euch geholfen, als ihr am Ende wart. Und last but not least hat euer

Abenteuer dazu geführt, dass ihre Stadt zerstört wurde. Krahk!«

»Buhu!«, sagte Theorin. »Ich hasse diese Mitleidsschiene. Dann zahlen wir sie eben mit einem gewissen Prozentsatz am Nettoerlös aus und geben ihnen ihre Einlagen zurück. Am Ende sind wir immer noch reich.«

»Nicht ganz«, widersprach der Papagei. »Denn sie haben die Waldelben um humanitäre Hilfe gebeten. Deshalb ist eine Horde Ärzte, Generalunternehmer und Krieger aus dem Wüsterwald auf dem Weg hierher. Die werden einen Anteil des Schatzes haben wollen. Auch sie haben Geld bei der SmithiBank eingezahlt.«

»Sonst noch jemand?«, fragte Theorin mit einem schweren Seufzen.

»Bisher habe ich nur den Spinnen und den Adlern davon erzählt. Aber ihr solltet damit rechnen, dass ihr auch noch etwas von den Margen und Orks hören werdet. Ach, und E.On habe ich auch davon berichtet. Aber das war's dann auch schon. Krahk!«

»Die werden die Bank stürmen!«, prophezeite Theorin. »Wenn die alle ankommen und ihr Erspartes ausgezahlt haben möchten, sind wir ruiniert. Ich finde, wir sollten den Eingang verrammeln und jeden umbringen, der sein Konto auflösen möchte. Schräger Vogel, weshalb hast du uns das angetan?«

»Ich wollte mich bloß ein bisschen wichtig fühlen«, gab der Papagei zurück. »Endlich hatte ich mal sensationelle Neuigkeiten zu berichten! Tut mir leid. Ich wollte euch nicht ärgern.«

»Ärgern?«, sagte Theorin. »Ich bin völlig außer mir! Wir sind hierhergereist, um einen Drachen zu töten, und nicht, um gegen ganz Drittmittelerde zu kämpfen!«

»Ich sagte doch, dass es mir leidtut.«

»Davon bekomme ich meinen Schatz auch nicht wieder zurück. Was sollen wir denn jetzt tun?«

»Ich könnte euren Vetter Daim in den Alteisenbergen über Schmauchs Schicksal informieren. Vielleicht würde der euch Hilfe senden. Krahk!«

»Unglaublich!«, sagte Theorin. »Du hast ganz Drittmittelerde Bescheid gegeben, aber den Zwergen hast du nichts gesagt?«

»Ich hatte total viel zu tun. Wie oft soll ich mich denn noch entschuldigen?«

»Flieg schleunigst zu Daim und richte ihm aus, dass er sobald wie möglich mit allen Söldnern, die auf seiner Gehaltsliste stehen, hier erscheinen soll. Darüber hinaus soll er noch ein paar als befristete Leiharbeiter einstellen.«

»Das kann ich machen, wenn ihr wollt. Aber ich glaube nicht, dass ihr euch einen Weg hinaus freikämpfen könnt. Ich denke vielmehr, dass es besser wäre, den Konteninhabern Zugang zu ihren Geldanlagen zu gewähren. Auf jeden Fall wäre das ein besserer Kundenservice.«

»Heute meint auch jeder, er wäre Experte in Sachen Kundenservice!«, meckerte Theorin. »Danke für dein Feedback, Papagei, aber du hast schon mehr als genug getan. Gib einfach Daim Bescheid, okay?«

»Ich bin gerne behilflich. Krahk!«, sagte der Papagei, flog hinaus und in Richtung der Alteisenberge.

Da fiel Theorin etwas ein, was er dem Vogel hätte sagen müssen. »Verdammt! Ich habe vergessen, dass er auch nach Wagen fragen soll, um die Schätze abzutransportieren! Wieso denkt denn außer mir niemand mit? Und wieso verbarrikadiert niemand den Eingang?«

O nein, dachte Milbo. *Das kann ja noch heiter werden!*

So befestigte man den Haupteingang, wobei Theorin selbst nicht Hand anlegte. Im Empfangsbereich der SmithiBank türmten die Zwerge Schreibtische, Aktenschränke und Anrichten zu einer behelfsmäßigen Barrikade auf. Das Ganze machte den Eindruck, als bauten Kinder, die wegen eines Schneesturms drin bleiben mussten, im Wohnzimmer eine Burg aus Klappstühlen, Couchkissen und Decken. Sie hatten eine Menge Spaß und beschäftigten sich tagelang damit.

Milbo beschäftigte sich dagegen mit dem Gedanken an Essen. Er führte Experimente durch, um die Käcke schmackhafter zu machen.

Wenn ich doch nur was hätte, was man auf diese Käcke draufmachen könnte. Aber hier gibt es nichts. Keine Erdnussbutter, keine saure Sahne, keinen Zwiebeldip. Nicht einmal Hummus. Das Einzige, was er zuwege brachte, war eine Mischung aus geschrotetem Käcke und Wasser, welche die Zwerge benutzten, um die Wand aus Büromöbeln zu zementieren.

Eines Nachts sah man im Tal unterhalb des Bergs die Lichter eines großen Heerlagers.

»Ich kann sie sehen!«, rief Billi. »Eine Horde Waldelben mit ihren Gästen, der Miliz von Seestadt!«

»Ich habe sie zuerst gesehen«, sagte Pfählihn.

»Hört schon auf damit, ihr zwei!«, herrschte Theorin sie an. »Morgen wird ein anstrengender Tag.«

Am nächsten Morgen verließen eine Handvoll Elben und Milizionäre das riesige Lager, das sie am vorigen Abend am Fuß des Bergs errichtet hatten. Vorsichtig näherten sie sich der SmithiBank wie schwer bewaffnete Testkäufer.

Tofu erklomm schwankend den Drehstuhl, der die Barrikade bekrönte, und rief den Neuankömmlingen zu: »Willkommen bei Smithi Finanzdienstleistungen. Ich bin Tofu. Wie kann ich Ihnen helfen?«

Die Kundschafter waren überrascht. Nie war der Service in der SmithiBank derart freundlich gewesen. Bevor sie eine Antwort herausbrachten, schlug Tofu ihnen einen Querverkauf vor.

»Haben Sie bereits ein Eigenheim?«, fragte er. »Dann ist dies der richtige Zeitpunkt, um über eine Eigenkapital-Zwischenfinanzierung nachzudenken. Oder wie wäre es mit einem gebührenfreien Girokonto für Ihr kleines Unternehmen?«

Tofus vorausgreifendes Verkäufergebaren ließ die Stimmung bei der Kundschafter-Kundschaft schnell umschlagen. Jetzt fanden sie auch ihre Worte wieder.

»Sie haben nicht nach unseren Wünschen gefragt, bevor Sie Ihre Verkaufsmasche abgezogen haben!«, beschwerte sich ein Elb. »Sie haben noch nicht einmal versucht, erst ein Vertrauensverhältnis zwischen Kunde und Dienstleister aufzubauen! Genau wie bei der alten SmithiBank!« Sie wandten sich um und gingen davon.

»Ihr werdet wiederkommen!«, triumphierte Theorin, der alles ganz genau beobachtet hatte. »Wohin wollt ihr denn sonst gehen? Zu einer Genossenschaftsbank?«

Zufrieden mit sich, stimmten die Zwerge zum ersten Mal seit Wochen wieder ein Lied an. Milbo hoffte auf eines, das er hinterher vor sich hinsummen konnte.

Der König geht in den Berg hinein,
Die Zwerge geh'n in den Berg hinein,
Der Wobbit geht in den Berg hinein,
Zu sehn, ob Schmauch ist tot.

Ob Schmauch denn wirklich tot,
Das Schwert des Königs rot.
Die Zwerge geh'n in den Berg hinein
Und schlagen Schmauch keck tot!

Das Lied schien Theorin zu gefallen, auch wenn darin ständig die Melodie der Seestädter Hymne wiederholt wurde. Milbo war erstaunt, wie schnell die Zwerge die Opferbereitschaft, das Geschick und die Tapferkeit anderer Leute als eigenes Verdienst in Anspruch nahmen.

Am nächsten Morgen kam ein Trupp aus Elben und Seestädtern in die Lobby der alten SmithiBank. Die Elben waren mit Hockeyschlägern bewaffnet, und die Seeleute trugen Mistgabeln und – obwohl es helllichter Tag war – Fackeln. Alle wedelten sie mit ihren gezückten Sparbüchern. In Serpentinen wanden sie sich entlang der Absperrungen aus rotsamtenem Band, die Billi in der Nacht aufgestellt hatte. Als sie vorn an der Barrikade ankamen, rief Tofu ihnen erneut einen Gruß entgegen:

»Willkommen bei Smithi Finanzdienstleistungen. Ich bin Tofu. Wie kann ich Ihnen helfen?«

Ein hochgewachsener Mann trat vor. Er kaute am Ende einer stumpfen Zigarre, trug einen Poncho und hielt einen Langbogen mit Elfenbeingriff in der Hand. Mit zusammengekniffenen Augen sah er Tofu an und sagte: »Könnte ich bitte mit dem Geschäftsführer sprechen?«

»Lassen Sie mich nachsehen, ob er zu sprechen ist«, sagte Tofu und kletterte von der Barrikade hinab. Die Elben und Menschen begannen sich zu unterhalten und beklagten sich darüber, dass das so lange dauerte, weil die SmithiBank zu wenig Schalterpersonal hatte.

Da erschien Theorin und erklomm die Barrikade. Dort klammerte er sich an dem Bürostuhl fest und rief: »Hallo, ich bin Theorin, ich bin hier der Geschäftsführer. Wo liegt das Problem?«

»Ich habe eine Frage bezüglich meines Kontostands«, sagte der Kunde mit den zusammengekniffenen Augen.

»Ich verstehe«, gab Theorin zurück. »Wie war doch gleich Ihr Name, Sir?«

»Den habe ich Ihnen nicht genannt«, erwiderte der Mann. »Aber um die Sache voranzubringen, werde ich dies tun. Mein Name ist Bart, Bart-mit-dem-Bogen. Ich bin der Sheriff von Seestadt.«

Er hielt seinen Bogen in die Höhe. »Das ist ein Zweimeterbogen aus Eibe mit einem Zuggewicht von achtundneunzig Pfund, der mächtigste Langbogen der Welt, mit dem man Pfeile glatt durch jede Rüstung schießen kann …«

»Würden Sie bitte zum Punkt kommen, Sir?«, drängte Theorin. »Hinter Ihnen warten eine Menge anderer Kunden.« Den größten Teil seines Lebens hatte er es mit wütenden Kunden zu tun gehabt, die ihn hatten umbringen wollen. Deshalb jagte ihm der Bogen keine Angst ein.

»Diese Leute würden gerne ihre Konten auflösen«, sagte Bart.

»Das höre ich mit großem Bedauern«, sagte Theorin und hielt ein paar Papiere in die Höhe. »Das geht aber nicht so auf der Stelle. Jeder von Ihren Freunden muss einen dieser Anträge auf verlorenes und im Stich gelassenes Eigentum ausfüllen und vom Notar beglaubigen lassen. Wir werden jeden Antrag prüfen und innerhalb von fünfundvierzig Tagen antworten.«

»Fünfundvierzig Tage?«, sagte Bart. »Antragsformular? Vom Notar beglaubigt?«

»Ja. Der Drache hat all unsere Akten zerstört. Doch jetzt, nachdem ich ihm den Kopf abgeschlagen habe, können wir rasch die Anträge durchgehen.«

»Sie haben den Drachen also getötet, was?« Bart kniff die Augen noch mehr zusammen. Dann grinste er. »Oh, ich verstehe! Sie scherzen! Aber damit ärgern Sie meine Freunde. Diese Elben könnten leicht auf die bescheuerte Idee kommen, dass Sie sich über sie lustig machen, und sie mögen es gar nicht, wenn man sich über sie lustig macht. Entschuldigen Sie sich gefälligst bei ihnen, und dann werden wir unsere Konten auflösen. Zahlen Sie für den Schaden, den Sie im Wüsterwald angerichtet haben, zahlen Sie Essen, Unterkunft und Gebrauchsartikel, die wir Ihnen zur Verfügung gestellt haben, und dann sind wir auch schon wieder weg.«

»Entschuldigen? Bezahlen?«, sagte Theorin. »Niemals! Zwerge, greift zu euren Bogen!«

Während die Zwerge sich noch nach ihren Bogen umsahen, hatte Bart bereits einen Pfeil aufgelegt, die Sehne gespannt und die Pfeilspitze auf Theorin gerichtet. Theorin konnte nicht umhin festzustellen, wie nahe er dem Tod war.

»Zwerge! Befehl aufgehoben!«, rief er und wandte sich wieder an Bart. »Ihnen ist bewusst, dass es sich bei einem Banküberfall um ein schwerwiegendes Verbrechen handelt?«

»Wie gesagt, ich bin hier der Sheriff, und das ist kein Banküberfall. Ich möchte Sie lediglich ermutigen, die Auszahlung unseres Geldes zu beschleunigen.«

»Kommt gar nicht infrage!«, sagte Theorin. »Ich gebe Ihnen noch eine Chance. Kommen Sie morgen ohne Ihre elbischen Schlägertypen noch einmal, dann können Sie Ihr Formular in unseren Büroräumlichkeiten ausfüllen.«

»Nein, Theorin«, sagte Bart und senkte den Bogen. »Vielmehr werden Sie uns sagen, wann Sie bereit sind, uns auszuzahlen, was uns gehört. Bis dahin können Sie sich an Ihrem Schatz aufgeilen und sich von der Käcke ernähren, die wir Ihnen geliefert haben. Ich habe mal gehört, dass sie sehr gut sein soll, wenn man sie auf grünen Salat bröselt. Aber wahrscheinlich haben Sie keinen grünen Salat.«

Bart und seine Truppe wandten sich um und gingen zu ihrem Lager zurück.

»Wow!«, sagte ein Milizionär zu Bart. »Ich habe nie erlebt, dass Sie so viel am Stück geredet haben, ohne zwischendurch jemanden zu erschießen!«

Theorin war wieder herabgeklettert und hatte erneut die Suche nach dem Markenstein aufgenommen. Natürlich fand er ihn nicht, und sein Ärger über die Belagerung verwandelte sich in Wut. Während des Abendessens wich die Wut bitterer Trübsal.

»Wegen dem Drachengestank hier drin schmeckt die Käcke besonders schlecht«, jammerte er. »Wie können die Seestädter uns nur den grünen Salat vorenthalten?«

»Ich hätte so gern einen grünen Salat!«, sagte Fettsack.

»Ich auch«, meinte Milbo. Er stand auf, um ein paar Krümel abzuklopfen, und hoffte, dass die Beule in Form eines Markensteins in seiner Hose niemandem auffiel.

Kapitel XVI

Wie ein Dieb in der Nacht

Die Tage verrannen, und die Käcke wurde immer schlimmer. Und trotz der Inventur, der die Zwerge den Schatz unterwarfen, blieb Trans Markenstein auf mysteriöse Weise verschollen.

»Das große, wunderschöne Juwel gehört mir«, erklärte Theorin bei der morgendlichen Versammlung. »Wer es findet, muss sogleich den ersten Platz auf der Tagesordnung für die Nachmittagsbesprechung beantragen, um es mir mitzuteilen. Wer es versäumt, mich von seiner Entdeckung in Kenntnis zu setzen, muss mit einem persönlichen Coaching durch mich rechnen.« Er fuchtelte mit einem mit Iridium überzogenen Kriegshammer vor ihnen herum.

Milbo bekam das Gefühl, als würde Theorin ihn beäugen. Als hätte er ihn im Verdacht. Deshalb zog er den Markenstein in dieser Nacht aus seiner Hose und benutzte ihn als Kissen. Da spürte er, dass der Barren aus vierundzwanzigkarätigem Gold, den er zuvor als Kissen benutzt hatte, um einiges weicher war als der Diamant.

Der Papagei tauchte auf, um jedem der praktisch Eingesperrten seine Klopf-Klopf-Witze aufzuzwingen. Doch er brachte auch Neuigkeiten.

»Daim ist unterwegs«, sagte der Papagei. »Er eilt mit fünfhundert Zwergen von den Alteisenbergen hierher, und sie sehen grimmig aus. Ich habe ihnen ein paar Klopf-Klopf-Witze erzählt, doch da sind sie nur noch grimmiger geworden. Krahk!«

»Echt jetzt?«, sagte Milbo.

»Aber um zu euch zu gelangen, müssen sie sich erst einmal an all den Kriegern vorbeischlagen, die draußen lagern«, stellte der Papagei fest. »Und dann? Euer Schatz macht euch nur Schwierigkeiten. Er wird noch euer Tod sein, und das, obwohl der Drache keine Gefahr mehr darstellt.«

»Ist das nicht ironisch, Theorin?«, sagte Milbo.

»Danke, das ist mir selbst aufgefallen«, versetzte Theorin. »Aber wenn der Winter hereinbricht und meine Freunde in der Nähe sind, wird sich Bart vielleicht etwas offener für Verhandlungen zeigen. Mit ausreichend Papierkram und Verzögerungen kommen wir vielleicht noch einmal davon!« Er wedelte mit dem Kriegshammer, während er sich wieder der Suche nach dem Markenstein widmete.

Milbo wusste, dass mit Theorin generell nicht gut Kirschen essen war. Doch jetzt war nicht nur nicht gut Kirschen essen, sondern er war auch verrückt und regelrecht gefährlich. Wenn Milbo die Sache nicht in die Hand nahm, würde es noch viel, viel schlimmer enden. Wie immer.

Wie es zu seiner Gewohnheit geworden war, wartete er ab, bis die Nacht hereingebrochen war, und steckte den Markenstein wieder in die Hose. Dann stibitze er ein Stück Seil und stieg auf die Barrikade. Dort saß Fettsack und hielt Wache.

»Ist Ihnen auch kalt?«, fragte der Zwerg. »Ich spüre meine Finger nicht mehr.«

»Ja, hier oben geht ein furchtbar eisiger Wind«, sagte

Milbo. »Hören Sie, Fettsack, ich kann nicht schlafen. Vielleicht habe ich zum Abendessen zu viel getoastete Käcke gegessen oder mein Goldkissen ist zu klumpig, jedenfalls bin ich hellwach. Können wir nicht unsere Wachschichten tauschen? Meine beginnt um Mitternacht. Sie gehen jetzt und wärmen sich eine Weile auf. Bifi hat aus alten Anlegerbriefen ein hübsches Lagerfeuer gemacht. Um Mitternacht hole ich Sie, und vielleicht kann ich dann ein wenig schlafen. Wären Sie so gut und würden das für mich tun?«

»Machen Sie Scherze? Liebend gern würde ich mit Ihnen tauschen! Hey, was machen Sie mit dem Seil?«

»Ach, das?« Milbo hielt das Seil hoch und versuchte, sich nichts anmerken zu lassen. Es war eine große Spule des rotsamtenen Bands aus der Lobby von Smithi Finanzdienstleistungen.

»Ähm, Theorin hat mir gesagt, dass ich dafür verantwortlich wäre, den Staub aus dem Samt zu bürsten«, antwortete Milbo. »Stellen Sie sich das vor!«

»Dieser Theorin ist echt eine Landplage«, sagte Fettsack. »Sehen Sie sich nur an, in welchen Schlamassel er uns da hineingezogen hat! Sie haben gehört, was der Papagei gesagt hat. Dreizehn Zwerge gegen den Rest von Drittmittelerde! Eine weitere Stufe abwärts auf Theorins Leiter der Fehltritte. Ich hätte aussteigen sollen, sobald er Ranndarf angeheuert hat.«

Fettsack hielt in seiner Klage inne, um Luft zu holen. »Tut mir leid, Milbo. Ich glaube, diese Belagerung geht mir an die Substanz. Ich würde alles geben für ein gutes Essen. Ja, selbst für eine Zwergenspezialität!«

»Wem sagen Sie das?«, sagte Milbo. »Gehen Sie schon und wärmen Sie sich auf, und dann sehen wir uns um Mitternacht wieder.«

»Danke, Milbo. Für einen Wobbit sind Sie schwer in Ordnung.«

Milbo achtete nicht auf die taktlose Bemerkung und beobachtete, wie Fettsack schnaufend und keuchend von der Barrikade kletterte. Er wartete ein paar Augenblicke und band das Samtseil an das Bein eines Konferenztischs. Bald war es an Milbo, zu schnaufen und zu keuchen, während er sich an der steilen Außenwand der Barrikade hinabließ. Er ließ das Seil baumeln, steckte seinen Ring an und hastete unsichtbar auf die hellen Lichter, die herrlichen Kochgerüche und das ausgelassene Gelächter der Belagerer zu.

Ich kann nicht fassen, dass ich dies tue, sagte sich der Wobbit, während er am Vorauseilend entlangschlich. An einer Stelle wurde der Fluss schmaler. Hier wollte er ein paar dekorative Trittsteine benutzen, um ans andere Ufer zu gelangen, doch es ist gar nicht leicht, Trittsteine zu treffen, wenn man unsichtbare Füße hat. Das ist, wie wenn man jemand anderem die Krawatte binden will. In der Mitte des Stroms verfehlte er einen Stein und trat knietief ins eiskalte Wasser.

»Verdammte Schei...«, begann er, verlor aber vollends das Gleichgewicht. Er landete auf dem Hosenboden, sodass ihm das Wasser bis zur Brust stand. Obwohl er klein war, verursachte sein Fall ein lautes Platschen, und obwohl er sich – im Wasser sitzend – nicht rührte und das Beste hoffte, näherten sich zwei Elbenwächter.

»Das Platschen klang nach einem Glasaugenbarsch«, sagte der eine Waldelb. »Oder vielleicht sogar nach einer Muskellunge! Lass uns morgen früh noch mal mit Angelzeug und ein paar Flaschen Bier hierherkommen, was? Hach je, welche Angelfreuden!«

»Ach, sei doch kein Armleuchter«, sagte der andere.

»Du hast wohl geglaubt, das war ein Fisch, was? Sieh doch nur dort, da ist ein wobbitförmiges Loch im Wasser. Dieser Hintern, der einem Muffin gleicht, gehört bestimmt jener kleinen Kreatur, die Theorin sich als Diener hält.«

»Muffin, in der Tat!«, schnaubte Milbo, während er triefend aufstand und sich den Ring vom Finger zog. Außerhalb des Wassers war es noch kälter als drinnen.

»Ich brauche eine Decke, ein Feuer, trockene Kleider, ein warmes Essen und ein paar Gläschen Hochprozentiges«, erklärte Milbo den Elben. »Und dann muss ich so schnell wie möglich mit Sheriff Bart sprechen!«

Zwei Stunden nachdem Milbo sich von den Zwergen davongeschlichen hatte, knabberte er an einer großen gegrillten Truthahnkeule vor einem prasselnden Feuer und nahm ordentliche Schlucke aus einer Brandyflasche. Das Catering der Waldelben war besser, als er es von seiner Zeit im Wüsterwald in Erinnerung hatte. Zwar gab es keine Kleider in seiner Größe, doch seine eigenen waren dank des besonders heißen Elbenfeuers fast schon wieder trocken. Während er auf sie wartete, saß er gemütlich in einen dicken Schottenbademantel gehüllt, den man ihm geliehen hatte. Bart und der Elbenkönig betrachteten Milbo und warteten darauf, dass er beim Kauen eine ausreichend lange Pause einlegte, um sich zu erklären. Sie hatten schon eine ganze Weile gewartet. Doch jetzt fing Milbo endlich zu sprechen an, wenn auch mit vollem Mund.

»Ich habe seit Ewigkeiten keinen so guten Truthahn mehr gegessen! Und dieser Brandy steigt mir schon zu Kopf, von daher sollte ich vielleicht rasch auf den Punkt kommen. Ich werde die Zwerge nicht verraten, nicht einmal, um der nach Drache stinkenden, lediglich Käcke bietenden und mit Metallkissen ausgestatteten Hölle zu entkommen. Doch so lange Theorin bestimmt, wo es langgeht, wird wohl keiner da jemals lebend herauskommen. Und dann habe ich keine Möglichkeit mehr, meinen Anteil des Schatzes nach Wobbingen zu schaffen. Deshalb möchte ich diese Belagerung beenden und verlange bewaffneten Geleitschutz für meinen Heimweg. Mit Koch und persönlichem Diener. Bezahlt und verproviantiert von den Waldelben«, sagte Milbo, während er dem Elbenkönig zuprostete. »Mein Anteil am Schatz ist mir nicht so wichtig. Vielmehr stünde ich lieber auf Ihrer Gehaltsliste, Ihre Majestät. Vielleicht als PR-Vertreter der Wüsterwald-Ferienhütte in Wobbingen. Irgendein fingierter Pseudojob, für den ich Krankenkassenbeiträge und Leibrente bekomme.«

»Und was«, sagte der Elbenkönig, »bekommen wir von Ihnen als Gegenleistung, mein kleiner Freund?«

»Ich gebe Ihnen dieses Verhandlungsdruckmittel in die Hand.« Damit warf er ihnen den schweren Markenstein vor die Füße.

Schweigend starrten Bart und der König das Juwel an. Es sah aus wie eine durchsichtige, mit Sodawasser gefüllte Wasserbombe, die das Licht eines besonders kitschigen Weihnachtsbaums reflektierte.

»Dies ist der Markenstein, der wichtigste Besitz aus allen Einlagen der SmithiBank. Theorin verzehrt sich danach und wird euch im Tausch gegen ihn alles anbieten.«

»Ich dachte, Sie wollten die Zwerge nicht verraten?«, sagte Bart mit zwergenhaftem Ingrimm.

»Also bitte, Sheriff!«, kreischte Milbo. Er hustete, räusperte sich und sprach dann weiter. »Ich mache noch etwas viel Besseres! Sheriff, ich will doch nur Blutvergießen vermeiden, und dieser Diamant ist das Einzige, womit man Theorin an den Verhandlungstisch zwingen kann. Stellen Sie sicher, dass Sie mit Ihrem Anliegen auf die Tagesordnung für die morgige Frühsitzung kommen. Bald wird Theorins Vetter Daim mit fünfhundert Zwergenkriegern hier sein. Mir wurde berichtet, sie seien genauso grimmig wie Sie. Und wenn Sie mich jetzt entschuldigen würden, ich muss zur SmithiBank zurück.«

»Nun, Menschenskinder«, sagte der Elbenkönig. »Das ist ein Blickfang und kein Irrtum. Sie haben recht, Mr. Muffin. Aber wollen Sie wirklich zu Theorin und seiner Bande zurück? Die rasten aus, wenn sie herausbekommen, was Sie getan haben.«

Milbo dachte kurz nach. »Ihre Majestät, Sie haben vollkommen recht. Ich glaube, ich bleibe hier.«

Während man Milbo in sein Zelt führte, kam er an einem alten Mann vorbei, dessen dunkler Mantel den buschigen Schnurrbart nicht ganz verbergen konnte. Seine Stimme klang vertraut.

»Ich hatte mal wieder recht!«, freute sich der Alte. »Milbo, mein Junge, ich wusste doch, dass Sie eine perfekte Ergänzung für Theorins Projektteam sein würden, und nun sind Sie hier! Dank meiner Umsicht haben Sie die Sache geschaukelt!«

»Ranndarf?«, sagte Milbo in der Hoffnung, dass er sich irrte.

»Natürlich bin ich es!«, antwortete der Zauberer und warf seine Kapuze nach hinten. »Wer sonst? Nun, hören Sie mir gut zu! Sie müssen zur SmithiBank zurückgehen und auf mein Zeichen warten. Sie werden schon wissen, was zu tun ist. Bis dahin sind Sie absolut sicher. Ich sorge dafür, dass Theorin niemals erfährt, dass Sie uns den Stein gegeben haben. Bleiben Sie einfach mit den Füßen auf dem Boden der Tatsachen und mit dem Kopf in den Wolken. Handeln Sie voller Enthusiasmus, dann werden Sie auch enthusiastisch! Geben Sie Ihre ganzen hundert Prozent!« Ranndarf machte in der Art noch eine Weile weiter, bis Milbo von so viel unerbittlicher Motivation wie hypnotisiert war.

Im Unklaren über das »Zeichen«, aber in der Hoffnung, dass Ranndarfs Rat gut sein würde, eilte Milbo zur Barrikade zurück. Er kletterte an dem Samtband hoch, was genau so schwer war, wie er es aus dem Schulsportunterricht in Erinnerung hatte. Nach ein paar vergeblichen Versuchen gelangte er schließlich hinauf. Er band das Seil los, weckte Fettsack und ging schlafen. Seine Sorgen versuchte er mit schönen Gedanken an Bacon und Eier zu verscheuchen, doch es gelang ihm nicht recht. Die ganze Zeit spukte es in seinem Kopf: *Ich hoffe, dass ich es nicht bereuen werde, auf Ranndarfs Rat gehört zu haben!*

Kapitel XVII

Die Schlacht der sechs oder sieben Heere

Milbo befand sich wieder in der SmithiBank und bereute zutiefst, auf Ranndarfs Rat gehört zu haben. Bei Tag betrachtet fiel ihm auf, wie idiotisch es von ihm gewesen war, ins Zwergenlager zurückzukehren. Bestimmt würde Theorin seinen Verrat noch vor dem Abendessen entdecken.

Ich weiß noch nicht einmal, wozu ich hier bin, dachte Milbo. *Ranndarf hat mir den Grund nicht verraten. Wenn es überhaupt einen gibt.*

Alle waren begeistert darüber, dass Theorins morgendliche Sitzung von der Ankunft des Elbenkönigs und Barts unterbrochen wurde. Deren Delegation bestand weiterhin aus ihren jeweiligen Gefolgsleuten und einem alten Mann in einem Kapuzenmantel, der den Zwergen irgendwie bekannt vorkam. Er hatte eine Tragetasche der Wüsterwaldhütte bei sich.

Na, wer das wohl ist?, dachte Milbo, der so wütend war, dass er sogar sich selbst mit Sarkasmus strafte.

»Hey, guten Tag auch!«, sagte der Elbenkönig. »Theorin, sind Sie bereit, gesittet und vernünftig mit uns zu reden?«

»Niemals!«, rief Theorin von der Barrikade herab. »Höflichkeit ist für Versager! Vernunft ein lahmer Ersatz für Selbstvertrauen! Keine Tatsache oder Wahrheit wird je meine Meinung ändern! Wie ich gestern schon sagte:

Reichen Sie Formulare ein, und Ihre Anträge werden sorgfältig geprüft werden.«

»Gibt es denn nichts, worüber Sie verhandeln würden, na?«

»Verhandeln?«, sagte Theorin. »Was reden Sie da? Nein!«

»Sind Sie sich sicher?«

»Ich sagte Nein! Sie haben nichts, worüber ich verhandeln würde!«

»Was, wenn wir Ihnen sagen würden, dass wir im Besitz des Markensteins sind?«

»Ach bitte!«, sagte Theorin. »Machen Sie sich nicht lächerlich! Für Trans Markenstein gäbe ich alles, aber das spielt keine Rolle, denn er kann sich unmöglich in Ihrem Besitz befinden!«

»Und was, wenn wir ihn doch haben?«, fragte der Elbenkönig.

»Aber ihr habt ihn nicht!«

»Wir haben ihn doch!«

»Habt ihr nicht!«

Derlei Gespräche waren zwischen Elben und Zwergen nicht außergewöhnlich. Doch der Elbenkönig gab als Erster nach und legte den Beweis vor.

»Und ob wir ihn haben! Hier ist er, Mr. Großkotz Eichenkilt!« Er zog den Stein aus der Tragetasche des Alten und hielt das blitzende wulstige Juwel mit beiden Händen in die Höhe.

Theorin stotterte und stammelte und war für einen Moment zu verdutzt, um jemanden anzuklagen oder zu beleidigen. Dann fing er sich wieder und brüllte los.

»Wie können Sie es wagen! Dieser verführerische Felsbrocken gehört der SmithiBank! Mir! Geben Sie ihn mir sofort zurück!«

»Hätten Sie wohl gern. Den geben wir Ihnen erst zurück, wenn Sie all unsere Forderungen erfüllt haben. Sie schulden mir mein Erspartes!«

»Nein! Mein Vater und meines Vaters Vater haben Ihnen das doch schon erklärt! Das war kein Sparkonto! Sie haben bei uns eine Wertpapieranlage erworben, und deren Wert kann fallen! Haben Sie den Werbeprospekt denn nicht gelesen?«

»Noch mehr Papierkram, was? Na schön, Theorin, bei uns wartet Ihr überdimensionaler Diamant auf Sie. Sobald Sie uns zurückgeben, was uns zusteht, können Sie ihn mit stoppeligen Küssen bedecken.«

»Aber das ist mein Markenstein!«, sagte Theorin. Dann verflog plötzlich seine Wut, und an ihre Stelle trat Argwohn. »Wie haben Sie sich den Stein eigentlich angeeignet, wenn ich fragen darf?«

»Wir haben ihn uns nicht angeeignet, sondern er wurde uns gegeben«, sagte der Alte. Zum Erstaunen der Zwerge ließ er den Mantel zu Boden fallen und offenbarte sich. Theatralisch breitete er die Arme aus.

Kurz war Theorin von einem Gedanken abgelenkt: *Nur gut, dass er darunter Klamotten anhat.*

Der Alte sagte: »Ha, ha! Ich bin's, Ranndarf!«

»Wusst ich's doch!«, rief Theorin. »Das war das letzte Mal, dass ich jemanden als Projektmanager einstelle, nur weil er mir ein paar Getränke zahlt!«

»Gern geschehen!«, sagte Ranndarf.

»Dann darf ich Sie fragen, Ranndarf, wer genau Ihnen meinen wundervollen Markenstein gegeben hat?«

»Milbo hat ihn uns gebracht«, sagte Ranndarf. »Oh, halt, Augenblick ...«

Doch es war zu spät. Theorin stieß vor Wut und Ohnmacht einen Schrei aus.

Auch Milbo stieß einen Schrei aus, bevor er brüllte: »Ranndarf, Sie Ratte! Sie erbärmlicher Drecks...« Doch weiter kam er nicht, da Theorin ihm den Hals zuschnürte und ihn hochhob. Er quetschte Milbos Gurgel, als wolle er Zahnpasta aus ihr herausdrücken.

»Sie mickriger Wobbit!«, sagte Theorin. »Sie winziger ... Fachberater!«

Da haben wir es also, dachte Milbo, während er nach Atem rang. *Er hätte mich alles Mögliche heißen können, einen Dieb oder Verräter, aber stattdessen beleidigt er mich aufgrund meiner Körpergröße.*

»Stellen Sie den Wobbit wieder hin!«, befahl Ranndarf. »Er hat lediglich auf meinen Befehl hin gehandelt. Dass Milbo mir den Markenstein bringt, war Teil meines Plans, der bald Ihre kühnsten Träume übertreffen wird. Nun lassen Sie ihn los!«

Theorin löste den Würgegriff. Obwohl Milbo schwindelig war, vermochte er noch klar genug zu denken, um Ranndarf die Lorbeeren für die Entführung des Markensteins zu überlassen, auch wenn sie ganz allein Milbos Idee gewesen war. Vielleicht würde er das später erwähnen, wenn wieder alles eingerenkt und Theorin dementsprechend etwas dankbarer war. Jetzt aber lieber nicht.

»Das ist eine Verschwörung«, grummelte Theorin. »Alle sind gegen mich.« Er sah auf Milbo herab.

»Nun? Raus mit der Sprache, Sie kleiner, ähm, Kleinkrimineller!« Während Milbos Geständnis hätte Theorin Zeit, sich bessere Beleidigungen zu überlegen.

»Theorin, in meinem Vertrag steht klipp und klar, dass mir ein Vierzehntel aus allen Gewinnen zusteht, die sich aus der Tötung Schmauchs ergeben. Als meinen Anteil habe ich eben Trans Markenstein gewählt.«

»Unfug!«, sagte Theorin. »Wir haben Ihnen nichts dergleichen angeboten! Unser Standardtarif für Fachberater ist ein fester Tagessatz plus sein Körpergewicht in Gold. Deshalb arbeitet Fettsack nicht mehr auf Honorarbasis, sondern erhält ein festes Gehalt.«

»Das stimmt«, sagte Fettsack. »Mit dem Honorarvertrag bei der SmithiBank habe ich früher ein Vermögen gemacht.«

»Mag sein«, sagte Milbo. »Aber Sie haben mir etwas anderes angeboten.« Er griff in sein Spitzenkettenhemd und zog den zerknitterten Vertrag heraus, den er in Wobbingen bekommen hatte. »Schauen Sie mal, was hier steht.« Er deutete auf einen der Schlüsselparagraphen.

Theorin blickte auf den Vertrag, auf Milbo, auf den Markenstein, auf Ranndarf, auf die Kriegerschar und schließlich auf Bart und den Elbenkönig, zu denen er nach einem tiefen Seufzer sprach.

»Nun gut, meinetwegen. Ich werde eure Einlagen persönlich auszahlen. Ich werde alle geplatzten Investitionen ersetzen, die noch offenen Rechnungen begleichen und sämtliche Waren ausliefern, ob sie nun schon bezahlt wurden oder nicht. Das alles könnt ihr morgen früh an derselben Stelle, wo ihr jetzt steht, in Empfang nehmen. Gebt mir nur meinen Stein!«

»Jep«, sagte Bart. »Den kriegen Sie morgen, wenn wir unsere Schätze bekommen.« Theorin wurde rot.

»Na gut!«, schleuderte er ihnen wütend entgegen und wandte sich zu Milbo um. »Und jetzt weg da mit Ihnen, Sie …!«

Milbo kletterte an der steilen Vorderseite der Barrikade hinab. Er wollte nicht warten, bis ihm jemand ein Samtseil reichte.

Der Tag verging und die Nacht ebenso, wie sie es auch sonst zu tun pflegen. Das Lager erreichte die Nachricht, dass Daim mit seinen Zwergen heute noch eintreffen würde.

Und das taten sie auch und waren schrecklich anzusehen. Ihre Helme waren aus Eisen, genau wie ihre Rüstungen, Stiefel und ihre Kummerbünde. Selbst ihre Schlagringe waren aus Eisen. Bewaffnet waren sie mit schweren, eisenbeschlagenen Montiereisen. Sie schauten grimmig drein, wahrscheinlich, weil es unbequem war, in einer reinen Eisenrüstung herumzulaufen. Ihre zu französischen Zöpfen geflochtenen Bärte wirkten ebenfalls grimmig und waren mit eisernem Schmuck verziert, der die Grimmigkeit allerdings etwas abmilderte. So schnell sie ihre kurzen, mit Eisen gerüsteten Beine trugen, eilten sie auf den Berg zu. Bart-mit-dem-Bogen ging ihnen entgegen, um sie zu begrüßen.

»Keinen Schritt weiter«, sagte er durch zusammengebissene Zähne und einen Zigarrenstummel. »Wer seid ihr, und was wollt ihr hier?«

»Ich bin Daim und will mich hier mit Theorin Eichenkilt treffen. Wir sind hier, um der Neuen Smithi Finanzdienstleistungen XL bei ihrem Personalengpass auszuhelfen. Ich habe Azubis und Zeitarbeiter dabei, die einen besseren Service gewährleisten werden. Nun machen Sie Platz!«

Bart konnte weder Azubis noch Zeitarbeiter unter den Zwergen ausmachen. Er sah lediglich fünfhundert Kriegsbankerveteranen. Auf ihren Rücken trugen sie Rucksäcke, die mit ausreichend Frühstücksfleisch, Baked Beans und Eipulver gefüllt waren, um einer langen Belagerung standzuhalten.

»Aus dem Weg!«, wiederholte Daim.

»Nö«, gab Bart zurück. »Wir haben uns als Erste angestellt. Sobald wir unsere Geschäfte mit Theorin geklärt haben, kommen Sie dran. Bis dahin: Trollt euch!«

Etwas in Barts Blick sagte ihnen, dass er grimmiger als jeder Zwerg war. Grummelnd und murrend zogen sie sich zurück, um selbst ein Lager aufzuschlagen. Bart kehrte in seines zurück und wartete auf die Übergabe des Markensteins am nächsten Morgen. Genau das hatte Daim erhofft.

Urplötzlich griffen die Zwerge an. Irrwitzigerweise gewannen fünfhundert gut sichtbare und kurzbeinige Zwerge das Überraschungsmoment.

Noch plötzlicher und unheimlich rasch brach eine Finsternis herein. Obwohl es noch früh am Tag und noch nicht einmal Mittagessenszeit war. Die Dunkelheit kam wie eine große Wolke aus pechschwarzen Zylindern über sie. *Vielleicht muss die Schlacht wegen hohen Dunkelheitsaufkommens abgesagt werden*, dachte Milbo.

»Halt!«, rief Ranndarf, der noch plötzlicher als die Zwerge und die Finsternis auftauchte. Da stand er, inmitten der drohenden Schlacht, einem Ort, den er normalerweise mied.

»Die Orks greifen euch an! Blog, der Sohn des Don Orkleone der Kübelberge, naht!«

»Die Orks?«, fragte Daim. »Welcher Idiot hat die aufgescheucht? Die Orks stürzen sich sonst nie so weit von den Kübelbergen entfernt in die Schlacht. Und wo ist der Don Orkleone? Wieso ist Blog gekommen?«

»Vielleicht ist er immer noch sauer, dass ich den Don getötet habe«, sagte Ranndarf.

Zwerge, Elben und Menschen starrten plötzlich allesamt Ranndarf an. Sie waren gespannt, was er als Nächstes sagen würde.

»Um genau zu sein«, ruderte Ranndarf zurück, »meine ich, dass es eine Gemeinschaftsaktion war, wenn ich sage, dass ich ihn getötet habe. Im Grunde war ich daran kaum beteiligt. Eigentlich war es sogar eher ein bedauerlicher Unfall. Was passiert ist, kann man nicht mehr rückgängig machen, möchte ich damit sagen. Wichtig dabei ist nur, dass man sich bewusst ist, dass es nicht meine Schuld war.«

Ihm war klar, dass er sie ablenken musste, damit sie ihn nicht lynchten, während sie auf die Orks warteten.

»Hey!«, sagte Ranndarf. »Seht euch das an! Fledermäuse schwirren über Blogs Heer wie ein Heuschreckenschwarm. Da sind auch Marge, so viele, dass man meinen könnte, ein Meer aus, ähm ...«

Alle warteten ab.

»... ein Meer aus Murmeltieren würde auf uns zurollen! Es wird brenzlig! Schnell, lasst uns reden! Es wird Zeit für einen meiner idiotensicheren Pläne!«

Und so begann die Schlacht, mit der niemand gerechnet hätte und die ursprünglich die Schlacht der sechs Heere genannt wurde. Später kamen aber noch weitere Heere dazu, sodass man nach der Schlacht erneut eine Zählung vornahm, aufgrund der man zu genaueren Ergebnissen gelangte und sie umbenannte. Fürs Erste aber nahmen an der Schlacht teil die Achse des Bösen, bestehend aus 1) Orks, 2) Margen und 3) Fledermäusen. Auf der anderen Seite stand die Achse des Guten, als da wären die 4) Menschen, 5) Elben und 6) Zwerge.

Die Kübelbergorks hatten eine Vendetta gegen Ranndarf ausgerufen. Sie richtete sich gleichermaßen gegen Theorin, die anderen Zwerge, Milbo und die SmithiBank. Blog, der neue Don, hatte die Fünf Orkfamilien zusammengetrommelt, und gemeinsam waren sie »auf die Matratzen gegangen«. Sie gierten nach Rache, und einige hatten auch noch persönliche Zahlungsanweisungen der alten SmithiBank, die sie einlösen wollten. Als sie von Schmauchs Tod erfahren hatten, hatte die Aussicht auf herrenlose Handelswaren, die man mit enormer Gewinnspanne günstig verkaufen konnte, ihre Schritte beschleunigt.

Als die Achse des Bösen sich näherte, profitierte Ranndarf von dem alten Hass zwischen Orks und Elben. Denn letztere hassten Orks noch mehr als Zwerge. Die Waldelben waren so wild darauf, Orks zu töten, dass sie und alle anderen vollkommen vergaßen, dass Ranndarf an der Schlacht schuld war.

Ranndarf versuchte verzweifelt, einen Schlachtplan zu entwerfen. Er schindete etwas Zeit, indem er den Versammelten einige teamfördernde Gruppenübungen aufzwang. Und es funktionierte. Elben, Zwerge und Menschen arbeiteten reibungslos zusammen, um die Übungen möglichst schnell hinter sich zu bringen. Schließlich schlug jemand einen Plan vor. Es war Daim, der die Übung, bei der man sich rückwärts fallen und von einem anderen auffangen lassen musste, unterbrach, um eine Strategie vorzulegen, die auf seiner Kenntnis der orkschen Kriegsführung beruhte.

»Ein Orkmob dieser Größe wird nicht die Taktiken anwenden, die wir von ihnen gewohnt sind«, erklärte Daim. »Anstatt euch in eine Bar zu locken, eure Hand auf dem Tresen festzunageln und euch von hinten zu erdrosseln, werden sie eher folgende Herangehensweise wählen.« Er nahm einen Stecken und fing an, etwas in die Asche auf dem Boden zu zeichnen.

»Die klassische Angriffsformation der Orks ist die einer Kampfchimäre«, erläuterte er beim Zeichnen. »Als Erstes lösen sich Fledermäuse aus den Schwingen der Chimäre und flattern an die Front. Sie rechnen damit, dass wir vorrücken, um uns den Fledermäusen zu stellen. Doch das ist nur eine Finte. Denn die Fledermäuse werden sich sodann zurückziehen, eine andere Formation bilden und als die umschlingenden Tentakel der Chimäre wiederkehren.« Niemand sagte etwas, doch waren alle schon reiflich verwirrt.

»Wieder werden sie mit einem Vorstoß unsrerseits rechnen, doch wir würden von den Margen im Schnörkel festgenagelt werden. Schließlich werden die Orks Hufe, Zunge und Augenstiele der Chimäre bilden, uns einkesseln und sämtliche Widerstandszellen vernichten.« Die Zeichnung auf dem Boden sah aus wie die Montageanleitung für ein IKEA-Regal.

Ranndarf war bereits bei den Worten »werden sie eher folgende Herangehensweise wählen« mit den Gedanken abgeschweift. Als das Bild in der Asche allmählich verwehte, sagte er: »Das ist zu kompliziert.«

»Oh, es ist unglaublich kompliziert«, erwiderte Daim. »Und es bringt fast nie etwas. Wenn es uns gelingt, an Ort und Stelle zu bleiben, während sie ihre Manöver durchziehen, dann können wir sie damit vielleicht verwirren und letztlich obsiegen.«

»Nun, auf denn!«, sagte der Elbenkönig. »Ihr habt den Zwerg gehört, oder? Alle Mann auf eure Posten!«

Während die Heere vier, fünf und sechs sich bereit machten, wurden sie von Heer drei in seiner Schwingenformation angegriffen. Die Fledermäuse umflatterten die Köpfe der Elben, weil diese am größten waren. Doch die Wüsterwaldelben kannten sich im Freien bestens aus und gerieten nicht in Panik. Und so wurden die Fledermäuse rasch zurückgeschlagen.

Als Nächstes kamen die Marge in ihrer Schnörkelformation. Die Seestädter Miliz warf mit übrig gebliebenen Schweinerippen und Krakauern nach ihnen, wodurch unter den Margen, die sich gegenseitig anfauchten und bissen, große Verwirrung und Unordnung entstand.

Die Huf- und Augenstielformationen, die gänzlich aus Orks gebildet wurden, kamen als Letzte. Sie waren heiß darauf, ihre schrillen Manöver abzuziehen und mit ihren Zweihänder-Schlachtwürgeisen anzugeben. Inzwischen waren alle sechs Heere in den Kampf verwickelt.

Milbo hatte furchtbare Angst. Schon in einem frühen Stadium der Schlacht hatte er sich den Ring angesteckt, um sich vor dem rachsüchtigen Theorin zu verbergen. Mit Müh und Not konnte er einem gewaltigen Waldelbenangriff ausweichen. Als ihre tödlichen Curlingsteine an ihm vorbeizischten, zuckte er zusammen.

Da Orks keine Wintersportarten mögen, verursachte die Salve Panik in ihren Reihen. Sie ließen ihre reizbaren Schnappmesser fallen und liefen davon. Ihre Margkomplizen fielen über die zurückgelassenen verwundeten Orks her und fraßen sie ihrer Gewohnheit folgend auf. Das deprimierte die Orks so sehr, dass auch sie anfingen, verwundete Orks zu futtern.

Doch Teile der Orkelite, die »gemachten« Orks, waren auf den Vereinsamten Berg geklettert und griffen nun von oben an. Sie warfen mit Betonsteinen, die sie von einer nahe gelegenen Baustelle geklaut hatten. Sie waren doch nicht so leicht zu besiegen, wie Daim geglaubt hatte.

Jetzt sammelten sich die Orks zu einem gigantischen Schlachthaufen, um erneut heranzustürmen. Neue Marge, die sich noch nicht mit Orkfleisch vollgefressen hatten, waren inzwischen eingetroffen. Mit ihnen war auch Blogs Leibgarde gekommen. Die Leibgarde bestand aus Hämogoblins von gewaltiger Größe, die riesige, gemeingefährlich geschwungene Rasiermesser trugen.

Milbo entdeckte ein ruhiges Örtchen und beobachtete, wie Bart mit seinem Langbogen Orks erlegte. Mit seinem Schnellfeuer erschoss er einen nach dem anderen. Barts Geschwindigkeit und Zielsicherheit kamen Milbo geradezu übernatürlich vor. Ebenso die Tatsache, dass Bart nicht die Pfeile ausgingen. Doch dann fiel ihm auf, dass die Orks trotz Barts Anstrengungen näher rückten. Als Bart gerade für einen besonders schwierigen Schuss zielte, mit dem er fünf Orks auf einmal durchlöchern würde, erschallte von der Barrikade ein Schrei.

»Holt sie euch, Zwerge!« Es war Theorin! Sein Schlachtruf war nicht klug, kam aber von Herzen. Schlachtrufe zu improvisieren und Führungsqualitäten zu zeigen, waren nicht gerade Theorins Stärken. Er war besser darin, die Dinge über Memos und Untergebene zu regeln. Doch jetzt spornte er die Schar seiner Verwandten höchstpersönlich an, sich in die Schlacht zu werfen.

Die Aufsichtsratsmitglieder der SmithiBank waren von fabelhaften Deluxerüstungen aus den Gewölben der SmithiBank geschützt. Mit ihren überkandidelten Retrohelmen und Schilden bereiteten sie manch einem dem Untergang geweihten Ork eine große Freude.

»Zu mir! Zu mir!«, rief Theorin, während er es sich in seiner neuen Rolle als Generalfeldmarschall bequem machte. »Zwerge, Menschen und selbst ihr Elben, zu mir!« Bald hatte Theorin die zahlreiche Menge der Verbündeten um sich versammelt. Wie ein Mann griffen sie an, sodass Orks und Marge vor ihnen davonstoben. Gelegentlich schossen sie auch eine Fledermaus ab. Doch als sie sich bis zu Blogs Leibgarde durchgekämpft hatten, vermochten sie deren Reihen nicht zu brechen.

Die Hämogoblins, von denen manche so groß waren, dass sie den Elben bis zu den Schultern reichten, warfen eine Angriffswelle nach der anderen zurück. Elbische Hockeyschläger und zwergische Montiereisen konnten sie nicht schrecken. Weil sie immer und immer wieder selbst angreifen mussten, ermüdeten die Verbündeten schon bald. Und so erhielt Blog Gelegenheit, wieder eine Schar zusammenzuziehen, während die Elben, Menschen und Zwerge verschnauften und ihre Schwertarme ausruhten. Den Hämogoblins gesellten sich Marge, Fledermäuse und normalgroße Orks zu, um sich für den letzten vernichtenden Schlag zu sammeln.

Das sichere Örtchen, von dem aus Milbo die Schlacht beobachtet hatte, war nicht länger sicher, nicht einmal nach Schlachtenmaßstäben. Stets mit einem gesunden Überlebensinstinkt ausgestattet, überlegte er, wie er ein letztes Mal die Seiten wechseln konnte, kam aber zu keinem Schluss. Er schlich sich zum Elbenkönig, um möglichst viel Abstand zu Theorin zu gewinnen. Dadurch hoffte er, dem Tod durch dessen rachsüchtige Hand zu entgehen. Auch Ranndarf war dort und saß auf einigen toten Orks. Offenbar grübelte er über etwas. Entweder bereitete er eine magische Entladung vor, die Blog in einen Berg Karamellpopcorn verwandeln würde, oder er legte sich ein paar wahrhaft denkwürdige letzte Worte zurecht. Milbo wusste es nicht zu sagen.

Kurz kam ihm die Idee, sein Taschenmesser zu zücken und sich ins letzte Gefecht zu begeben. Doch er wusste nicht, welches der Werkzeuge er ausklappen sollte. *Vielleicht wäre gegen geharnischte Feinde der Kreuzschlitzschraubenzieher geeignet? Oder halten Orks ihre Rüstungen mit einfachen Schlitzschrauben zusammen? Oder mit Bolzen? Ach Mist, das Messer wird man so oder so sehen!*

Soll ich den Ring etwa abnehmen, um im Kampf zu sterben, wie es mein Vorfahr Müllquassler Tucke getan hätte? Wenn ich unsichtbar bleibe, kann ich genauso gut von einem Querschlägerpfeil erledigt werden. Vielleicht übersieht man mich aber auch vollständig. Im unsichtbaren Zustand könnte ich die Orks weglocken, so wie ich es mit den Waldelben gemacht habe! Ach, wem will ich denn etwas vormachen? Dafür ist es zu spät.

Es ist nur so bitter, dass wir nun sterben sollen nach allem, was wir durchgemacht haben. Andrerseits hatten wir unglaubliches Glück, dass wir es überhaupt bis hierher geschafft haben. Was für eine irre Zeit! Wahrscheinlich werde ich die Zwerge vermissen. Zumindest ein paar von ihnen. Theorin konnte ich nie verknusen, aber wer kann das schon? Fettsack dagegen war schwer in Ordnung, und Touri und Iro. Auch der Elbenkönig war nett. Und dieser Bart – tötet der den Schmauch mit einem einzigen Pfeil! Und sogar der gute alte Ranndarf. Soll ich nie wieder eine seiner Lügen hören? Sollen wir alle für nichts und wieder nichts sterben?

Milbos innere Abschiedsrede wurde unterbrochen, als die schwarzen Wolken, die das Schlachtfeld verdunkelten, so plötzlich aufbrachen, wie sie erschienen waren, und einen roten Sonnenuntergang enthüllten. Als er dieses flinke Funkeln in der feisten Finsternis erblickte, fummelte er schutzsuchend am Bein des Elbenkönigs herum und hoffte, lange genug am Leben zu bleiben, um den Anblick genießen zu können. Dann sah er etwas, was sein Herz einen Schlag aussetzen ließ, so wie es Fettsack unzählige Male passiert war. Er sah Adler!

»Seht!«, sagte er zu dem Elbenkönig, der verwirrt war, weil Milbo unsichtbar sein Bein umklammerte und zu ihm sprach. »Schaut alle her! Die Adler kommen!«

Alle außer Theorin sahen auf. Dieser griff nach seinem Vorkriegshammer und machte sich auf die Suche nach Milbo, indem er der Stimme folgte. Angestrengt lauschend kam Theorin zu dem Schluss, dass sich Milbos Kopf gleich rechts von der Stiefelspitze des Elbenkönigs befinden musste.

»Die Adler!«, sagte Milbo ein weiteres Mal und gab Theorin damit die perfekte Gelegenheit, ihn von hinten zu erwischen.

»Entschuldigen Sie«, sagte Theorin zum Elbenkönig, der höflich zur Seite trat. Theorin zog Milbo mächtig eins über den unsichtbaren Helm, sodass der Wobbit mit einem dumpfen Schlag zu Boden fiel und das Bewusstsein verlor. Und das war's.

Kapitel XVIII

Die langen Abschiede

»Ich weiß, ›das war's‹ hätte ich dem Barkeeper sagen sollen«, erklärte Milbo. »Aber ich konnte nicht! Denn es war Happy Hour!« Desorientiert wachte Milbo auf und fand sich auf dem verlassenen Schlachtfeld. Es war früh am Morgen.

Halt! Ich bin gar nicht im Eselsdrachen! Aber wo bin ich? Wieso tut mir der Kopf so weh? Dann traf ihn die Erinnerung wie ein wütender Zwerg mit einem Vorkriegshammer.

Die Schlacht mit den Orks! Jetzt erinnere ich mich. Die Adler sind uns zu Hilfe gekommen, aber was geschah dann? Wer hat gewonnen? Er erkannte eine einsame Gestalt, einen Milizionär aus Seestadt, der Orkleichen auf eine überladene Schubkarre warf.

»Sie da!«, rief Milbo. »Sie da mit den Orkleichen! Wer hat die Schlacht gewonnen?«

Der Mann sah zu Milbo herüber. »Okay, wer versteckt sich da? Ich habe einen langen Tag vor mir, wenn ich alle diese Orks verscharren soll. Also machen Sie es nicht noch schlimmer mit Ihren schlechten Scherzen. Zeigen Sie sich!«

»Was reden Sie denn da?«, sagte Milbo. »Ich stehe doch direkt vor Ihnen. Oder wollen Sie mich beleidigen, weil ich so klein bin? Nun, ich mag vielleicht kleiner sein als jeder Elb, Mensch oder Zwerg in Drittmittelerde, aber ich habe so manches gelernt, seit ich im Frühjahr meine Kellerwohnung in Wobbingen verlassen habe. Also passen Sie auf, Sie einfältiger Miesepeter! Sonst wird Ihnen Mr. Milbo Muffin, Wobbit und Fachberater, den Arsch … Oh, Sekunde, bitte.«

Milbo fiel ein, dass er noch immer den Ring trug. Er zog ihn ab und erschien plötzlich vor dem großen, übel gelaunten Krieger, dem er eben gedroht hatte. Erschrocken wich der Mann zurück, doch dann legte er die Hand an den Schwertgriff.

»Wie war noch gleich Ihr Name?«

»Muffin!« Wenn er es sich recht überlegte, wollte er es nicht auf einen Kampf mit einem Typen ankommen lassen, der doppelt so groß war wie er selbst. »Ich bin der berühmte Milbo Muffin! Kommen Sie schon, Kumpel! Der einzige Wobbit auf dieser Seite Suchtals! Vielleicht ist Ihnen mein guter Freund, der Zauberer Ranndarf, ein Begriff?«

»Ranndarf?«, sagte der Krieger und zeigte sich empört darüber, dass Milbo annahm, er würde den Zauberer kennen.

»Kommen Sie mit, Muffin. Theorin Eichenkilt von der SmithiBank möchte Sie sehen.« Der Krieger kippte die Orkleichen aus der Schubkarre und forderte Milbo auf, hineinzusteigen. Man musste ihm zugutehalten, dass er Milbo nicht aufforderte »aufzuspringen«.

Milbo sah in die Schubkarre, erwog angesichts des Hygieneproblems darin, doch zu Fuß zu gehen, blickte zu dem Krieger auf, bereute, dass er ihn einen »einfältigen Miesepeter« genannt hatte, und stieg vorsichtig ein.

Ich muss dran denken, mir die Hände zu waschen, wenn

wir das Lager erreichen, dachte er. *Oder ich warte damit bis nach meinem Treffen mit Theorin. Lohnt sich nicht, mich zu waschen, wenn er mich nachher sowieso lyncht.* Dann überlegte er, was er Theorin sagen sollte, falls der Zwerg ihn nicht auf der Stelle massakrieren würde. Doch als er im Lager ankam, wurde er von einem anderen begrüßt.

»Muffin, mein Junge!« Natürlich war es Ranndarf. Er hatte einen blutigen Verband am Arm, doch das Blut schien von außen auf den Stoff gespritzt worden zu sein. »Ich freue mich so, dass Sie nicht tot sind! Denn das heißt, dass ich gewinne! Ich wusste von Anfang an, dass Sie Glück bringen würden.«

Milbo kletterte umständlich aus der Schubkarre, was für keinen leicht ist. Er zischte vor Schmerzen, die sich während der Nacht im Freien auf kalten und feuchten Orkleichen in seinem Steiß eingenistet und verschlimmert hatten.

»Wie geht es dem Hexenschuss, alter Junge?«, fragte Ranndarf.

»Fast so schlimm wie meinem Kopf. Theorin hat versucht, mich umzubringen.«

»Und wer könnte ihm einen Vorwurf machen? Hey, da fällt mir ein, er wollte Sie sehen, sobald Sie hier aufkreuzen. Hier lang.« Er fuchtelte unbekümmert mit seinem »verletzten« Arm.

»Das dauert höchstens eine Minute«, versprach er, während er die Zeltplane zur Seite schlug. Milbo sah sich verzweifelt um, erspähte keine Fluchtmöglichkeit, holte tief Luft und ging hinein.

Zu Milbos Überraschung und großer Erleichterung lag Theorin schwer verwundet darnieder. Seine Retrodeluxerüstung war zerlegt und sein Vorkriegshammer eingedellt. Er sprang nicht auf, um Milbo zu erschlagen.

Theorin streckte ihm die Hand entgegen, und der Wobbit schreckte vor ihr zurück. Dann wurde ihm klar, dass dies kein Angriff war. Argwöhnisch gab Milbo dem Zwerg die Hand und wartete auf einen Fluch auf dem Sterbebett oder einen bitteren Vorwurf.

»Mr. Muffin, mir ist bewusst, dass wir unsere Meinungsverschiedenheiten hatten. Ich bin noch immer am Boden zerstört, weil Sie mich verraten haben. Sie haben den einen Schatz gestohlen, der mir lieber ist als alles andere. Zu meinen Sitzungen kamen Sie immer zu spät. Dennoch sind Sie der beste Fachberater, mit dem ich jemals zusammengearbeitet habe. Es war falsch von mir, Sie töten zu wollen. Ich will nicht in die Schalterhallen, Foyers und Gewölbe meiner Väter eingehen, ohne Ihnen persönlich meine Wertschätzung und die Dankbarkeit der SmithiBank auszudrücken. Ich bedaure lediglich, dass ich Ihnen für Ihre gute Arbeit keine Bonuszahlung anbieten kann. Das würde ich nur zu gerne tun, aber es steht nicht in meiner Macht. Es wäre gegen unsere Firmenpolitik. Und nun, leben Sie wohl!«

Milbo ging hinaus und fand ein abgeschiedenes Plätzchen. Dort, ob ihr es glaubt oder nicht, heulte er, bis er rote Augen hatte. Mit stockender, heiserer Stimme sagte er: »Dieser Knauser! Schmauch hatte recht! Ich verschaffe ihm mehr oder weniger eigenhändig einen Berg voller Schätze, aber er kann mir nicht einmal einen Bonus geben!«

Er lästerte noch eine Weile über den verstorbenen Theorin, bevor er sich beherrschte. *Nun, wenigstens hat er nicht noch einmal versucht, mich umzubringen. Das ist schon mal etwas. Und die meisten Chefs, die ich im Lauf der Jahre gehabt habe, wollten mich umbringen, hatten aber nicht den Nerv dazu. Theorin war da echt eine Ausnahmefigur.*

Und was mache ich jetzt? Sieht so aus, als könnte ich tatsächlich bei lebendigem Leib heimkehren, aber wie? Was soll ich tun? Ich … ach, sieh da, Mittagessen!

Milbo aß. Währenddessen erzähle ich euch, was so passiert ist, nachdem Theorin nach dem Leben des Wobbits getrachtet hatte. Die Adler hatten jede Bewegung der Orks beobachtet und halfen bei ihrer Vernichtung nur zu gerne mit. Denn sie wollten es ruhiger in der Nachbarschaft. Die Schlacht gab ihnen eine perfekte Gelegenheit, sich ihrer unliebsamsten Nachbarn zu entledigen.

Doch auch nachdem die Adler sich als siebtes Heer in die Schlacht der sechs oder sieben Heere gestürzt hatten, blieben die Orks noch im zahlenmäßigen Vorteil. Sobald die Adler die Orks von den Klippen gestoßen hatten, wurden neue Orks von ihren Kapos an die Front geschoben.

Im letzten Moment erschien Björk höchstpersönlich. (Da er allein unterwegs war, zählte er nicht als achtes Heer.) Er hatte seine riesenhafte Schwanengestalt angenommen und war darin noch größer als sonst. Und er war sehr wütend.

Sein Schwanengetröte klang wie das Hupen eines gewaltigen, zornigen Kraftfahrers. Er wischte Marge und Orks aus seiner Bahn wie ein Wobbit, der sich den Weg zu einem gemischten Büffet freikämpft. So traf er auf Theorin und seine Zwerge, die sich verzweifelt der Übermacht stellten. Mit kraftvoller Schwinge hob Björk den verwundeten Theorin auf und trug ihn in Sicherheit.

Eilig kehrte er zurück, noch wütender als zuvor. Klapp- und Rasiermesser gleichermaßen prallten an seinen Federn ab, während er Blogs Leibgarde mit Flügeln und Schnabel in Stücke hieb. Dann schlug er Blog selbst nieder und drückte ihn mit seinen mit Schwimmhäuten versehenen Füßen platt.

Das war schlichtweg zu viel für die Orks, die die Waffen fallen ließen und wegrannten. Auch die Fledermäuse flohen, und selbst die Marge, die nicht einmal mehr innehielten, um einen letzten Bissen von ihren gefallenen Kameraden zu naschen. Als man Milbo mit der Schubkarre ins Lager brachte, war die Schlacht schon seit Stunden vorbei.

Nachdem Milbo zu Mittag gegessen hatte, besuchte er Theorins Beerdigung. Wie geplant kam er dort kurz vor dem Ende der Zeremonie an. Er schrieb etwas ins Gästebuch und freute sich auf den Empfang, sein zweites Mittagessen.

Milbo sah noch, wie Bart Trans Markenstein auf Theorins Brust legte. Pfählihn bat den Schützen, ein paar Worte zu sprechen.

Bart räusperte sich und spuckte aus. »Besser spät als nie«, sagte er, indem er den Bogen überspannte.

Dann trat der Elbenkönig mit Theorins Schwert Orkkrise vor. Man hatte es dem Zwerg abgenommen, als er bei den Waldelben in Gefangenschaft geraten war. Unter dem Schwert, dem Markenstein, ein paar symbolischen Krümeln Käcke aus Seestadt und einer Abschiedsscheibe Honigbrot von Björk war von Theorin fast nichts mehr zu sehen.

Doch das Schwert war noch zu sehen, und man sagt, dass es im Dunkeln leuchtete, wenn sich Feinde näherten. Auch später noch musste in Theorins abgedunkeltem Grab ständig jemand Wache halten, um zu beobachten, ob Orkkrise leuchtete. Das war der langweiligste Job, zu dem man in Daims Vereinsamtem Berg verdonnert werden konnte. Aber Daim verdonnerte, nicht nur zu dieser, sondern zu allen möglichen Aufgaben. Denn die Zwerge, die alle irgendwie verwandt miteinander waren, scharten sich um ihn, um sich der zwergischen Tradition der Vetternwirtschaft zu erfreuen. Von Theorins Projektteam blieben nur noch zehn. Hilli und Billi waren bei dem Versuch, ihren Chef zu verteidigen, gefallen, denn er war der ältere Bruder ihrer Mutter, was man anderswo »Onkel« nennt.

Da Theorin tot und begraben war, kamen alle überein, dass der Schatz, nachdem alle Kunden und Gläubiger ausgezahlt worden waren, durch zehn geteilt werden sollte. Niemand konnte mit Sicherheit sagen, wer Hillis und Billis Erben repräsentierte. Und anstatt es herauszufinden, teilten sie die Summe lieber durch zehn statt durch dreizehn. Damit waren alle Überlebenden zufrieden. So weit bekannt hatte Theorin außer Leuten der Kategorie »jüngste Tochter vom Bruder« keine Familie hinterlassen. Er konnte von Glück sagen, dass sie ihm Schwert und Markenstein ließen.

Der Schatz, den es zu teilen galt, war ungeheuer groß, und er wies eine rätselhafte Überschusssumme auf. Sie nahmen an, dass es sich dabei vor allem um die Einlagen des Orkkönigs Golfimpfuhl handelte, die bereits bei der Gründung der Bank eingezahlt worden waren. Glücklicherweise waren die Orks nicht mehr in der Lage, eine Auszahlung entgegenzunehmen.

Mit diesem Überschuss eröffneten die Zwerge die Neue Smithi Finanzdienstleistungen XL. Aus dem Vereinsamten Berg machten sie wieder den Hauptsitz ihres Unternehmens. Die Aufräumarbeiten waren zwar horrend, doch sie sparten erkleckliche Kosten für Marketing und Werbung, da Daim in der Gegend für ausreichend Wohlwollen gesorgt hatte. Nachdem Theorins Schulden beglichen waren, half Daim den Seebürgern, ihre Stadt mit einem kolossalen kommunalen Reinvestitionsprogramm wieder aufzubauen. Nach der Rückerstattung der Investitionsverluste des Elbenkönigs kam es zu einem nie dagewesenen Wachstum der waldelbischen Wirtschaft und zu Rücküberweisungen. Daim gab großzügig Kredite zu angemessenen Zinssätzen, und dank des Anreizes durch den Tod Schmauchs fuhr Smithi Finanzdienstleistungen früher als erwartet Gewinne ein.

Als Bezahlung verlangte Milbo lediglich zwei kleine Truhen, eine gefüllt mit Silber, und die andere mit Gold. Daim wollte wissen, warum.

»Milbo, warum nehmen Sie nicht gleich zwei Truhen Gold? Sie haben doch sicher schon mitbekommen, dass eine Truhe Gold viel mehr Wert ist als eine ebenso große Truhe mit Silber, oder nicht? Weshalb vergeuden Sie Ihre Zeit mit Silber?«

»Das hat Ranndarf vorgeschlagen«, sagte Milbo. »Er meinte, das wäre eine gute Möglichkeit, mein Portfolio zu erweitern. Doch wahrscheinlich haben Sie recht. Ja, machen Sie zwei Truhen Gold daraus, bitte.«

Es kam der Tag, als er all seinen Freunden Lebewohl sagen musste. Bei einem Abschiedsfrühstück in den Räumen von Smithi Finanzdienstleistungen beendete er seine kurze Rede mit den Worten: »Leben Sie wohl, Pfählihn! Und leben Sie wohl, Quälihn! Lebt wohl, Mori, Iro, Touri, Boing, Doing, Bifi und Tofu. Fettsack, ich glaube, Sie werde ich am meisten vermissen. Leben Sie wohl, Theorin Eichenkilt! Möge Ihre Bank niemals bankrottgehen!« Milbo wandte sich um und ging davon.

Dann kam er noch einmal zurück und fügte hinzu: »Hilli und Billi, leben auch Sie wohl.«

Die Zwerge hielten ihn in ihrer renovierten Banklobby zurück und verbeugten sich tief. »Auf Wiedersehen und viel Glück!«, sagte Pfählihn. »Falls Sie uns je mal besuchen kommen sollten, bitte vergessen Sie nicht, dass Sie keine Ansprüche mehr gegenüber der SmithiBank haben. Mit den zwei Kisten Gold sind alle unsere Verpflichtungen aufgrund von erhaltenen Dienstleistungen Ihnen gegenüber abgegolten.«

»Sollten Sie jemals nach Wobbingen kommen«, sagte Milbo, »reservieren Sie auf jeden Fall vorher in einem Gasthaus. Vielleicht können wir uns dann irgendwo auf einen Kaffee treffen.«

Wieder wandte er sich um. Da trat Ranndarf an ihn heran und fragte: »Stört es Sie, wenn ich mich anschließe?«

Sie begleiteten die Elben, die froh waren, wieder in ihre Hütte zurückzukehren. Sie sahen einem Frühling voller Freude und Überfluss entgegen, obwohl gerade erst ein Winter voller Grippen und Erkältungen anbrach. Der Drache war tot, und die Orks waren besiegt. Sie empfanden Frieden, da sie wussten, dass das Böse ein für alle Mal aus Drittmittelerde verbannt war. Zu diesem Zeitpunkt vermochte Milbo keinerlei Ironie in ihrer Freude auszumachen.

Björk begleitete Ranndarf und Milbo, die auf zwei vom Drachen verschont gebliebenen Seestädter Ponys ritten. Unterwegs erklärte er ihnen die Geheimnisse der Natur wie: »Der Blätter drei, geh dran vorbei. Ist er schwarzbraun wie die Haselnuss, schafft der Apfel viel Verdruss.« Er machte auch gerne Beobachtungen wie: »Seht Regenbogen! Regenbogen gut!« oder »Seht Müll am Wegrand! Müll böse!« oder »Seht Kaninchen! Kaninchen gut!« Die meisten Dinge, auf die er sie hinwies, waren »gut«. Er wirkte etwas weniger reizbar als bei ihrem ersten Zusammentreffen.

Als sie den Wüsterwald erreichten, beschloss Milbo, ihn lieber mit Björk zu umgehen, als ihn mit den Waldelben zu durchqueren. Während der Schlacht der sechs oder sieben Heere war ihm die Abwesenheit der Riesenspinnen sehr wohl aufgefallen. Deshalb hatte er den Verdacht, dass sie noch immer zahlreich und auf ihn wütend waren. Er tätschelte Stink, das mit eingeklappten Klingen in seiner Tasche ruhte, während er sich von den Elben verabschiedete.

Milbo erlitt viel Drangsal und erlebte viele Abenteuer auf seinem Heimweg, doch nichts davon war interessant genug, um daraus ein Buch zu machen. Björks Anblick hielt ihnen die meisten Störenfriede vom Leib, und Ranndarf führte sie weniger häufig in die Irre als gewöhnlich.

Mittwinters erreichten sie Björks Anwesen und frühstückten ein Frühstück nach dem anderen. Weihnachten verlief ziemlich ruhig: Sie hingen Strümpfe an den Kaminsims, machten sich sonst aber keine Geschenke. Im Januar jagte Björk die letzten verängstigten Orks und zerschmetterte sie. Ein neuer Friede brach an, und die Orks kehrten niemals zurück. Zumindest nicht in Björks Gegend.

Ranndarf beschloss, sich bei Björk bis zum Frühjahr durchzuschmarotzen. Dann packten sie so viel Brot und Honig zusammen, wie sie tragen konnten, und verabschiedeten sich. Danach aß Milbo nie wieder ein Continental Breakfast.

Milbos nach Abenteuern hungernde Tuckenseite war satt und müde, und seine alte Muffin-Muffigkeit gewann wieder die Oberhand. »Ich kann es kaum erwarten, mich in meinen Ohrensessel zu fläzen«, sagte er.

Kapitel XIX

Wer zuletzt lacht

Am ersten Mai gelangten sie nach langer Suche nach Suchtal. Milbo freute sich schon darauf, etwas von der reichhaltigen Speisekarte des Letzten Eigenheims zu bestellen und in einem Doppelbett mit Minzplättchen auf dem Kopfkissen zu schlafen.

Wie Milbo es nicht anders erwartet hatte, sangen die Elbenpagen, während sie die – normalgroßen – Ponys einparkten. Sie sangen dasselbe Lied wie beim letzten Mal, nur mit einem anderen Text:

Der Drache ist dahin,
Die Orken, die sind auch gekillt,
Jetzt habt ihr Ruh' verdient,
Der Wanst sei euch gefüllt!
Juja, juja!
Gar wohlbehalten kehrten sie
In unser Tal zurück,
Die Ritter von dem Glück!

Der Schatten ist gebannt,
Zum Bessern sich nun alles wend't,
Nascht Mandeln, frisch gebrannt!
Die Sonne scheint ohn' End!
Juja, juja!

Wie gut, dass ihr nicht Zwerge seid,
Denn so ist es im Tal
Viel lust'ger allemal!

Während ihr Gepäck auf die Zimmer gebracht wurde, kam E.On zur Rezeption und begrüßte die Neuankömmlinge herzlich. Schließlich hatte er es auf Neuigkeiten abgesehen.

»Lasst mich euch zum Abendessen einladen!«, schlug E.On vor. »Setzt euch in unserer neuen Tapasbar zu mir an meinen Privattisch. Wir können gleich auf der Stelle essen! Ihr müsst halb verhungert sein.«

Ranndarf war bewusst, dass dieses Angebot nur für eine kurze Zeit galt. Und obwohl sie noch nicht einmal auf ihren Zimmern gewesen waren, nahm Ranndarf das Angebot in ihrer beider Namen an. Sie wussten kaum, wie ihnen geschah, da wurden sie auch schon in E.Ons private Sitzecke im neuen Restaurant, der Top Tapas Bar None, komplimentiert. Dort tranken sie einen Pitcher Sangria nach dem anderen und Ranndarf erzählte E.On die ganze Geschichte ihres Abenteuers. E.On stellte ein paar Verständnisfragen und verlor bald das Interesse.

Ranndarf lallte Milbo etwas von seinen jüngsten Großtaten zu, die er mit E.On vollbracht hatte. Dann laberte er über das bedeutsame Networking, das er beim jährlichen Golftreffen der vereinigten Zauberer betrieben hatte, während Theorin & Co sich durch den Wüsterwald gekämpft hatten. Diese Anekdoten hatte Milbo auf der Reise und während ihres Aufenthalts bei Björk schon unzählige Male vernommen.

»Es war famos, Milbo! Erinnern Sie sich noch, was ich Ihnen über den bösen Geisterbeschwörer erzählt habe? Nun, unsere Golfpartie fiel an einem Tag ins Wasser, wegen Regen, verstehen Sie? Deshalb haben wir als Ersatzveranstaltung seinen dunklen Turm angegriffen. Wir haben ihn hinausgeworfen! Das hätten Sie sehen sollen!«

»Sie und der Geisterbeschwörer lieferten sich bestimmt einen ordentlichen Endkampf«, sagte E.On. »Schade nur, dass Sie ihn nicht töten konnten.«

»Machen Sie sich darum keine Sorgen«, entgegnete Ranndarf. »Nach den Prügeln, die er eingesteckt hat, kommt der nicht wieder. Da können Sie sich drauf verlassen!«

»Ich unterbreche nur ungern«, sagte Milbo. »Aber sollten wir nicht das Abendessen bestellen? Ich habe langsam genug von all diesen Appetithäppchen.«

»Trinken Sie weiter, Milbo«, riet ihm E.On. »Die Appetithäppchen sind das Abendessen. Sie sollten öfter mal aus Wobbingen herauskommen.«

Ranndarf und E.On tranken und unterhielten sich erneut über die Schlacht der sechs oder sieben Heere und aßen und quatschten noch ein bisschen und tranken, und als Milbo glaubte, sie wären endlich fertig, bestellte sich Ranndarf einen Kaffee. Milbo war so dermaßen gelangweilt, dass er absichtlich am Tisch einschlief.

Er erwachte in seiner abgedunkelten Suite. Auf dem Flur sangen Elben, direkt vor seiner Tür.

Ringel, Ringel, Reihe,
Wir sind der Elben Dreie,
Wir singen hier vor deiner Suite
Und rauben dir den Schlaf damit!

Ringel, Ringel, Reihe,
Wir sind der Elben Dreie,
Wir können noch viel lauter schrei'n,
Denn dies soll ja dein Weckruf sein!

»Wollen Sie mich veralbern?«, fragte Milbo, als er die Tür öffnete. »Ich habe überhaupt keinen Weckruf bestellt!«

»Nicht?«, sagte einer der Elben. »Oh, halt, wir stehen vor dem falschen Zimmer!« Die Elben hasteten ein paar Schritte weiter und sangen vor einer anderen Tür.

»Das ist ganz eindeutig nicht die Wüsterwaldhütte«, sagte Milbo. »Denn die Waldelben hätten sich anständig bei mir entschuldigt und hätten mir einen Frühstücksgutschein gegeben.«

»Wir sind keine Waldelben, Sir«, riefen die Elben. »Wir sind die andere Elbenart, wissen Sie das nicht? Die regulären Elben.«

»Nein, das wusste ich nicht«, gab Milbo zurück und schloss die Tür. *Muss wohl ein ähnlicher Unterschied sein wie der zwischen Tucken und Muffins.* Er naschte ein paar Macadamianüsse aus der Minibar und legte sich wieder bis 11:00 Uhr schlafen.

Weitere Weckrufirrtümer blieben aus, und der restliche Aufenthalt war sehr ruhig. Jeden Tag steckte Milbo die Miniseifen und kleinen Shampoofläschchen ein, die nach Wobbitmaßstäben Normalgröße hatten. Zudem ließ er sein elbisches Taschenmesser von den Spezialisten im Schwertarium professionell reinigen und überholen. Obwohl es danach keinen Gestank mehr verströmte, hieß es noch immer Stink. Nach einer Woche fühlten sich Ranndarf und Milbo gut genährt und erholt. Sie checkten aus, bedankten sich bei E.On und machten sich auf den Weg.

Es war eine lange Reise ohne irgendwelche Abenteuer, die einer Erwähnung wert gewesen wären. Der Frühling wich langsam dem Sommer. »Sind wir noch nicht bald da?«, jammerte Milbo, während sie dahinritten.

»Noch nicht ganz«, erwiderte Ranndarf. »Aber bald.«

Eines Tages kamen sie an der Höhle vorbei, wo sie fast von Joe, Harry und Shirley, den drei Trollen, verspeist worden wären.

»Diese fiesen Monster hätten uns beinahe umgebracht«, sagte Milbo mit einem Seufzen. »Das waren noch schöne Zeiten. Oh, da prangt das große verborgene X, mit dem Sie unseren Schatz gekennzeichnet haben! Ich glaube nicht, dass die Zwerge ihren Anteil vermissen werden. Und woher sollen sie je erfahren, dass wir es waren, die ihn ausgegraben haben?«

»Ich mag Ihre Art zu denken, Muffin«, sagte Ranndarf. Sie gruben den Schatz aus und teilten ihn auf ihre beiden genervten Ponys auf. Milbo wischte sich mit einem roten Seidentaschentuch den Schweiß aus dem kleinen Gesicht. Ein E war auf das Tuch gestickt. Er hatte es von E.On ausgeliehen und »versäumt«, es ihm zurückzugeben.

Jedes Ding hat sein Ende, und so gingen auch Milbo und Ranndarf schließlich die Abenteuer aus. Sie waren in Wobbingen angekommen. Als sie in Richtung Muffend ritten, sang Milbo leise vor sich hin.

Die Show darf niemals stille stehn,
Solang noch Geld zu holen ist.
Drachentöten werd ich wieder geh'n
Im Kettenhemd, nicht als Tourist.
Falls nicht, dann muss mein Neffe ran,
Hinfort, zu wagen Leib und Lebenssaft.
Das Elbenmesser kriegt er dann
Und den Ring mit Zauberkraft.

Mit Freunden wird er dann fürbass
Durch all die weite Welt marschieren,
Dann singen sie und haben Spaß,
Was soll denn da schon groß passieren?
Der Wobbit wird den König finden
Und schifft sich hernach ein nach Westen,
Lässt in der Tasche dann verschwinden
Den Zauberring, dort ruht er bestens!

Ranndarf sah ihn verblüfft an. »Mein lieber Milbo!«, sagte er. »Da kommen ja ganz unerwartete Seiten zum Vorschein. Ich hätte nie gedacht, dass Sie ein Liedermacher sind. Sie sind nicht mehr der Wobbit, der Sie einmal waren.«

»Nö!«, gab Milbo zurück. »Jetzt schreibe ich meine eigenen Lieder, ich bin voll in Form, unglaublich reich und habe Riesenspinnen mit einem Taschenmesser getötet.«

Und so ritten sie an der Krausen Mühle und dem Bester-Schwarzweiß-Western-Hotel vorbei, bis sie schließlich an Milbos Aluminiumfliegengittertür anlangten.

»Hey, was ist da los?«, rief der Wobbit aus. Vor seiner Tür lungerte eine Traube Wobbits herum, die rauchten, ausspuckten und Nasenflöten spielten.

Erst jetzt bemerkte er das große Schild vor dem Haus, auf dem stand, dass die Herren Dewey, Cheatham & Howe am zweiundzwanzigsten Juni die persönliche Habe von Mr. Milbo Muffin aus Muffend, Wobbingen, versteigerten. Beginn: Punkt 10:00 Uhr. Inzwischen war es Mittag, und die Auktion fing allmählich an.

»Typisch«, sagte Milbo. »Diese Provinzwobbits und ihr verschlafener Lebensstil. Die haben keine Ahnung, mit wem sie es hier zu tun haben! Ich bin ein wichtiger Businesswobbit!«

Laut rief er: »Wer ist hier zuständig?«

»Ich!«, erklang eine vertraute Stimme. Es war Virginia, Milbos Vermieterin. »Lange nicht gesehen, Muffin!«

»Virginia, was ist hier los? Sie können nicht einfach meine Sachen verkaufen!«

»Natürlich kann ich das! Sie sind zwölf Monate im Mietrückstand! Ich hätte Sie gern schon viel früher rausgeworfen, aber aufgrund der Wobbinger Gesetze ist das nicht möglich. Seit November bin ich vor Gericht, um Sie hier rauszuschmeißen!«

»Aber haben Sie denn meine Nachricht nicht erhalten? Ich habe Ihnen einen Zettel hinterlassen, dass Sie die Wohnung zwischenvermieten sollen, während ich weg bin. Ich habe Ranndarf den Zettel zusammen mit dem Schlüssel gegeben, und er meinte, er würde sie Ihnen geben.«

»Ich wusste, dass ich was vergessen habe«, sagte Ranndarf.

»Sie Idiot!«, platzte es aus Milbo heraus. »Was soll ich denn jetzt tun? Was wird aus meinen Sachen?«

»Ich hatte so ein Gefühl, dass ich etwas von Schmauchs Schatz abbekommen würde«, sagte Virginia. »Sie haben gut gefüllte Taschen, Muffin, also fangen Sie schon einmal an, das Portemonnaie zu zücken!«

Sofort zahlte er ihr die Mietschulden plus eine Entschädigungssumme plus einen Kulanzzuschlag sowie ein erstes von vielen kleineren privaten Geldgeschenken.

Dann verbrachten Ranndarf und Milbo den Nachmittag damit, Milbos Habseligkeiten zu ersteigern. Am Abend stand der Ohrensessel wieder am alten Platz, und Milbo hatte von seiner Kusine, Globalia Packein-Muffin, die geliebte Tüftenballkartensammlung zurückgekauft. Zwar musste er für die Sammlung, die lediglich in »gutem Zustand« war, den Preis einer »neuwertigen« bezahlen, aber immerhin hatte er sie wieder. Die Packein-Muffins verübelten es ihm fortan, dass er »zurückgenommen« hatte, was eine Hauptinvestition für ihren Ruhestand hätte sein sollen.

Doch tatsächlich musste Milbo merken, dass er mehr verloren hatte als nur einen Ohrensessel und eine Wertanlage fürs Alter, nämlich seinen guten Ruf. Zwar wurde er Gold-Clubmitglied der Suchtal-Ferienfarm, und jeder Zwerg, Zauberer, Elb, Adler oder Riesenschwan, der in den Ort kam, machte ihm seine Aufwartung, doch er hatte sich verändert. Er war nicht länger ein gelangweilter, billiger, schlapper Verlierer. Man betrachtete ihn wie etwas Fremdes, Unberechenbares und Gefährliches. Man hänselte ihn nicht mehr, sondern ging ihm höflich aus dem Weg.

Da er reich war, scherte er sich nicht darum, was die Leute über ihn dachten. Er entwickelte massenweise teure Vorlieben und Interessen, behielt sie jedoch für sich. Nach außen hin führte er ein ruhiges Leben. Sein Elbentaschenmesser benutzte er nur zu Hause, um Korken zu ziehen und Dosen zu öffnen. Sein Spitzenkettenhemd lieh er einem Museum, das er aus Gründen der Steuerersparnis erbaute. Mit seinen Goldvorräten unternahm er vor allem Vergnügungsreisen aus der Stadt hinaus, doch er ließ auch viel Geld in Wobbingen liegen, damit man ihn nicht schikanierte. Den Zauberring bewahrte er sicher und verborgen auf, musste aber unentwegt an ihn denken. Wenn er die Stadt einmal ohne den Ring verließ, bekam er ein ungutes, quälendes Gefühl. Dasselbe Gefühl, das unsereiner hat, wenn uns auf halbem Weg zum Flughafen die Frage kommt, ob wir unsere Wohnungstür nun abgeschlossen haben oder nicht.

Er verlegte sich aufs Schreiben von Kinderbüchern, wie es Promis häufig tun. Seine Nachbarn wurden unglaublich neidisch, doch obwohl viele die Köpfe schüttelten und sagten: »So ein Glücksmuffin!«, blieb er glücklich bis ans Ende seiner Tage. Und diese Tage währten unnatürlich lang.

Eines Herbstabends, viele Jahre später, klopfte es scheppernd an Milbos Alutür. Es war Ranndarf, der sich selbst einlud und ein paar Martinis mixte. Pfählihn begleitete ihn.

»Kommen Sie rein!«, sagte Milbo, als sie schon drin waren. Mit seinen scharfen Augen erkannte Pfählihn, dass Milbo seine Wohnung mithilfe eines Innenarchitekten neu eingerichtet hatte. Und Milbo fiel auf, dass Pfählihns Bart fachgerecht gefärbt und zu Zöpfen geflochten war.

Pfählihn prahlte, dass Smithi Finanzdienstleistungen größer und erfolgreicher war als je zuvor. Sie hatten überall Filialen aufgemacht. In Wobbingen gab es eine Kreuzung, an der auf jeder Ecke eine Niederlassung stand. Er erzählte, dass auch Seestadt florierte. Sheriff Bart hatte den Bürgermeister zwar wegen Veruntreuung eingekerkert, doch die Seebürger behielten ihn, obwohl er ein Gauner war, als den Bürgermeister im Gedächtnis, der die Stadt wieder aufgebaut hatte.

»Dann haben sich seine Hoffnungen erfüllt, und er schied mit einer großen Hinterlassenschaft aus dem Amt!«, sagte Milbo.

»Klar!«, sagte Ranndarf. »Und all das nur, weil ich Theorin gegenüber darauf bestanden habe, Sie als Fachberater anzuheuern!«

»Machen Sie Witze?«, fragte Pfählihn. »Das alles wegen Milbo? Nichts für ungut, Milbo, aber Sie sind einer von vielen dummen, schwachen, feigen und ungeschickten Trotteln, die in der Welt herumlaufen. Das Abenteuer ging nur deshalb gut aus, weil wir Theorin hatten!«

»Also bitte!«, sagte Ranndarf. »Theorin konnte sich ja noch nicht einmal alleine den Bart kämmen. Ohne Milbo hätte er den Schatz nie erlangt. Erinnern Sie sich denn nicht mehr? Der Kerl war ein Volldepp!«

»Das stimmt«, bestätigte Milbo. »Keine Schwerter, keinen Plan, wie man den Drachen töten sollte, keine Ahnung, wie man in den Berg gelangte. Also wirklich, Theorin war ein Schwachkopf!«

»Ich muss doch sehr bitten! Schließlich war er mein Vetter! Und er ist tot!«

»Welch ein Glück!«, lachte Milbo und reichte Pfählihn den Martinishaker.

Wenn ihr euch für Wobbits interessiert, könnt ihr noch mehr über sie erfahren in »Der Generaldirektor der Ringe«:

1. Die Supergefährten
2. Go-Lumps Rache
3. Der Sohn des Königs kehrt und schlägt volle Breitseite zurück

Danksagungen

Dank an James Finn Garner für die große Mühe, den Wobbit in das Kindle-Format zu bringen und der Welt zu präsentieren, und dafür, dass er mein ehrwürdiger Publikationsmeister war.

Dank an Benjamin Chandler für seine zahlreichen Kommentare, für ebenso zahlreiche Treffen und geniale Zeichnungen, auch wenn sein einziger Berührungspunkt mit dem Hobbit die Cartoons von Rankin-Bass waren.

Dank an Jean Kloth für ihr rasiermesserscharfes Lektorat und ihre Vorschläge, obwohl sie sich überhaupt nicht für Tolkiens Schriften interessiert.

Dank an Rick Kirk für seine Kenntnisse über Tolkien, seine Tipps zum komischen Schreiben und seine extrem unterhaltsame Lektüre.

Dank an Zoe Erickson für ihre zaghaften, aber bezaubernden Illustrationen.

Dank an Bill von Sign Express, Oak Park, Illinois, für seine Ermutigungen und Vorschläge zur Werbung, vor allem für sein »Ironic Bookmark«.

Dank an Maureen und die restliche Mannschaft vom Forest Park-Starbucks, Illinois, für all das Nachschenken.

Dank an John O'Neill, meinen größten Fan in Schottland, der das Buch tatsächlich gelesen und daraufhin meine Webseite besucht hat, um mir zu sagen, wie gut es ihm gefallen hat.

Dank an meine Freunde beim Forumshire (HobbitMovieForum.com): Ringdrotten, Petty Tyrant, Eldorion, Odo Banks, Orwell, Gandalf's Beard und all die anderen, die mich unermüdlich unterstützt haben, während meine Leseproben in den meisten anderen Onlineforen als Spam betrachtet wurden (wo sie doch in Wahrheit *unterhaltsamen* Spam darstellten).

Dank an Becca Erickson, die mir die Inspiration zum Unglaublichen Björk gegeben hat.

Zum Autor

Es ist das erklärte Lebensziel von Paul Erickson, der weltgrößte Tolkien-Parodist zu werden (er ist einer der Typen, die immer ein wenig hinter ihren eigenen Erwartungen zurückbleiben). Erickson wurde 1959 geboren und hat sein ganzes Leben in Oak Park, einem Außenbezirk von Chicago verbracht. In der siebten Klasse las er »Der Hobbit« und in den darauffolgenden Sommerferien »Der Herr der Augenringe«. Den Großteil seiner Highschool-Zeit verbrachte er damit, Dungeons & Dragons zu spielen und an der Lektüre des »Herrn der Ringe« zu scheitern. Als Collegestudent arbeitete er auf dem Bristol Renaissance Fair, trug Strumpfhosen und verkaufte Liebeslieder. Nachdem er einen Bachelor in Philosophie erworben hatte, wurde er Banker.

In den Achtzigern führte er mit dem Gitarren-Ass Steve Ginensky Songparodien in Comedy Clubs auf. In den Neunzigern parodierte er beim Team Chicago Slam Poetry und gewann 1991 die Poetry Slam Nationals. 2009 ging seine Bankerkarriere zu Ende, als sein Arbeitgeber »das Geschäft aufgab«. Zum Glück hatte er inzwischen die Lektüre des »Herrn der Ringe« doch noch geschafft. In der Schlange auf dem Arbeitsamt fiel ihm auf, dass es in den USA noch keine Hobbit-Parodie gab.

Also machte er sich mit seinem MacBook zu Starbucks auf und vereinte sein Nerdwissen über Mittelerde mit dem, was er als Einziges wirklich gut kann: Parodien Schreiben. In 2011 veröffentlichte er mithilfe des erfolgreichen Humoristen James Finn Garner (Politically Correct Bedtime Stories) sein erstes eBook, den »Wobbit«. Im Augenblick arbeitet er an »Die Supergefährten«.

Im Netz ist der Autor auf www.thewobbitaparody.com zu finden.